LES FRÈRES BYRNE

UNE UNION DÉPRAVÉE

JILL RAMSOWER

Correction de la version originale par Editing4Indies
Traduit par Alexia Vaz et Valentin Translation

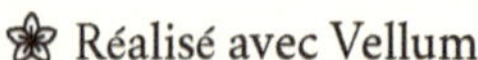 Réalisé avec Vellum

LES FRÈRES BYRNE
Vœux de silence
Péchés secrets
Une union dépravée
Impitoyable rédemption
Dangereuse séduction

UNE UNION DÉPRAVÉE

LES FRÈRES BYRNE

JILL RAMSOWER

LES HUMAINS N'ÉTAIENT PLUS CHASSÉS COMME DES PROIES depuis des milliers d'années et pourtant, quelque chose dans notre ADN s'en souvenait encore. Un sens instinctif de la survie. Même quand l'esprit conscient n'avait pas détecté de danger, nos sens le savaient.

Par exemple, il y avait la sensation de malaise qui me picotait la nuque depuis que j'étais entrée dans la demeure de mes parents. Elle était censée être déserte. Maman et papa n'étaient pas encore rentrés chez eux. Les lumières étaient éteintes. La maison était silencieuse, si l'on ignorait le doux vrombissement des appareils électroménagers dans la cuisine baignée de tranquillité et où filtrait un faible rayon de soleil.

J'avais commencé à farfouiller dans le frigo quand je l'avais sentie, cette prise de conscience brûlante qui réchauffait mon dos.

Quelqu'un se trouvait derrière moi. Quelqu'un m'observait.

Un millier de pensées traversèrent mon esprit en un instant. Maman et papa auraient dit quelque chose, plutôt que de se tapisser dans l'ombre, ce n'était donc ni l'un ni l'autre. Un membre de la sécurité de papa ? En tant que gouverneur de New York, il avait toujours un garde du corps dans le coin. L'un d'eux aurait-il pu revenir à la maison pour chercher quelque chose ?

Et il a plutôt décidé de te traquer ?

C'était peu probable. Je connaissais la plupart des hommes de l'équipe avec laquelle il travaillait, et il n'y avait que de bons gars. Qui restait-il ? L'alarme était toujours activée, quand j'étais entrée. Soit la personne présente avait le code, soit elle avait réussi d'une manière ou d'une autre à entrer par effraction sans la déclencher. Alors, quelle était la bonne réponse ? Il n'y avait qu'une manière de le découvrir.

Mon rythme cardiaque monta encore d'un cran.

J'attrapai le lait et fermai la porte du réfrigérateur sans me retourner. Je me décalai et tendis la main vers le placard au-dessus de ma tête pour prendre un verre. Par la même occasion, je glissai mon autre main dans le tiroir au niveau de ma taille, où étaient rangés les couteaux à steak, et j'en posai un sur le plan de travail. Ce fut à ce moment-là que je me retournai.

Comment mes sens le savaient-ils ? Ils avaient visé dans le mille. Je ne pus m'empêcher d'être impressionnée par leur évolution, même si mes pensées n'auraient pas dû m'emmener dans cette direction. L'homme inconnu appuyé contre le cadre de la porte de l'autre côté de la pièce était la définition même de l'intimidation. Sa carrure musclée éclipsait la mienne et des tatouages dépassaient du col de son T-shirt moulant. Mais il y avait plus que ça. Sa présence irradiait d'un calme sauvage, comme si le monde était censé se coucher à ses pieds, car s'il ne le faisait pas, cet individu réduirait le tout en cendres.

J'aurais dû être terrifiée. C'est ainsi qu'une femme normale aurait réagi en se retrouvant confrontée à un prédateur si impénitent. Mais je n'étais pas normale. Je n'avais peur que d'une chose, dans ma vie, et ce n'était pas de cet homme.

— Êtes-vous perdu ? demandai-je d'une voix tranquille.

L'adrénaline filtra dans mon système sanguin, réponse purement physiologique que je ne pouvais empêcher. La peur était un monstre différent. La peur véritable était comme du goudron mouvant, faisant suffoquer une personne de l'intérieur. Je connaissais la peur et ce n'était pas ce que je ressentais.

L'homme inclina très légèrement la tête. Peut-être d'un seul degré, mais je le remarquai, et j'aurais pu jurer que cela dénotait une certaine curiosité. Il me trouvait amusante.

Quant à moi, je trouvais son intérêt peu pertinent.

— Je ne suis pas perdu, j'attends, c'est tout, répondit-il enfin.

Sa voix était rocailleuse et pourtant douce, comme le ronronnement vibrant d'un chat des marais.

— Mon père ?

— Oui.

— Généralement, les gens prennent rendez-vous. D'ordinaire, c'est plus correct qu'une effraction.

— Les gens ont *généralement* peur quand ils rencontrent un inconnu dans leur maison.

Il commença à avancer vers moi.

— Ce n'est pas ma maison.

J'appuyai mes coudes sur le plan de travail derrière moi et rapprochai mes mains du couteau caché autant que possible, sans révéler mon arme.

— La maison de tes parents, c'est du pareil au même.

Quand il s'approcha, je vis la profonde teinte turquoise de ses yeux. Il était beau, pour un criminel – une mâchoire bien définie, des cheveux épais couleur sable et une symétrie faciale rare qu'Hollywood lui envierait. Il devait savoir qu'avec ce visage, entrer par effraction était inutile. Il pourrait probablement même charmer les gardiens de la Maison-Blanche. Pourquoi avait-il ressenti le besoin de venir chercher mon père ainsi ?

— Comment vous appelez-vous ? demandai-je, la curiosité prenant le dessus.

Les commissures de ses lèvres tressaillirent.

— Keir.

Je ne lui indiquai pas mon nom et il ne posa pas la question. J'eus l'impression qu'il le connaissait déjà.

— Si vous êtes ici pour mon père, vous devez vouloir quelque chose de sa part. Vous devez savoir que ça n'aidera pas votre cas. Et si vous êtes ici pour lui faire du mal, alors vous devriez savoir qu'il est toujours entouré de gardes du corps.

— Je suis seulement venu parler.

— Parler de quoi ?

— Parler affaires.

Je vois qu'il est très loquace.

Il avança vers le grand îlot central surmonté de marbre à quelques mètres de moi. Ma mâchoire se contracta. Quelque chose chez cet homme piquait ma curiosité et je sentais que la fascination était mutuelle. Cependant, soutirer des informations m'agaçait. Pourquoi ne me dirait-il pas simplement de quoi il retournait ? Mon père n'était pas du genre à garder des secrets et il ne pouvait être corrompu, alors de quoi devait discuter ce *Keir* pour justifier ce simulacre clandestin ?

— Pourquoi n'as-tu pas peur ? demanda-t-il d'un ton calme et délibéré.

Il fit un pas, puis un autre, et commença à contourner l'îlot central.

— Vous voulez que j'aie peur ? C'est ce qui vous excite ? rétorquai-je d'une voix aussi calme que la sienne.

— Tu n'aimes pas répondre aux questions.

Un pas.

— Vous non plus.

Un pas.

Ses yeux, aussi brillants que la mer des Caraïbes, parcoururent mon visage comme s'il mémorisait mes traits. Son regard insistant me mit mal à l'aise.

— Vous ne devriez plus vous approcher, l'avertis-je enfin alors que ma voix devenait essoufflée.

Un pas.

— Pourquoi pas ?

Il n'était plus qu'à quelques centimètres de moi, désormais. Il semblait encore plus grand, de près. Je n'étais pas exactement minuscule avec mon mètre soixante-sept, mais il me dominait. Il devait faire entre un mètre quatre-vingt-dix et un mètre quatre-vingt-quinze. Et il n'y avait pas que sa taille. Il avait la carrure d'un athlète professionnel et des muscles puissants. Il devait probablement avoir une trentaine d'années. Il était confiant. Calculateur. Mortel. Un prédateur pur.

Je sortis le couteau de derrière mon dos dans un rapide mouvement et le serrai dans mon poing.

— Parce que j'ai ça et que je vais m'en servir.

Les yeux de Keir semblèrent scintiller davantage.

— Eh bien, pourquoi ferais-tu une telle chose ? s'enquit-il en se rapprochant.

— Pour me protéger ?

Ignorant complètement le couteau, il s'avança jusqu'à ce que la lame touche son torse.

— Tu sors une arme alors que tu n'as aucune intention de l'utiliser.

— Qu'est-ce qui vous fait dire ça ?

Je levai rapidement l'instrument jusqu'à sa gorge et l'extrémité s'appuya contre sa peau.

Il se pencha en avant, juste assez pour que la lame fasse suinter un point de sang.

— Parce que je respire encore, murmura-t-il.

Je n'eus pas l'occasion de répondre.

Une seconde avant, je pointais le couteau dans sa direction et la suivante, il m'avait attrapé la main et m'avait retournée contre le plan de travail pour obliger ma main à tenir la lame contre *ma* gorge plutôt que contre la sienne. Je ne pouvais pas bouger d'un pouce. Ses bras étaient comme des poutres d'acier enroulées autour de moi tandis que son corps solide était pressé contre mon dos. J'étais à sa merci.

— Si tu ne te sers pas de ton arme, tu prends le risque que ton adversaire l'utilise contre toi.

Ses lèvres étaient si proches de mon oreille que chaque mot prononcé doucement était comme une caresse. Un frisson parcourut ma peau et bouleversa mes tripes jusqu'à les plonger dans le chaos. C'était la seule manière d'expliquer pourquoi je m'étais emmêlé les pinceaux au point qu'un éclat de désir me frappe au plus profond de moi. Comment cette situation pouvait-elle m'exciter ? Ce n'était pas le cas. Mon cerveau avait dû disjoncter.

Il est incroyablement canon, Ro.

Et dangereux ! rétorquai-je avec dégoût à la voix fantasque dans ma tête.

— Je n'ai jamais prétendu être une battante, dis-je d'un air agacé. Simplement que je n'allais pas m'enfuir en pleurant.

Je demeurai figée, en partie car l'extrémité du couteau menaçait de trancher ma peau, mais également parce qu'il était inutile de me battre contre lui. Je n'irais nulle part s'il ne voulait pas me libérer.

En apparence, je laissai transparaître un calme parfait, mais intérieurement, une euphorie enivrante inondait mes veines. Comme le monstre de Frankenstein frappé par le premier éclair, je sentis mon corps s'éveiller. La situation était dangereuse. Je n'aurais pas dû apprécier ce qui était en train de se produire, et pourtant, une part de moi voulait saisir cette sensation à deux mains et ne plus jamais la relâcher.

— Je crois que peu de choses te feraient monter les larmes, songea Keir comme s'il réfléchissait à voix haute.

La lame dériva doucement vers mon cou, ralentissant sur mon pouls palpitant. Mes inspirations devinrent superficielles et plus fréquentes, chacune me permettant d'inhaler un peu plus son odeur enivrante – du vieux cuir et de l'huile de moteur enveloppée dans un soupçon d'eau de Cologne luxueuse. C'était un assortiment de parfums étranges qui, étonnamment, se complétaient idéalement.

— Je suis sûre que vous y arriveriez, mais je préférerais que ce ne soit pas le cas.

Un grondement curieux résonna dans sa poitrine, puis il décala lentement sa main pour relâcher la mienne et saisir la lame avec précaution. Il me désarma d'une manière qui nécessitait ma reddition plutôt que de me forcer à me soumettre. Je pouvais me déchaîner et lui couper les doigts puisque le manche du couteau était encore fermement dans mon poing. Toutefois, ses actes semblaient me faire comprendre qu'il n'était pas là pour me faire du mal. Je suivis donc son mouvement et relâchai l'arme.

Il jeta l'ustensile sur le plan de travail, avant de me libérer lentement tout en s'assurant d'être bien positionné entre l'objet tranchant et moi. Un air froid m'encercla quand je perdis son contact.

— Si vous ne vouliez pas me faire de mal, pourquoi n'êtes-vous pas resté en retrait ? Ou alors, vous aimez tourmenter les gens ?

Keir me dévisagea. J'en profitai pour faire de même et essayai de comprendre l'homme perturbant en face de moi.

— J'aurais pu faire bien pire si j'avais voulu te tourmenter.

— Alors pourquoi ?

Silence.

— Parce que je le pouvais.

Ses réponses qui se faisaient attendre étaient un jeu de pouvoir stratégique. J'eus l'impression qu'il était habitué à être en position de pouvoir et même à imposer le rythme d'une conversation.

Je refusai de jouer selon ses règles.

— Non.

Je secouai la tête.

— Vous l'avez fait pour me montrer que vous le pouviez. C'est différent.

Il opina légèrement du chef.

— Alors, tu l'as, ta réponse.

Peut-être, mais elle ne m'offrait aucune clarification. Tout, chez cet homme, était teinté de mystère. J'avais envie de prendre le couteau et de découper son masque afin de révéler ce qui se dissimulait en dessous.

Ma curiosité m'irritait.

Elle signifiait que j'accordais de l'intérêt à ce que j'apprenais, et ce serait inutile. Keir vivait clairement dans un univers au-delà du mien – un endroit miteux, dangereux et condamné à la dévastation. Je ne voulais pas en faire partie, et par conséquent, je ne devrais pas vouloir quoi que ce soit de sa part.

— À mon avis, il vaudrait mieux que vous patientiez dehors, rétorquai-je en croisant les bras.

Les yeux plissés de Keir semblèrent me tournicoter comme un Rubik's Cube à la recherche d'une solution. Cependant, ses efforts furent interrompus par le bruit de la porte qui s'ouvrait. Nous reportâmes notre attention sur l'entrée, mais personne n'apparut. Je compris alors qu'on s'attendait à ce que l'alarme soit activée et que personne ne savait que j'étais passée à la maison. Le garde du corps de mon père s'était probablement lancé dans un protocole d'urgence maîtrisé.

— Papa, c'est moi ! criai-je. Je suis dans la cuisine.

Des voix étouffées filtrèrent à l'intérieur avant que mon père n'apparaisse dans mon champ de vision.

— Bonjour, Ro ! Nous ne t'attendions pas.

Son mouvement faiblit quand il aperçut notre visiteur.

— Oui, désolée, j'ai oublié d'envoyer un SMS.

Je regardai Keir, qui se tenait désormais à mes côtés.

— Hm, je te présente Keir. Il est passé te voir.

Je n'avais pas eu le temps de réfléchir à ce que j'allais dire à papa quand il rentrerait à la maison. J'aurais pu courir jusqu'à lui et lui raconter que cet homme attendait déjà ici quand j'étais arrivée, mais je n'en fis rien et je ne savais pas vraiment pourquoi. Pour éviter une scène ? Peut-être. Pour empêcher Keir de se faire arrêter ? Cette idée sembla résonner plus fort que les autres possibilités, ce qui ne fit que m'énerver davantage.

Papa retira sa veste de costume et la posa sur une chaise de bar, sans jamais quitter Keir des yeux.

— Pourquoi ne monterais-tu pas à l'étage, ma puce, pendant que je dis un mot à monsieur Byrne ?

— Elle n'a aucune raison de s'en aller, suggéra Keir à ma grande surprise. Je ne suis venu que pour une conversation amicale et après le peu de temps que j'ai passé avec Rowan, je dirais que sa sensibilité féminine ne court aucun risque.

Il riva son regard sur moi et ses yeux scintillèrent d'un air amusé.

Est-ce qu'il me… taquinait ? Dans quel monde sens dessus dessous étais-je tombée ?

J'appréciais le fait qu'il se moque du besoin masculin archaïque de mettre les femmes innocentes à l'abri, mais cela me bouleversait également. Il agissait comme si nous nous connaissions. Comme si notre entente était suffisamment substantielle pour que nous partagions des blagues secrètes. Admettons, je ne l'avais pas dénoncé, mais ça ne faisait pas de nous des amis.

Je fis de mon mieux pour maîtriser ma réaction quand je me rendis compte que mon père scrutait mon visage afin de savoir ce qu'il s'était passé entre Keir et moi.

— La sensibilité de ma fille ne vous regarde pas. En ce qui vous concerne, elle n'existe pas.

La réplique acerbe de mon père me surprit. Il était protecteur, cependant son statut de personnalité publique signifiait qu'il était rarement agressif.

Espérant désamorcer la situation, je me servis un verre de lait avec le pichet que j'avais failli oublier, et je priai pour que papa ne remarque pas le couteau à moitié caché derrière un pot rempli d'ustensiles.

— Maman assiste à l'une de ses réunions ? demandai-je nonchalamment.

— Oui, mais elle devrait rentrer d'une minute à l'autre, donc il vaudrait mieux que nous avancions avec cette affaire. Qu'est-ce qui vous a amené si loin du *Moxy*, monsieur Byrne ?

Le *Moxy* ? Qu'était-ce ? Je notai dans un coin de ma tête de le chercher plus tard.

Les deux hommes se tenaient face à face, l'îlot en marbre blanc entre eux, alors que je restais postée comme une arbitre sur le côté. Bien sûr, le chef de la sécurité de papa était également présent et était tapi à une certaine distance, mais ça ne changeait manifestement rien. Ces deux-là étaient prêts à se confronter.

— J'ai vu que vous aviez fait des recherches, répondit calmement Keir.

— J'avais le sentiment que vous ne seriez pas facile à congédier, bien que je vous aie déjà dit que je n'étais pas intéressé par un accord quelconque avec votre… organisation.

— C'est très présomptueux de votre part de me

congédier sans m'écouter. Je croyais que vous étiez connu comme l'un des *gentils* – que vous étiez sensé et ouvert d'esprit.

— Dites ce que vous êtes venu me dire.

L'ordre de mon père resta en suspens.

— Vous êtes au courant que le maire est sur le point d'annoncer sa nomination pour le remplaçant du préfet de police qui prend sa retraite. L'homme à qui il veut donner le pouvoir est encore plus corrompu que le maire, ce qui n'est pas rien.

L'ombre d'une grimace voila le visage de mon père.

— Vous savez aussi bien que moi qu'en tant que gouverneur, je n'ai pas le contrôle sur la personne nommée à ce poste.

— Allez, Alexander, rétorqua Keir en inclinant la tête. Vous êtes dans ce monde depuis assez longtemps pour savoir comment ça fonctionne. Ce n'est pas parce que ça n'est pas écrit dans la fiche de poste que vous n'avez aucune influence.

— J'ai bâti ma carrière sur l'intégrité, répondit mon père en le fusillant du regard. Je n'ai pas l'intention de tout foutre en l'air maintenant.

— Vous n'avez pas besoin de franchir de quelconques limites pour jouer de votre influence. Disons que vous receviez des informations très privées concernant le maire… des informations qu'il ne préférerait pas révéler à la presse… Cela pourrait lui donner une raison de repenser sa décision.

Papa lui jeta un regard noir.

— C'est du chantage.

— C'est de la politique et vous le savez.

Keir conserva une tranquillité imperturbable pendant toute la conversation, comme s'il était rongé par un ennui perpétuel. Il était fascinant à observer.

— Et vous me procureriez cette information de sorte à nommer qui ? Quelqu'un de tout aussi corrompu, mais plus en harmonie avec votre vision des choses ?

Keir inclina le menton.

— Les hommes aussi droits que vous sont difficiles à trouver, mais ça ne signifie pas pour autant qu'il n'existe aucun candidat plus approprié pour le boulot. Une personne sur laquelle nous pourrions tous les deux être d'accord.

Papa secoua la tête et pinça les lèvres.

— Je n'ai aucune intention d'user de mon autorité sur le maire. Alors, si c'était tout…

Papa croisa les bras et recula pour libérer le chemin vers la porte d'entrée.

J'aurais pu dire à Keir que mon père lui répondrait cela. Sa morale était irréprochable, ce qui était l'une des raisons pour lesquelles je travaillais si dur afin d'être à la hauteur.

Comme s'il avait seulement essayé d'aider les intérêts de mon père, Keir hocha lentement la tête.

— N'allez pas dire que je ne vous ai pas prévenu.

Il leva les yeux vers moi, privant mes poumons d'air comme s'il s'agissait de ballons percés.

— C'est une menace ?

Je me libérai du joug de Keir pour regarder mon père. Je n'avais jamais entendu une telle violence dans sa voix.

L'homme leva les mains en guise de reddition.

— Je vous rappelle simplement qu'une fois qu'un nouveau préfet est nommé, il sera beaucoup plus difficile de se débarrasser de lui. Avec la paperasse du gouvernement et toutes ces conneries.

— Encore une fois, ce n'est pas mon problème.

— Eh bien, ça ne ressemble pas au sauveur illustre de la ville.

Keir n'était pas prêt à abandonner. Je ne savais pas vraiment si j'étais impressionnée ou agacée.

Papa le fusilla du regard. L'air devint saturé à cause d'une démonstration de pouvoir étouffante et aucun des deux hommes n'était disposé à céder.

Keir abandonna enfin avec un sourire narquois.

— J'imagine que je vais trouver la sortie.

Son regard se riva sur le mien une dernière fois avant qu'il se tourne vers la porte.

Observer sa silhouette en train de se retirer était comme voir la côte disparaître tandis que je dérivais sur la mer. Je voulais l'appeler et l'obliger à rester pour ne pas perdre cette sensation d'essoufflement qu'il avait provoquée. Mais je savais que cette envie était imprudente et contre-productive par rapport à tout ce pour quoi j'avais travaillé – c'était comme manger une pizza entière après une semaine de nourriture saine, mais en plus catastrophique. Quelqu'un comme Keir Byrne décimerait le paysage de ma vie. Pourquoi pensais-je à lui, d'ailleurs ?

Je secouai la tête, espérant faire ressortir un peu de bon sens, puis j'allai étreindre mon père.

— Je suis désolée, murmurai-je. Je n'aurais pas dû le laisser entrer.

— Je suis surpris que tu l'aies fait. Il n'a pas franchement l'air amical.

Je haussai les sourcils, avec un soupçon de légèreté.

— J'essayais de ne pas le juger.

Mon père ricana et m'embrassa sur le front.

— C'est bon de te voir, Ro. Je peux toujours compter sur toi pour illuminer ma journée.

J'aurais aimé que ce sentiment me procure de la joie, plutôt que de resserrer l'étau autour de ma cage thoracique.

— Mauvaise journée ? demandai-je.

— Non, elle était juste longue. Tu restes dîner ?

Je lui lançai un regard calculateur.

— Ça dépend. Que mangez-vous ?

— Je crois que Melody a préparé des lasagnes, il n'y a plus qu'à les mettre au four.

Je me léchai les lèvres et fermai les paupières pour anticiper ce délice.

— Je prends ça pour un oui ?

— J'imagine que je peux caser ça dans mon emploi du temps, le taquinai-je.

— Comme si tu pouvais faire le trajet jusqu'ici pour une autre raison.

— Aïe !

Je souris même si je savais que mes sourires ne se reflétaient jamais entièrement dans mes yeux. Je me demandai une fois encore si mes parents le voyaient ou s'ils ne faisaient plus la différence.

2

Keir

— Je commençais à croire que tu t'étais fait écraser par un bus. C'était la seule explication pour justifier ton absence.

Les sourcils de ma grand-mère, dessinés au crayon, s'arquèrent grandement sur son front.

Ma grand-mère paternelle avait du mal à se déplacer, mais elle était encore maline comme un singe. Si j'avais peur de quelqu'un, dans ma famille, c'était bien d'elle. Je préférerais laisser tomber ma propre mère plutôt que de décevoir Nana Byrne. Si ma mère, Brenna, était ferme, mais compréhensive, l'autorité de Nana était absolue.

— Il n'y a eu aucun bus, Nana. Je suis simplement un peu à la traîne.

Je l'embrassai sur la joue, ce qui me valut un sourire réticent. Si seulement elle savait à quel point la situation était désastreuse. Je ne l'avais pas oubliée et je n'avais pas non plus pris du retard accidentellement. J'étais resté devant la maison du gouverneur, dans ma voiture, et j'avais volontairement débattu de l'éventualité de louper le dîner pour traquer Rowan Alexander.

J'avais su que le gouverneur avait une fille, même si je n'avais pas anticipé notre rencontre. J'avais lu des informations sur elle en effectuant des recherches sur son père. Vingt-deux ans. Riche. Un visage impeccable couvert de maquillage sur chaque photo. Je me demandais si elle dormait avec ces satanés trucs. Elle appartenait probablement à une sororité et on ne lui avait jamais dit « non » de toute sa vie. Elle finissait sa dernière année à NYU pour obtenir un diplôme en sciences politiques et elle rêvait indubitablement de suivre les pas de son père.

Ou, du moins, c'était ce que je m'étais imaginé.

Je m'étais trompé.

Elle n'était pas du tout comme je m'y étais attendu et cette divergence me rongeait. Qui était cette fille et pourquoi était-elle si… sereine ? Sa réaction résonnait en moi d'une manière que je ne pouvais ignorer. C'était un calme forcé que je ne connaissais que trop bien. Au fil des ans, plus d'une personne m'avait dit que j'étais mort de l'intérieur. Trop détaché. Trop insensible. Je savais que ce n'était pas le cas. J'avais mes raisons pour me comporter ainsi, ce qui suscitait en moi une curiosité infinie à propos de Rowan.

Qu'est-ce qui la rendait assez imperturbable pour affronter un intrus qui faisait deux fois sa taille, sans même un trémolo dans la voix ? J'étais resté assis dans ma voiture et j'avais fait d'autres recherches sur elle sans découvrir quoi que ce soit de remarquable, mis à part un petit ami gringalet qui ne savait probablement pas ce qu'était un clitoris et qui pourrait encore moins le trouver.

J'avais dû lutter contre l'envie de la suivre jusque chez elle et d'apprendre tout ce que je trouverais sur elle. Baissait-elle la tête et trottinait-elle sur le trottoir, ou avançait-elle en levant le menton et en défiant tous ceux qui croisaient son regard ? Prenait-elle un taxi ou s'entassait-elle avec le reste de la ville dans le métro ? Le seul SUV noir devant la maison était celui de son père. Pourquoi n'insistait-il pas pour qu'elle engage un chauffeur privé ? Ils avaient les moyens.

J'avais tant de fichues questions et je savais que si j'attendais qu'elle quitte la résidence à deux étages de ses parents, dans l'Upper East Side, je pourrais apprendre une tonne d'informations en la suivant jusque chez elle. La pulsion de le faire était presque insatiable. Presque.

Si le contingent féminin de la famille Byrne n'avait pas planifié un dîner chez Paddy et Nana ce soir-là, je n'aurais pas lutté contre l'envie de suivre Rowan. Je m'accrochai aux lambeaux de mon self-control et conduisis jusqu'à la maison de mes grands-parents. Si j'avais loupé le dîner, ils n'auraient jamais cessé d'en parler. Nous n'organisions ces dîners qu'une fois par mois. Comme j'étais l'aîné, la famille s'attendait à ce que je donne l'exemple.

Nana agita un bras en direction de la cuisine.

— Je crois que les filles seront bientôt prêtes. Tu peux t'asseoir à côté de moi, ce soir, et me raconter ce que tu mijotais.

Nana et Paddy étaient arrivés de Dublin quand ils étaient adolescents et portaient encore les traces de leur accent natif. Ils auraient probablement pu s'en débarrasser s'ils l'avaient souhaité, mais mes fiers grands-parents irlandais n'auraient jamais envisagé un tel blasphème. J'étais ravi qu'ils ne l'aient pas fait. Entendre le lyrisme de ces mots me rappelait de tendres souvenirs des moments passés chez eux.

Nana nous guida vers le salon et je la suivis en craignant de nouvelles réprimandes. Paddy avait été le chef de notre affaire pendant des décennies, mais c'était Nana qui dirigeait la famille. Personne ne fâchait Nana Byrne. Sans elle, mon aversion des réunions sociales m'aurait probablement contraint à éviter ces dîners, mais comme elle était là, ce n'était pas une option. Heureusement, j'avais entraîné les gens qui m'entouraient à ne pas avoir trop d'attentes concernant les conversations avec moi.

Le clan des Byrne s'était presque agrandi jusqu'à atteindre trois douzaines de personnes, et il ne s'agissait que de la branche de Paddy et Nana Byrne. Mon grand-père avait eu quatre frères et trois sœurs. Les cinq frangins s'étaient lancés dans les affaires, à l'époque, mais deux avaient été tués, un autre avait suivi sa femme en Irlande et le dernier avait été envoyé en prison.

Notre famille était l'ultime pilier de l'héritage Byrne et l'une des quelques familles irlandaises privilégiées ayant survécu à la réorganisation du crime organisé dans les années soixante-dix et quatre-vingt. Paddy était futé. Il s'était adapté et avait maintenu le clan à flot. Désormais, nous étions sur le point de connaître une nouvelle ère de prospérité. L'argent était arrivé à la pelle, mais nous étions toujours considérés comme l'un des groupes criminels les plus faibles. C'était en train de changer.

Mon cousin Conner était venu dîner avec sa femme italienne, Noemi. Leur mariage récent solidifiait une alliance inédite entre les Irlandais et les Italiens. Et une année plus tôt, Oran, l'aîné des petits-enfants Byrne, avait épousé une fille Donovan pour unir ce qu'il restait de leur clan mourant au nôtre. La prochaine manœuvre clé consistait à avoir davantage d'influence sur ceux qui étaient chargés d'appliquer la loi, d'où ma visite à Evan Alexander. Avec un petit peu plus de finesse, toutes les étoiles seraient parfaitement alignées et nous deviendrions intouchables.

Selon moi, rien n'était plus important que d'offrir une bonne vie à ceux qui m'entouraient – ma fratrie et mes cousins, leurs enfants, et la génération à venir. Mes proches étaient tout pour moi, même si je préférais ne pas leur parler. Cependant, pour le bien de Nana, je m'obligeai à converser malgré le chaos du dîner.

Toute la famille ne tenait plus dans la maison de mes grands-parents, mais Paddy et Nana avaient refusé de déménager. Nous faisions donc avec. Les enfants se réunissaient en cercle pour manger par terre, comme pour un pique-nique, tandis que les adultes se servaient de toute chaise disponible. C'était bruyant, bondé et cela me provoquait la chair de poule. Je mangeai rapidement, avant de partir prendre l'air dans le jardin à l'arrière de la demeure. Peu de temps après, mon père se joignit à moi.

— Comment s'est passée ta rencontre avec Alexander ? demanda-t-il tandis que sa respiration formait un nuage blanc dans la fraîcheur de cette soirée.

— Il reste sur ses positions.

Mon père pinça les lèvres.

— C'est ce que j'imaginais.

Jimmy Byrne commençait à vieillir, avec ses soixante-deux ans, mais, dans les faits, il était le chef de l'affaire familiale depuis des décennies. Il s'en était bien sorti, au fil des ans, et je respectais sa perspicacité, bien que nous ne soyons pas toujours d'accord.

— Je continue de dire que nous devrions tenter un autre angle d'attaque. Il n'est pas du genre à répondre aux menaces et même si on pouvait essayer de s'appuyer sur le maire, on finirait par s'attirer des ennuis avec les Grecs. Ils l'influencent depuis des années.

Papa fronça les sourcils, comme s'il y réfléchissait, et il croisa pensivement les bras.

— Parfois, il vaut mieux ramper par-derrière plutôt que de surgir par la porte d'entrée.

Son regard se riva sur le mien.

— Il a une fille, tu sais.

— Alexander ? Oui, je suis au courant, répondis-je d'une voix méfiante.

Si mon père la mentionnait, cela ne pouvait qu'être de mauvais augure.

Il haussa les épaules.

— Nous avons besoin de quelqu'un à l'intérieur. Une place à la table. Quel meilleur moyen d'y arriver que de s'asseoir réellement à la table familiale du gouverneur ?

Merde. J'ignorais ce que je détesterais le plus : qu'il suggère que je coure après Rowan Alexander ou que nous la menacions. La solution pour laquelle il opterait se jouerait à pile ou face. Un kidnapping serait plus direct et sacrément plus facile. Étant donné qu'elle était son unique enfant, je n'aurais qu'à m'appuyer sur l'avertissement que j'avais déjà proféré. Il n'aimerait pas ça, mais il finirait par céder. En revanche, un mariage ? Je n'avais pas signé pour ça. Rowan était plus intrigante que je ne m'y étais attendue, mais ça ne signifiait pas que j'avais envie d'épouser cette femme. Seigneur.

— Nous sommes en bonne position, papa. Je ne crois pas que ce soit nécessaire.

— Tu l'as vue ? continua-t-il d'insister.

— Oui, et c'est presque encore une gamine, dis-je avec plus de force que je ne l'aurais dû.

Papa me jeta un coup d'œil avant de hausser les épaules, mais je ne mordis pas à l'hameçon.

— Tu as sans doute raison. Ce serait peut-être mieux si Tor apprenait à la connaître. Ils ont une différence d'âge moins importante.

Je savais que je n'allais pas aimer ce qu'il dirait ensuite.

Le fils cadet de mon oncle Tully était un combattant professionnel. Il était ambitieux, mais revêche dans ses meilleurs jours. L'idée qu'il séduise Rowan me rendait irrationnellement furieux.

— Je vais faire en sorte de convaincre Alexander, déclarai-je à travers mes dents serrées. Laisse Tor en dehors de ça.

Mon père me scruta de ses yeux affûtés.

— J'ai confiance en ton jugement, fils.

Il me tapota l'épaule et hocha la tête.

— Il commence à faire vachement froid, ici. Je rentre.

— J'arrive dans une seconde.

— Prends ton temps.

Il cogna ses articulations contre le revêtement en vinyle et laissa la contre-porte claquer derrière lui.

Je soupirai longuement, mais cela ne dissipa pas la tension accumulée dans mon cou et mes épaules. J'avais besoin d'un verre. D'un grand verre. Mais la porte arrière s'ouvrit à nouveau, signalant que j'avais de la compagnie. Je regardai derrière moi et vis l'épouse de mon cousin, Oran.

— Oh, désolée. Je ne m'étais pas rendu compte qu'il y avait quelqu'un.

— Tu peux volontiers rester, dis-je pour mettre fin à sa retraite. Il y a assez de place pour nous deux.

Caitlin était une jeune femme adorable – discrète, mais perspicace avec un comportement décontracté et un sourire qui ne se reflétait pas vraiment dans ses yeux. Quand le mariage entre nos familles avait été évoqué la première fois, Oran et moi, comme nous étions les deux petits-enfants les plus âgés, avions été proposés comme options. Mon cousin s'était rapidement porté volontaire pour cette union. Il était impatient de se positionner en tant que chef de famille et ces deux-là s'entendaient manifestement bien. Ça ne m'avait pas dérangé jusqu'à la mort récente de son père, Brody Byrne. C'était à ce moment-là que mes suspicions s'étaient enracinées.

Oran avait été le seul à savoir que Brody avait changé ses plans, ce jour-là. Les Albanais étaient tombés sur lui quand il quittait le club et cela aurait pu être une coïncidence, mais mon instinct me disait que cela avait été un coup monté. Lorsque j'avais mentionné mes inquiétudes à mon père, il avait été si submergé par le chagrin qu'il avait immédiatement rejeté cette idée. Il ne voulait même pas envisager une telle possibilité. Trois mois plus tard, nous n'en avions toujours pas discuté. Il avait peut-être oublié, mais pas moi.

Caitlin enroula les bras autour de son ventre et s'appuya contre le garde-corps de l'escalier.

— Je ne suis toujours pas habituée à ce qu'il y ait tant de monde dans une seule maison. Il fallait que je respire un coup.

— J'y suis habitué et j'ai quand même dû respirer un coup.

Son chemin de vie n'avait pas été facile. Sa mère était morte quand elle était jeune et son père avait été tué moins de cinq ans plus tôt. Leurs affaires familiales avaient décliné et elle avait dû se sacrifier et se marier pour unir ce qui restait de sa famille avec la nôtre. Ce n'était pas une belle affaire, mais elle l'avait admirablement bien gérée.

— Comment va ton frère ? lui demandai-je.

Elle hocha la tête et le premier soupçon de véritable sourire se dessina sur ses lèvres.

— Il va bien. Il travaille dur, comme toujours.

— Ah oui ? l'encourageai-je en espérant qu'elle m'apprendrait ce qu'il mijotait.

J'étais curieux de savoir comment les Donovan survivaient, désormais.

— Oui, Oran l'a beaucoup aidé en donnant des contacts à Flynn et en le guidant. Je vois de bonnes perspectives pour lui, à l'avenir.

Intéressant. Visiblement, Oran avait adopté l'alliance, ce dont j'avais douté, étant donné que je l'avais aperçu moins de six mois auparavant en train de tourner autour d'une autre femme dans notre club. Manifestement, à chaque jour qui passait, l'estime que j'avais pour mon cousin faiblissait, pour une raison ou pour une autre.

— C'est bon à entendre.

Elle sourit et crispa les mâchoires pour lutter contre un frisson. Je retirai ma veste et l'enroulai autour de ses épaules.

— Tu auras besoin de ça si tu restes dehors plus longtemps.

— Tu rentres ?

— Si je ne rentre pas, Nana va venir me chercher, répondis-je ironiquement.

Caitlin gloussa.

— J'arrive bientôt.

Je lui serrai le bras.

— Rien ne presse.

Si j'étais elle, je n'aurais pas envie de retourner précipitamment aux côtés d'Oran. J'avais un très mauvais pressentiment et je me disais que les choses, avec lui, allaient s'envenimer… plus tôt qu'on ne l'imaginait.

3

Rowan

— JE N'AVAIS PAS RÉALISÉ QUE TU ÉTAIS VENU HIER. ON aurait pu faire le trajet ensemble.

Je tentai de ne pas avoir l'air agacée, alors que je suivais Stetson dans l'escalier de la propriété de mille mètres carrés en grès rouge appartenant à son père. Cet endroit n'était même pas à cinq minutes de la maison de mes parents, ce qui signifiait que j'avais fait le déplacement deux jours de suite en partant de West Village pour rejoindre l'Upper East Side. Cela ne prenait qu'une demi-heure, mais tout de même. La durée de trajet m'avait fait perdre une bonne partie de mon week-end.

— C'était une décision de dernière minute. Papa est revenu d'un voyage et m'a demandé si je pouvais passer dîner. C'était plus facile de rester ici.

Il se retourna en haut des marches et m'attira dans une étreinte.

— Enfin, je suis ravi que tu sois venue. Nos emplois du temps nous ont empêchés de nous voir, dernièrement.

Il avait raison. Mais, pour être honnête, ni l'un ni l'autre, nous n'avions fait d'efforts pour faire coïncider nos plannings chargés. Nous nous connaissions depuis si longtemps que notre relation était différente de celle des autres. Même si nous n'avions commencé à nous fréquenter qu'un an auparavant, officiellement, nous n'étions pas ridiculement obsédés à l'idée de passer chaque minute ensemble. Je connaissais Stetson depuis le collège. Nos pères étaient amis de longue date, nous nous voyions donc régulièrement en grandissant. Sortir ensemble avait été la progression naturelle de notre relation et nos pères n'avaient pas franchement été timides en exprimant leurs espoirs de nous voir finir ensemble. Quand j'avais dit à papa que Stetson m'avait demandé de sortir avec lui, son sourire aurait pu transformer la nuit en jour.

— J'avais espéré réviser un peu, aujourd'hui, mais je crois que je peux caser quelques heures de boulot avant les cours de demain matin.

J'ajoutai un soupçon de fausse pudeur dans mon sourire et l'observai entre mes cils.

Stetson était mignon, dans le genre voisin sympa. Ses cheveux châtains étaient épais, courts et bouclés et ses yeux dorés étaient illuminés d'un éclat malicieux que je trouvais attirant. Grand et mince, il était étonnamment athlétique pour sa taille. Après avoir été dans l'équipe de sport du lycée pendant quatre ans, il jouait désormais au hockey sur gazon pour un club. Mais, plus que tout, sortir avec Stetson était confortable. Facile. Nous savions tous les deux à quoi nous attendre ensemble et visiblement, cela nous plaisait ainsi.

— Tu valides toujours tes cours haut la main, me taquina-t-il. Une nuit de repos ne te fera pas de mal.

Il me serra une dernière fois la main avant de me relâcher pour avancer dans le couloir.

— Viens, Duke est sur le point de jouer. La présaison commence ce soir, me cria-t-il.

Je restai plantée là une seconde avant de baisser les yeux vers la tenue que j'avais mis trop de temps à choisir. Un pull en cachemire vert forêt qui accentuait leur couleur noisette et qui était coupé assez court pour exposer mon ventre au-dessus de mon jean si moulant qu'on aurait cru qu'il était peint sur ma peau. Stetson ne l'avait même pas remarqué.

Le sexe n'était pas exactement la pierre angulaire de notre relation, mais cela faisait une semaine, alors j'avais au moins espéré attirer son regard. Après ma rencontre avec Keir, la veille au soir, j'avais été si étrangement excitée que je n'avais pas pu m'endormir avant de soulager le besoin douloureux qui palpitait entre mes cuisses.

L'adrénaline avait un effet surprenant sur le corps, du

moins, c'était ce que je me disais. C'était l'unique explication logique.

Je secouai la tête pour m'arracher à ce souvenir et suivis Stetson dans le salon télé luxueux. La maison sur trois étages, sans compter le sous-sol, était opulente de bien des manières. Celle de mes parents était tout aussi ancienne, mais ils l'avaient rénovée avec un design moderne qui était lumineux, ouvert et accueillant. Le père de Stetson avait insisté pour garder cette atmosphère austère de décor traditionnel dans sa demeure. Un sol en marbre noir et blanc s'étirait sur tout le rez-de-chaussée tandis que du lambris ou des tissus richement colorés étaient accrochés au mur. Les moulures étaient décorées, les installations étaient ostentatoires, car dorées, et les meubles auraient pu sortir directement d'un palais. Ce n'était pas exactement l'idée que je me faisais d'un foyer.

Au moins, le premier étage était un peu plus modernisé comme il s'agissait du domaine de Stetson. Il avait toute l'aile ouest du premier niveau pour lui, ce qui était la raison pour laquelle il rentrait fréquemment. Son appartement n'était pas si mal, mais il préférait clairement le luxe de l'Upper East Side au campus.

Je fus surprise de voir plusieurs canettes de soda sur la table basse et la couverture d'ordinaire bien pliée roulée en boule. La maison était toujours immaculée, ce qui signifiait que même quelques objets dérangés semblaient étranges.

Stetson constata que j'observais le désordre inhabituel.

— Papa a demandé à Hannah de ne plus toucher à mon

aile de la maison. Apparemment, elle devient trop vieille et moi je suis pourri gâté.

— Tu as fait quelque chose pour l'énerver ? le taquinai-je.

— Qui pourrait le savoir, avec cet homme, grommela-t-il malicieusement en s'installant sur le grand canapé d'angle gris.

Nous regardâmes le début de la présaison de basket pendant une demi-heure avant que je sois obligée de me lever et de soulager mon ennui par un petit tour aux toilettes.

— Comme tu es debout, tu peux m'attraper une bière ? demanda Stetson tandis que ses yeux restaient rivés sur la télé.

Une grimace étira ma bouche.

— Oui, bien sûr.

Je n'avais pas imaginé que ma soirée se déroulerait ainsi. Au moins, nous allions bientôt dîner et nous passerions ensuite un peu de temps ensemble.

— Attends, dit Stetson. J'avais oublié, les toilettes ont un problème, ici. Va dans les miennes ou dans celles de la chambre d'amis.

Je me redirigeai vers le couloir et levai les yeux au ciel quand Stetson cria devant l'écran. La chambre d'amis était la plus proche, alors j'entrai. Les rideaux tirés et le décor bleu marine conféraient une atmosphère sinistrement solennelle, comme dans l'un de ces vieux films de l'époque victorienne lorsqu'une chambre était barricadée une fois que son occupant était mort d'une maladie contagieuse. Je ne voyais pas pourquoi son père ne rénovait rien, sauf que cet endroit correspondait à sa personnalité. Je ne m'étais jamais sentie à l'aise avec Lawrence Wellington. J'ignorais pourquoi, mais ma peau me démangeait tant j'avais envie de m'échapper quand il était dans le coin.

C'était ce que j'aurais dû ressentir quand Keir tenait ce couteau contre ma gorge.

Ton intuition t'a indiqué qu'il n'allait pas te faire de mal et il ne t'en a pas fait. Ce n'est pas si étrange.

Je roulai des yeux. *Bien sûr. Et tu n'es pas du tout partiale.*

Traversant la pièce jusqu'à la salle de bains attenante, j'allumai et marquai une pause devant le miroir doré pendant une demi-seconde, pour y jeter un coup d'œil des plus brefs. C'était tout ce que je m'autorisais. C'était suffisant pour m'assurer que mon épais trait d'eye-liner félin était bien en place, que mon mascara noir recouvrait entièrement mes cils blonds et qu'une couche impeccable de fond de teint rendait invisible toute tache de rousseur. J'effectuai ma vérification en un clin d'œil, mais évitais autrement les glaces chaque fois que je les croisais. Je n'aimais pas voir ce qui me regardait dans le reflet. *Celle* qui me regardait dans le reflet.

Bien que je ne puisse pas totalement échapper à la vérité, je pouvais prévenir de susciter ces sombres émotions en retirant les miroirs de l'équation. Je n'étais pas une grande fan des émotions, en général. J'avais toujours pu contrôler les miennes, ce qui était la raison pour laquelle ma réaction devant Keir m'avait autant troublée. Quel genre de personne était excité par un homme tenant un couteau contre sa gorge ? C'était une question à laquelle je ne souhaitais pas répondre.

Je secouai la tête pour chasser mes pensées intrusives et finis ce que j'avais à faire. Après avoir lavé mes mains, je saisis la poignée de porte quand un étrange bruit me parvint aux oreilles. Était-ce… des pleurs ?

Je levai les yeux et observai le cache-conduit antique au plafond tandis qu'un autre geignement féminin en sortait. Aucune méprise possible. Aucun animal ou objet inanimé n'émettait des sons si saturés d'émotions. Ce désespoir écrasant me toucha en pleine poitrine et empoigna mon cœur avec une impuissance enragée, au point de rendre ma respiration difficile.

De qui pouvait venir ce bruit ? Les parents de Stetson étaient divorcés. Aucune autre femme ne vivait dans la maison, bien que la domestique, Hannah, y travaille à temps plein. Les vieilles demeures mitoyennes étaient collées les unes contre les autres, mais je ne pensais pas qu'il était possible d'entendre les voisins. Était-il envisageable que ce soit la télévision ?

J'écoutai encore une bonne minute. Les sanglots perdurèrent sans interruption et mon instinct me dit que c'était réel. Quelqu'un était dans une détresse horrible et toutes les fibres de mon être souffraient tant j'avais envie d'aider.

Je sortis de la salle de bains et retournai vers Stetson, sans oublier de lui prendre une bière dans le mini-frigo en chemin.

— Merci, chérie.

Il l'ouvrit et continua à regarder le match.

— La domestique de ton père ne vit pas ici, n'est-ce pas ?

— Non, pourquoi ?

— Elle travaille le week-end ?

Ce serait la réponse la plus logique, si Hannah pleurait, bien que je ne puisse imaginer la vieille femme réservée émettre de tels bruits.

— Non.

Il se retourna enfin pour braquer ses yeux sur moi.

— Que se passe-t-il ?

— Je sais que ça paraît étrange, mais j'aurais pu jurer que j'ai entendu des pleurs à l'étage.

Il fronça les sourcils.

— Des pleurs ? Comme un bébé qui pleure ?

— Non, c'était une femme.

— C'est bizarre.

Il haussa les épaules.

— Il n'y a personne, ici, à part papa et nous. La dernière fois que je l'ai vu, il était dans son bureau, mais il passe beaucoup de temps au deuxième étage, ces temps-ci, pour travailler sur un projet. Ça pourrait être lui ou simplement les vieux tuyaux qui couinent ou quelque chose comme ça. Tu sais à quel point cette maison est vieille.

Je songeai au père de Stetson et frissonnai intérieurement. Je luttais peut-être avec mes émotions, mais cet homme était une machine. Pouvait-il être avec une femme là-haut ? Il avait peut-être eu un rencard qui s'était mal passé. Mais pourquoi serait-elle à l'étage ? Rien ne semblait coïncider. Néanmoins, je me sentais mal à l'aise à l'idée d'insister auprès de Stetson. Son père était un sujet sensible. Je comprenais. Si Lawrence

Wellington était mon père, j'aurais aussi des problèmes avec ça.

Je gardai mes inquiétudes pour moi et hochai la tête.

— Tu as probablement raison.

Je souris faiblement, détestant l'impuissance qui emplissait mes veines de plomb et alourdissait mon corps tout entier.

Tu réagis excessivement. Tu ne sais même pas s'il y a quelqu'un là-haut.

Je sais ce que j'ai entendu.

Tu sais ce que tu crois avoir entendu.

De quel côté es-tu ?

Je notai dans un coin de ma tête de promettre au fantôme gémissant que je ne l'oublierais pas, et je tentai de poursuivre notre soirée.

Une heure plus tard, nous étions installés à la table de salle à manger avec le père de Stetson et finissions notre dîner. J'avais espéré que Stetson et moi puissions dîner en tête à tête, mais ça n'était pas le cas. Au lieu de ça, nous étions assis à trois sur une table de douze sous un lustre de cristal et une couverture de silence.

— Je retourne dans le Norfolk, cette semaine, dit M. Wellington en posant sa serviette sur la table.

— J'ai dit à Hannah de ne pas s'inquiéter et de ne pas venir avant jeudi. Je ne savais pas ce que tu avais prévu.

Généralement, il ne demandait pas à la domestique de prendre un congé quand il n'était pas là, ce qui arrivait souvent. S'était-il passé quelque chose entre eux et lui donnait-il quelques jours de vacances pour s'excuser ? C'était une possibilité.

Stetson but une nouvelle gorgée de vin avant de poser son verre.

— Ça me va. Je ne pense pas avoir besoin d'elle pendant ton absence.

Lawrence Wellington acquiesça et son regard dévia vers moi.

— Alors, Rowan, prévois-tu toujours d'obtenir ton diplôme en décembre ?

— Oui, monsieur.

— Puis tu rejoindras l'équipe de campagne de ton père ?

— C'est ce qui est prévu.

— Tu seras douée avec la presse. Je ne sais pas ce qu'Evan en pense, mais une fille aussi jolie que toi serait un atout, devant les caméras. Tout le monde adore les jolis minois et quand tu souriras, les journalistes oublieront la question qu'ils étaient censés poser.

Bon sang, c'était gênant. J'avais envie de lui enfoncer son chauvinisme dans le cul, mais je savais que, selon lui, c'était un compliment. Je me contentai donc de sourire légèrement.

— Papa, allez. Ro est bien plus qu'un joli minois, intervint Stetson. Un de ces jours, elle sera la reine de la société de New York.

Toute ma gratitude envers mon aspirant champion se tarit. S'il y avait bien une chose dont je n'avais pas envie, c'était devenir la meneuse d'une bande de femmes au foyer mondaines. Je savais que j'avais signé pour ça en sortant avec l'un des hommes les plus riches de la ville, mais je n'étais pas obligée d'aimer ça.

— Elle est certainement faite pour ce rôle.

M. Wellington leva son verre dans ma direction et me fit un clin d'œil. Soudain, je ressentis le besoin de prendre une douche brûlante.

— Vous avez tous les deux cours, demain matin ?

— Oui, répondit Stetson. Mais mon premier cours ne commence pas avant neuf heures, alors je crois que je vais rester ici une nuit de plus.

Je posai ma serviette et le dévisageai.

— Tu ne rentres pas avec moi ?

— Non, je suis déjà ici, alors autant y passer une autre nuit. Ça ne te dérange pas de rentrer toute seule ?

— Bien sûr que non.

Faire le tour de la ville la nuit ne me faisait pas peur. J'étais plutôt irritée par le manque d'intérêt de Stetson à l'idée de se joindre à moi que par autre chose.

— Je peux toujours demander à mon chauffeur de te ramener au campus, si tu le veux, me proposa son père.

Je préférerais marcher sur tout le trajet plutôt que de rester assise dans une voiture avec son chauffeur flippant pendant une demi-heure.

— Ce n'est pas nécessaire, mais je vous remercie.

Je m'obligeai à sourire.

— Et je crois que je vais y aller, maintenant. Je dois encore réviser.

— Je vais te raccompagner.

Stetson posa sa serviette en lin blanc sur la table et me rejoignit en appuyant une main dans le creux de mes reins.

— Envoie-moi un message quand tu seras chez toi, me dit-il lorsque nous arrivâmes devant la porte d'entrée.

— Je le ferai.

J'attrapai mon sac à main sur la console du vestibule et lui lançai un sourire hésitant.

Stetson plaça une main sur ma mâchoire et inclina ma tête vers la sienne avant de déposer un rapide baiser sur mes lèvres. Je franchis le seuil et passai devant deux maisons avant de me rendre compte de deux choses. Primo, je partais au nord, en direction de la maison de mes parents, plutôt que vers le sud en direction de mon appartement. Deuzio, je ne ressentais absolument rien quand Stetson m'embrassait.

Admettons, ce n'était pas un baiser passionné, mais Keir ne m'avait pas embrassée du tout et pourtant, des sentiments avaient pris possession de mes entrailles.

C'est ce que tu souhaitais, tu te souviens ?

Oui. C'était le chemin que j'avais choisi et je l'avais fait intentionnellement. J'avais besoin de me rappeler que les sentiments n'étaient pas censés avoir un rôle dans cette équation.

🔥

MES PARENTS VIVAIENT à dix petites minutes à pied de la demeure des Wellington. Lorsque je tournai au coin de la rue, vers leur pâté de maisons, je me rendis compte que j'observais la zone à la recherche d'une version de Thor, tatouée et aux cheveux courts, tapissée dans l'ombre. Je m'attendais encore moins à la déception qui voûta mes épaules quand j'atteignis l'entrée sans rien apercevoir.

M'étais-je honnêtement attendue à ce qu'il passe son temps sur le trottoir, devant la maison ? Bien sûr que non. Cela aurait été ridicule. Pourquoi reviendrait-il le lendemain ?

Je pris une profonde inspiration et appuyai sur la sonnette. Le garde du corps en service ouvrit et me salua en souriant.

— Bonjour, madame. Entrez. Je crois que votre père est dans son bureau et la dernière fois que j'ai vu votre mère, elle nettoyait la cuisine.

— Merci. Je viens juste discuter avec mon père une minute.

Je souris et montai à l'étage, vers la chambre de mon père utilisée comme bureau. Le titre de gouverneur était assorti d'une maison dans laquelle nous aurions pu emménager quand il a été élu la première fois, mais mes parents avaient décliné. Ils avaient insisté pour rester et avaient donné les mêmes raisons pour lesquelles j'avais hâte de partir. Trop de souvenirs.

— Eh bien, n'est-ce pas un honneur ? dit papa avec un sourire radieux. Deux visites d'affilée. Qu'avons-nous fait pour mériter une telle récompense ?

Je traversai la pièce pour l'étreindre. Je ne savais pas vraiment comment répondre à cette question.

— J'étais chez les Wellington avec Stetson et je me suis dit que j'allais passer ici.

— Ça me va. Tu as mangé ?

— Oui. On a dîné avec son père.

— Comment va Larry ?

Papa s'assit sur le coin de son bureau et me fit signe de prendre l'un des fauteuils.

— En fait, c'est de lui que je voulais te parler.

Il fronça les sourcils, inquiet.

— Rien de grave. Je crois. Enfin… J'ai entendu quelque chose d'étrange, chez lui, et je voulais t'en parler.

— Qu'as-tu entendu ?

— J'aurais juré avoir entendu une femme pleurer. Stetson a dit que nous n'étions que tous les trois, à la maison, mais je parierais sur ma vie que j'ai bien entendu des pleurs provenant du deuxième étage.

Papa haussa lentement les sourcils jusqu'au milieu de son front.

— Et… ?

— Et je ne sais pas. Ça me paraissait… bizarre. J'ai toujours eu une impression étrange avec lui. Je me suis dit que j'allais te demander s'il était impliqué dans quoi que ce soit de… d'infâme.

Mon père s'étouffa en riant.

— D'infâme ? Je crois que ton imagination s'est emballée.

Je me renfrognai et ravalai ma frustration.

— Je te le dis, mon instinct m'indique que quelque chose ne va pas.

— S'il était impliqué dans quoi que ce soit de mauvais, ma puce, j'aurais coupé les ponts depuis longtemps. Ma carrière est trop importante pour que je m'associe avec qui que ce soit de discutable, même un vieil ami. Et je ne t'aurais certainement pas encouragée à sortir avec Stetson si je n'avais pas une haute estime de leur famille.

J'étais sûre que mon père allait me dire ça. Je ne savais pas pourquoi je l'avais évoqué. Il faisait sincèrement confiance à Lawrence Wellington, mais j'ignorais si cette confiance était bien placée. Bien qu'ils aient été amis à l'université, ils n'avaient plus été très proches depuis longtemps. Ils n'étaient plus comme dans leur jeunesse.

— D'accord, concédai-je tout en sachant que la bataille était perdue d'avance. Je peux te demander autre chose ?

— Toujours.

Il ne serait plus aussi obligeant quand il entendrait de qui je voulais discuter.

— Qui était cet homme, à la maison, hier soir ?

Papa se raidit.

— C'était Keir Byrne. Son père dirige l'une des plus grandes familles du crime irlandaises de la ville.

Oh *merde*. Cela expliquait nombre de choses. Keir n'était pas seulement un voyou – il était un vrai criminel. Un mafieux moderne. Je savais que ce genre d'organisations existait encore, mais elles étaient bien plus discrètes que dans les films ou même dans le passé, quand la mafia italienne dominait la ville. Je me demandai à quel point les choses avaient changé, de leur point de vue.

— Sont-ils dangereux ?

Je devinais qu'ils l'étaient, bien que je n'aie jamais entendu parler d'assassinats ou d'autres meurtres horribles liés aux associations criminelles, auparavant.

— Absolument, même si l'époque est différente, maintenant. Internet, surtout, a changé la nature des activités criminelles. Les gens peuvent se cacher et rendre cauchemardesque la recherche de preuves.

— Les gens comme lui viennent souvent te voir ?

Si c'était le cas, il m'avait dissimulé cette partie de son travail.

Papa inclina très légèrement la tête.

— C'est ça, le problème ? Tu t'inquiètes pour moi ? Parce que tu ne le devrais pas. Je n'ai pas peur de lui ni de personne d'autre.

Il se leva et m'attira contre son torse, m'enlaçant fermement.

— Ils tentent de m'intimider, à l'occasion, mais ils se donnent simplement de grands airs. J'ai affronté des hommes bien plus dangereux dans la capitale, je le crains.

— Est-ce ma Ro ?

La voix de maman porta depuis les escaliers avant qu'elle arrive dans mon champ de vision.

— Deux soirs de suite. Quelle agréable surprise !

— Je ne fais qu'un saut, lui expliquai-je. J'ai cours tôt, demain matin.

— Mon chauffeur peut te raccompagner… et n'essaie pas de me contredire, insista papa. Il fait nuit, dehors, et je le paie déjà pour qu'il soit de service. Autant profiter de lui.

Je souris et secouai la tête. Papa me connaissait trop bien. Je détestais que les gens fassent des choses pour moi quand j'étais capable de les faire moi-même, mais dans ce cas-là, un trajet paisible jusque chez moi, pendant que je restais cachée derrière des vitres teintées, apparaissait comme un répit bienvenu.

Je leur dis au revoir et me glissai à l'arrière de l'Escalade noire officielle du gouverneur. Trente minutes plus tard, j'étais dans l'ascenseur, en direction de mon appartement, le regard rivé sur mes pieds afin d'éviter les miroirs sur les parois. Un miroir ce soir avait été suffisant.

Une fois dans mon appartement, la tranquillité sembla amplifier le résonnement des sanglots dans ma tête. Pourquoi n'arrivais-je pas à laisser tomber ?

Tu sais pourquoi.

Je grognai à voix haute et m'affalai sur le lit. Ce n'est pas parce que quelqu'un pleurait que cela signifiait quelque chose. Les gens pleurent tout le temps.

Mais si elle a besoin d'aide ?

Mon estomac se tordit, enflammant une étincelle de colère. Qu'étais-je censée faire ? Appeler les flics et leur dire que j'avais cru entendre quelqu'un pleurer ? Ils m'auraient simplement répondu que j'étais ridicule.

Ne préférerais-tu pas avoir l'air ridicule plutôt que de prendre le risque de savoir que tu aurais pu empêcher quelque chose d'horrible ?

— Tu deviens tarée !

Mes mots hurlés résonnèrent à mes oreilles bien après que les murs eurent absorbé cette phrase.

— Ça aurait très bien pu être le son d'une télé, pour ce que tu en sais.

Je tentai désespérément de faire taire ma voix intérieure affolée, uniquement pour laisser la place à la vue terrifiante de Lawrence Wellington en train de me faire un clin d'œil. Quelque chose clochait, chez lui. Cela avait toujours été le cas. S'il n'était pas allé à l'université avec mon père, je n'imagine pas qu'ils seraient devenus amis, mais papa était loyal avec son passé. C'était ce qui faisait de lui un politicien si excellent. J'étais bien plus suspicieuse, par nature.

Qui était Lawrence Wellington ? Avais-je déjà réellement posé cette question ? Sa présence dans ma vie avait toujours été un acquis, alors je n'avais jamais cherché au-delà de ce que j'avais appris en grandissant.

Je retournai dans mon salon et attrapai mon ordinateur portable dans mon sac à dos. Une fois qu'il fut allumé, je tapai « Lawrence Wellington » dans la barre de recherche Google. Le premier résultat fut une page Wikipédia, suivie d'un article de *Business Insider*.

Un ex-banquier se bâtit une fortune de dix milliards de dollars grâce au boom des transports

Laurence Wellington a quitté son travail dans le capital-risque pour acheter une entreprise de transport en faillite. Des décennies plus tard, il possède l'une des plus grandes fortunes maritimes, grâce à sa société, Atlantic International Shipping (AIS).

La ruse financière de Wellington, par le passé, lui a permis de restructurer la compagnie de sorte à la maintenir à flot. Et après un investissement de vingt millions de dollars en stratégies de croissance rapide, il s'est bientôt forgé l'une des plus importantes lignes maritimes de transport de conteneurs.

« L'entreprise s'est étendue comme un feu de forêt », dit Marshall Cranston, analyste des transports basé à Londres et travaillant pour l'entreprise de recherches Venture Vessel. « Les

actes décisifs d'AIS lui ont permis de mettre en place ses stratégies de croissance ».
Un représentant de la filiale d'AIS installé à New York n'a pas souhaité nous répondre.

L'ARTICLE se poursuivait avec des détails sur la taille de l'entreprise et soulignait ses accomplissements récents. Les Wellington étaient horriblement riches. Je l'avais toujours su. C'était en grande partie la raison pour laquelle Stetson ne prenait pas l'école au sérieux. Moi aussi, je venais d'une famille fortunée, cependant j'avais décidé de travailler avec mon père des années auparavant, et cela exigeait un livret scolaire exemplaire. Stetson n'avait pas d'ambitions particulières. Il ne voyait pas l'intérêt d'aller en cours, mais son père avait été catégorique sur le fait qu'il devait obtenir son diplôme.

Je n'apprenais pas nécessairement quoi que ce soit de nouveau, avec cet article, mais je me demandai pourquoi Wellington s'était lancé dans le transport, au début. Je ne me souvenais pas s'il venait d'une famille riche et si c'était le cas, riche à quel point ? Avait-il investi son propre argent pour le projet ou une banque avait-elle été impliquée ? Ou peut-être des investisseurs privés ? Papa serait plus enclin à me dire ce qu'il savait sur les antécédents de Wellington qu'à discuter de potentielles activités criminelles.

Je parcourus d'autres articles avant d'abandonner cette enquête afin d'en poursuivre une qui me regardait encore moins. Je tapai le nom de Keir Byrne dans la barre de recherche Google. Rien. Cette fois-ci, j'entrai « famille Byrne mafia irlandaise ». Était-ce ainsi qu'on la qualifiait ? La mafia n'était-elle pas exclusivement italienne ? Je n'en avais aucune idée, mais Internet sembla comprendre. Le premier résultat fut un article daté d'il y a quelques mois seulement et intitulé « Coïncidence ou Assassinat ? ». Cela attira mon attention.

L'un des leaders de la puissante famille Byrne a été tué par balle, hier soir, devant l'un des clubs de la famille irlandaise, une faction connue du crime organisée dans la ville. Brody Byrne, l'un des trois fils du célèbre Patrick Byrne, avait cinquante-huit ans quand les balles tirées depuis une voiture en marche ont mis fin à ses jours.

Bien que l'activité criminelle de type mafieuse n'ait pas fait les gros titres des journaux, ces dernières décennies, la mort porte indubitablement le sceau d'une exécution. Byrne laisse derrière lui une femme et trois enfants adultes. Les autorités enquêtent sur son décès, mais d'après le préfet de police, Paul Cooke, les assassinats depuis des voitures ont l'un des taux de condamnation les plus faibles. En effet, les preuves sont difficilement détectables.

LA PHOTO de l'homme dévoilait une ressemblance frappante avec Keir. Les mêmes yeux bleus. Le même éclat impitoyable. Serait-ce un jour le destin de Keir ? La vie qu'il menait était-elle périlleuse à ce point ?

Papa avait dit qu'il n'avait pas peur des Byrne, mais je me demandais s'il n'avait pas fanfaronné. Keir et sa famille étaient incontestablement dangereux. Il était logique de les craindre.

Tu n'as pas eu peur de Keir.

Oui, mais je suis différente. Brisée.

Ou... écoute-moi... peut-être que ton intuition t'a dit qu'il ne te ferait pas de mal. Tu te rappelles ce monologue sur les instincts de survie, la chasse et la proie ? Si tu savais qu'il t'observait, peut-être que tu as pu deviner qu'il n'était pas dangereux.

Tu as un avis sur tout, c'est horrible.

Je levai les yeux au ciel et continuai de farfouiller sur Internet à la recherche d'informations sur l'homme qui avait fait bondir mon pouls, après des années d'électrocardiogramme plat. Ma curiosité était insatiable et il n'y avait pas que ça. Pour la seconde nuit d'affilée, penser à ces yeux turquoise et à la domination implacable de cette volonté de fer me fit jouir quand je me fus touchée quelques minutes seulement. Je n'avais jamais eu d'orgasme aussi rapide et ce fut suffisamment ardent pour que j'évite d'imaginer l'effet qu'il me faisait avant de m'endormir dans un sommeil béat.

4

Rowan

DES CAILLOTS DE SANG POISSEUX EMMÊLAIENT SES cheveux. Il n'y avait pas une tonne de sang, mais ses cheveux blancs et blonds rendaient ce pourpre intense encore plus évident.

Ce spectacle me retourna l'estomac. Ce qui me terrifiait le plus, c'était sa manière de rester parfaitement allongée. Le temps se figea autant que le corps à mes pieds. Le vent ne souffla pas. Les oiseaux ne gazouillèrent pas. Tout, sauf mon cœur tambourinant, s'était arrêté – lui battait comme s'il essayait de réveiller en sursaut le monde autour de moi, mais ce n'était pas de bon augure. Rien ne bougeait. Pas même moi.

Je restai paralysée et impuissante, incapable de me mouvoir ou d'appeler à l'aide, bien que mon esprit me crie de faire *quelque chose* derrière ses barreaux de fer. Je ne réussis qu'à baisser les yeux, choquée, vers mes mains ouvertes. Mes paumes tournées vers le haut étaient couvertes de sang.

Mon estomac se retourna et la panique me brûla en remontant dans ma gorge.

La fille n'avait presque pas saigné. D'où venait tout ce sang ? Mes mains étaient couvertes d'une couleur pourpre poisseuse. Mes vêtements avaient été éclaboussés et tachés. J'étais couverte de la tête aux pieds.

Une terreur agonisante refusa d'être contenue plus longtemps et jaillit de mes poumons sous la forme d'un hurlement terrible. Le son me parvint aux oreilles quand je me relevai brusquement sur mon lit. Je claquai une main sur ma bouche et me hâtai vers la salle de bains.

J'arrivai devant les toilettes juste à temps pour vomir un cocktail acide de bile et de restes de dîner. Les larmes inondaient mes joues, ce qui était presque aussi troublant que le cauchemar. Je ne pleurais pas. Je ne l'avais pas fait depuis l'enfance. Pourtant, des ruisselets de tristesse salée coulaient le long de mon visage.

Ce n'était qu'un rêve, Ro.

Tu sais que c'était plus que ça.

Non. C'était un rêve.

Je m'étais peut-être inquiétée pour la personne qui pleurait, ça ne changeait rien au fait que ce que je venais de voir n'était qu'un cauchemar. Je ne laisserais pas mon subconscient teinter mes pensées quand j'étais éveillée.

Alors, tu vas abandonner ?

Ce n'est pas ce que j'ai dit. Je voulais simplement dire que je ne vais pas foncer tête baissée.

J'aspergeai mon visage d'eau et pris plusieurs inspirations profondes.

Donc qu'est-ce que tu vas faire ?

J'ai besoin de plus d'informations.

Et où les trouveras-tu ? Tu n'as rien pu trouver sur Google et papa n'a été d'aucune aide. Si tu vas voir les autorités, tout ce qu'ils trouveront pourra finir par faire du mal à papa.

C'était la vérité. Papa et Lawrence Wellington étaient amis depuis trop longtemps pour éviter une controverse. Toutes mes interrogations devraient rester discrètes. Je pourrais peut-être engager un détective privé ? Ça pourrait fonctionner, mais qui ? Et étaient-ils obligés de rapporter tout crime aux autorités ?

Je ne pouvais laisser cette histoire affecter mon père, mais je ne pensais pas non plus être capable d'ignorer la femme en pleurs. Quelque chose, jusque dans ma moelle, m'indiquait que le père de Stetson était quelqu'un de mauvais. J'avais seulement besoin d'une preuve.

Que feras-tu une fois que tu auras obtenu cette preuve ?

J'en parlerai à papa et il gérera ça en privé.

Et Stetson ?

Je me pliai en deux, au niveau des hanches, et baissai la tête entre mes bras, tandis que mes mains étaient appuyées contre le lavabo. Tout était si troublant, concernant Stetson. Comment les actes de son père impacteraient-ils mon opinion sur lui ? Devrais-je lui faire part de mes soupçons ? Si oui, quand ? Comment réagirait-il ?

Je détestais l'incertitude. J'aimais les plans, l'ordre et savoir exactement à quoi m'attendre.

L'écho du cri d'une femme dériva dans mon esprit, comme une bourrasque glaçante. Elle avait besoin de moi et au sujet de cette histoire, c'était tout ce qui comptait.

D'accord, Wonder Woman, comment prévois-tu d'accomplir ce merveilleux sauvetage ?

Je levai les yeux au ciel et retournai dans ma chambre.

Ne sois pas dramatique. Tout ce que je veux, là, c'est davantage d'informations.

Qui peut te les obtenir sans déclencher de signal d'alarme ?

Une personne douée avec la technologie. Quelqu'un qui n'était pas dérangé à l'idée de contourner le règlement et qui avait l'habitude de recueillir des renseignements sur les autres. Je ne connaissais pas un tel individu, personnellement, mais une paire d'yeux ressemblant à un océan turbulent apparut dans mon esprit.

Keir Byrne avait réussi à s'introduire dans la maison du gouverneur et avait proposé des scoops sur le maire pour le faire ensuite chanter. Il était exactement le type d'hommes qui pouvait dégoter des informations sur Lawrence Wellington.

Un soupçon d'excitation séductrice, la même que celle ressentie dans la cuisine de mes parents, s'entortilla fermement dans mon ventre. Je ne pouvais nier que j'avais envie de le revoir. Laissais-je ma fascination teinter mon jugement ? Possible. Keir ne me semblait pas du genre à jouer aux gentils. S'il découvrait un squelette dans le placard de Wellington, s'en servirait-il contre mon père ? Il voulait quelque chose de la part de papa et les indiscrétions de son ami pouvaient être utilisées comme levier contre lui.

Mais ne serait-ce pas mieux de gérer ce qu'il se passait dans l'intimité, plutôt que d'attendre que la presse balance cette nouvelle sur toutes les chaînes d'informations ? Ce que nous allions découvrir pouvait être une bombe à retardement.

Ou alors, ça pourrait n'être rien du tout.

Si c'est le cas, il n'y aura pas mort d'homme.

Quel bordel ! Je m'enfonçai sur mon lit et regardai le plafond.

Et pourquoi pas... Et si nous allions simplement lui parler et voir comment ça se passe ?

Je levai les mains, m'attendant presque à voir du rouge incrusté sous mes ongles.

Elle a besoin de toi.

Je sais.

Ce qui signifiait qu'il n'y avait qu'une seule option.

Demain, j'irai au Moxy.

♦

J'AVAIS CONSCIENCE de chaque minute agonisante qui s'égrenait alors que je restais assise pendant mes cours, le lendemain. L'anticipation était un courant électrique interminable qui coulait dans mes veines. J'envisageai de louper des cours, comme mes pensées étaient trop distraites pour que j'écoute une leçon, mais je refusai de céder à cette attraction. La logique contrôlait mes actes, et non pas ma curiosité ou ma libido.

Et il était probable que Keir ne travaille pas avant la fin de la journée. J'avais cherché le nom de *Moxy* et découvert qu'il s'agissait du genre d'établissement qui faisait surtout affaire le soir. Un club de strip-tease perdu au milieu de Garment District. Ce n'était pas le meilleur lieu où aller, le soir, mais si je m'y rendais en fin d'après-midi, j'avais de bonnes chances d'y croiser Keir et de rentrer chez moi avant qu'il soit trop tard. Je préférais ne pas déambuler dans cette zone une fois la nuit tombée.

J'ignorais totalement où je pourrais trouver cet Irlandais ailleurs, alors je devrais m'en contenter.

J'arrivai juste après seize heures. L'endroit était relativement calme, à ce moment de la journée. Si le soleil de fin septembre s'était déjà caché derrière les murs des gratte-ciel de la ville, le chaos vrombissant de la nuit ne s'était pas encore mis en action.

L'extérieur du bâtiment, peint en noir, ne s'ouvrait sur aucune fenêtre, ce qui faisait comprendre explicitement la nature du club dissimulé à l'intérieur. Néanmoins, la peinture était bien entretenue et l'auvent relativement neuf était éclairé par des lumières vert néon. L'effet était puissant et même un peu attirant.

Je n'étais jamais allée dans un club de strip-tease, mais je m'étais renseignée sur cet endroit, en ligne, pour avoir une petite idée de ce à quoi je devais m'attendre. Les photos montraient des banquettes en cuir pour les pole dances privées, et des lustres élégants illuminant un lambris luxueux sur le mur. C'était un mélange entre un bar de sport et un club de gentlemen. Quand j'entrai, je fus soulagée de voir que les photos avaient été une description précise. Je n'avais pas besoin de fréquenter les clubs de strip-tease pour savoir qu'ils pouvaient être beaucoup plus sordides que le *Moxy*.

Des filles dansaient, bien qu'il soit tôt, et une musique sensuelle pulsait dans la pièce. Une dizaine de clients étaient éparpillés dans le club ainsi que des serveuses en robes qui ne cachaient pas grand-chose et des hommes intimidants habillés tout en noir, comme celui qui se trouvait au niveau de la porte d'entrée. Son visage était frappant, à cause de la grimace qui étirait ses lèvres.

— Si vous cherchez Jolly, il n'est pas là, dit l'homme comme si m'accorder du temps dans sa journée lui avait été physiquement douloureux.

— Jolly ? Euh, non. Je cherchais Keir.

L'individu, qui me fusillait maintenant du regard, fronça les sourcils et m'observa de haut en bas.

— Que lui voulez-vous ?

— Il est venu chez moi, l'autre soir, et il a posé des questions. Je voulais poursuivre la conversation.

C'était plus ou moins vrai et pourtant suffisamment vague pour susciter l'intérêt. Avec un peu de chance. J'avais utilisé chaque once de mon privilège inné afin de paraître assez confiante et chasser tout doute subsistant. Cela sembla fonctionner.

— Et si vous me donniez votre numéro ? Je lui demanderai de vous appeler.

Ce n'était pas une question.

Avant que je puisse décider s'il valait mieux insister ou partir en courant, une magnifique serveuse avec des boucles blondes s'approcha.

— Tor, tu ne donnes pas du fil à retordre à cette jolie femme, si ?

Elle avait un accent du Sud qui la rendait instantanément appréciable. J'ignorais si je comprenais bien cet effet, mais c'était la même chose qu'avec des chiots. Seuls les sociopathes pouvaient avoir l'air de chiots et ne pas avoir une goutte de dopamine dans leur système sanguin.

L'homme qu'elle avait appelé Tor grimaça.

D'accooooord. Alors... une sociopathe ?

Probablement.

— Ça ne te regarde pas, Stormy, grommela-t-il.

— J'étais juste venue parler à Keir, laissai-je échapper en espérant que Stormy, comme il l'avait nommée, serait d'un plus grand secours.

Elle me lança un sourire étincelant.

— Eh bien, ce n'est pas compliqué.

Elle se décala et jeta un coup d'œil par-dessus son épaule.

— Il est juste là-bas.

— Merde, Storm. Elle n'a peut-être pas besoin de savoir ça, râla l'homme.

Stormy était imperturbable. Elle me fit un clin d'œil avant de s'en aller, et j'eus l'impression que ces deux-là se disputaient régulièrement. J'aurais probablement ri aussi, si ma nervosité n'avait pas la mainmise sur tout mon corps.

Je contournai Tor et remarquai Keir, assis, dos à moi, à une table. Il regardait une femme danser sur une petite plateforme surélevée. J'observai cette dernière en m'approchant. Elle était mince et musclée, mais ses mouvements étaient trop exagérés à mon goût. Trop intentionnellement érotiques. Elle ne se servait pas des possibilités séductrices offertes par la musique. Étant donné son but et son public, c'était probablement pour le mieux, toutefois j'avais tout de même l'impression que c'était dommage.

Et voilà, tu recommences à tout analyser.

Ouais, eh bien. Que suis-je censée faire d'autre ?

Les voix se turent à la seconde où le regard perçant de Keir croisa le mien.

La voilà, encore. Cette exaltation, comme de l'adrénaline directement injectée dans mon cœur. Comment le simple fait de le voir embrouillait-il mes pensées tout en dénouant mes tripes ? Je n'avais pas peur de lui. Si ce n'était pas de la terreur, qui bouillonnait en moi, alors qu'était-ce ? Je ne pouvais nier la réponse qui rugissait dans ma tête tandis que je réduisais la distance entre nous.

De l'attirance. Une attirance primitive et magnétique qui me saisissait sur le plan moléculaire. Et je n'étais pas seulement séduite par sa belle allure sauvage, mais aussi par le pouvoir dont il irradiait naturellement, comme s'il était né avec une abondance de confiance et de maîtrise si innées que se vanter devenait inutile. Keir Byrne connaissait ses forces et ne voyait pas l'intérêt de les exhiber. Le simple parfum d'une telle certitude était enivrant.

— N'est-ce pas la petite miss Alexander ? Tu as réussi à me surprendre et ce n'est pas facile à faire.

Curieusement, il savait exactement comment il devait parler pour que je l'entende malgré la musique. Cela m'obligea à consacrer toute mon attention sur les mots qu'il prononçait.

— Je suis ravie d'avoir pu vous amuser un peu pendant votre journée, même si j'ai l'impression que vous êtes déjà parfaitement diverti.

Mon regard se riva sur la femme qui continuait à tourbillonner sur la scène privée.

— Tu as confondu concentration et divertissement. Je travaille, dit-il sèchement. Madison passe une audition, alors, si ça ne te dérange pas…

Il tendit la main vers la bouteille d'eau sur la table et reporta ses yeux sur la scène. L'avais-je irrité ? J'avais la sensation qu'il était passé d'amusé à insulté, et je devais rapidement arranger les choses.

— J'ai juste besoin d'une minute pour vous parler, Keir. S'il vous plaît, rien qu'une minute.

Bon sang, mon corps se réchauffait chaque fois que son regard se posait sur moi.

— Je te l'ai dit, je fais passer une audition, là, alors à moins que tu aies envie de danser, *va-t'en*, m'ordonna-t-il d'un ton glacial suintant de défi.

S'il croyait que me challenger allait me faire fuir, il se trompait.

J'avançai jusqu'à lui et jetai mon sac à main sur son

torse avant de retirer mes chaussures. Je ne laissai pas mon regard vaciller, ne serait-ce qu'une seconde. Rowan Alexander ne reculait devant personne. Peu en importait le résultat, ce que je m'apprêtais à faire vaudrait l'éclat de surprise fascinée qui étincelait derrière ses yeux tropicaux. Il ne bougea ni ne parla, mais je voyais dans ses profondeurs caribéennes que j'avais retenu son attention.

— Je danse et ensuite vous écoutez. D'accord ?

Il me dévisagea dix bonnes secondes avant de baisser le menton.

Profitant de l'occasion, je me glissai sur la scène. L'occupante actuelle nous regarda tour à tour, Keir et moi, puis elle recula à contrecœur.

Ne t'inquiète pas, ma belle. Je ne veux pas te piquer ton boulot.

J'essayai de m'éclaircir les idées et laissai la musique filtrer dans mon corps. Je ne connaissais pas cette chanson, mais elle avait un rythme sensuel et une basse hachée qui rendait tout mouvement aisé. Ce que Keir ignorait, c'est que j'étais probablement plus chez moi sur cette scène que n'importe où ailleurs. La danse était ma thérapie. Mon véritable amour.

Je ne suivais plus de cours, mais je tâchais de trouver le temps de danser, la plupart des jours. Je le faisais pour moi. Me donner en spectacle pour les autres n'était pas ce que je préférais, je me déconnectai donc des écrans de télévision clignotants et des autres danseuses. J'ignorai les regards envieux des hommes autour de moi et laissai la musique prendre le dessus.

Le jean que je portais était assez élastique pour

permettre le mouvement. Ce n'était pas idéal, mais suffisant. Et mon pull court, avec un décolleté raisonnable, était parfait pour ajouter un soupçon de peau. Je ne comptais pas me dénuder, mais je voulais être certaine que Keir comprenne que je n'avais pas honte d'être vue et, plus important, que sa tentative d'intimidation avait échoué.

Je commençai à me balancer, à me cambrer et à onduler, tout en étant en parfaite harmonie avec la musique. Sur cette scène, avec la séduction envoûtante d'une mélodie de guitare électrique, il était facile de faire appel à mes mouvements les plus suggestifs. J'imaginai simplement que Keir était l'unique personne dans la pièce. Que je ne dansais que pour lui – pour le provoquer jusqu'à le rendre presque fou.

Mes mains glissèrent sur mon corps quand je bougeai, comme si j'étais plongée dans une séance de masturbation et que je me délectais de la sensation de mes mains. Je me mordis la lèvre inférieure comme je le ferais si j'avais du mal à rester discrète et je me déhanchai sans problème, passant d'une position sexy à la suivante dans une symphonie de séduction charnelle.

Lorsque je m'autorisai enfin à jeter un coup d'œil à mon adversaire, mes veines s'emplirent d'euphorie. Le corps de Keir s'était totalement crispé sous l'effet de la tension et un renflement immense étirait son pantalon.

Je l'avais ébranlé. L'imperturbable Keir Byrne était nerveux. Je l'avais poussé jusque dans les retranchements de son contrôle parfaitement affûté et j'en souhaitais plus.

Je voulais qu'il craque.

Déjà à genoux, je cambrai le dos jusqu'à ce que l'arrière de mon crâne se pose doucement contre le sol. Je relevai la poitrine, laissant mon pull exposer totalement mon soutien-gorge, et je plaçai les mains sur mes seins avant de descendre lentement à l'avant jusqu'au sommet de mes cuisses.

Deux autres hommes se rapprochèrent de la scène, à l'opposé de la table où Keir était assis. Je sentais leurs regards sur moi, mais ils étaient anodins comparés à la brûlure provoquée par celui de Keir. Il me marquait de ses yeux couleur océan.

— *Ça suffit.*

Le grognement frénétique fendit l'air et interrompit mes mouvements.

Keir était debout. Je me redressai, mais restai agenouillée, et je le vis saisir mon sac à main avant d'avancer précipitamment vers moi. J'écarquillai les yeux quand il m'attrapa par le poignet et me tira loin de la scène, vers un couloir sombre.

— Qu'est-ce que tu veux de moi, miss Alexander ? cracha-t-il.

— *Rowan*, rétorquai-je. Je m'appelle Rowan.

Je ne savais pas vraiment pourquoi la manière dont il m'appelait avait de l'importance, mais c'était le cas. Je voulais entendre son ronronnement guttural quand mon nom franchirait ses lèvres.

— Je connais ton prénom, répondit-il d'un air dédaigneux. Dis-moi pourquoi tu es ici, bordel.

Espèce de salopard entêté. D'accord. Je vais en venir aux faits.

— J'ai un boulot pour toi.

La tension qui l'entourait fondit lentement alors qu'un sourire tortueux se dessinait sur ses lèvres.

— C'est de plus en plus intéressant chaque minute. Continue.

— Je veux qu'on enquête sur quelqu'un sans que les infos deviennent publiques.

— Ton père devrait être capable de faire une telle chose.

Ma colonne vertébrale se raidit.

— J'ai évoqué le sujet avec lui. Il a décliné.

— Et je suis la seconde personne qui t'est venue à l'esprit ? demanda-t-il d'un air condescendant.

— Loin de là. Mais c'est délicat. J'ai besoin de quelqu'un qui pourra m'obtenir directement des réponses. Je te paierai.

Il me scruta, de plus en plus intrigué chaque seconde. Bien. Je me servirais de n'importe quoi à mon avantage.

— Sur qui veux-tu enquêter ?

— Lawrence Wellington.

Il plissa les yeux.

— Le magnat du transport ?

J'acquiesçai.

Keir rejeta la tête en arrière et un rire masculin rocailleux envahit la pièce. J'ignorai comment, mais j'avais l'impression que cet homme ne riait pas souvent et l'effet était donc hypnotisant. Même si cela était à mes dépens, je m'imaginai faire des choses terribles pour entendre ce bruit une nouvelle fois.

Quand il eut repris ses esprits, il se rapprocha de moi et ses traits redevinrent sévères.

— Cet homme possède quasiment tout le terminal d'expédition de Red Hook. Pourquoi veux-tu des informations sur Lawrence Wellington ?

Ses paroles étaient dures, mais son ton restait étonnamment calme et serein. Sa capacité à demeurer maître de lui-même était impressionnante.

— Mes raisons n'ont aucune incidence sur l'enquête.

— Si, quand c'est moi qui enquête.

Merde. Je n'avais pas envisagé qu'il me demanderait pourquoi. C'était une erreur imprudente, mais je ne laissai pas sa question me contrarier.

— Son fils est mon petit ami. Avant de m'engager davantage dans cette relation, j'aimerais m'assurer que son père ne portera pas préjudice à la carrière du mien.

Bien joué, Ro ! Il peut difficilement contredire cette logique.

— Ton père devrait être heureux de faire ça, pour vous protéger tous les deux.

— Ils sont amis de longue date. Papa n'envisagerait même pas une telle chose.

S'il te plaît, arrête de poser des questions !

Keir continua à me scruter.

— Pourtant, pour une raison quelconque, tu t'es sentie obligée de venir me chercher.

— Pourquoi pas ? Tu n'as eu aucun problème pour t'introduire chez mes parents. Fouiller dans les antécédents de quelqu'un n'est pas franchement un fardeau, surtout si tu es payé.

— Je veux savoir pourquoi, insista-t-il.

— Pourquoi quoi ?

— Pourquoi tu soupçonnes que quelque chose cloche.

Je résistai à l'envie de grincer des dents, sous l'effet de la frustration, et je souris plutôt.

— Je te l'ai dit. Je prends simplement mes précautions.

Il hocha les épaules.

— Alors, la réponse est non.

Il se retourna pour s'en aller.

J'ouvris la bouche.

— Quoi ? Pourquoi ?

Je me hâtai de le rattraper.

— Parce que je l'ai décidé.

— Je te l'ai dit, je te paierai.

Il pivota et écarta les bras.

— Comme si j'avais besoin de ton argent, miss Alexander.

Il me dévisagea et un soupçon de satisfaction narquoise se lut dans ses yeux.

J'étirai ma colonne vertébrale autant que possible et me hérissai à cause de ce que je m'apprêtais à faire.

— *S'il te plaît.*

Il fit un pas pour s'approcher de moi.

— J'ai beau adorer voir tes jolies lèvres supplier, ce n'est pas suffisant. Donc à moins que tu me donnes une raison…

Il s'avança assez pour que je sente la chaleur irradier de son corps.

— … pour me motiver, alors la réponse… est toujours… non.

Les vibrations menaçantes dans sa voix effleurèrent ma peau.

J'inspirai et inhalai son odeur. Je m'enivrai intentionnellement avec son parfum.

J'ai besoin qu'il m'aide.

Non, tu veux son aide. Tu pourrais le faire toute seule.

Ferme-la.

— Je crois qu'il fait du mal à quelqu'un. À une femme.

Les mots prononcés hâtivement restèrent suspendus entre nous, comme en équilibre précaire sur la lame d'un couteau.

Les narines de Keir se dilatèrent, malgré son calme prodigieux qui se remit en place comme un manteau ajusté.

— Explique.

— J'étais chez lui, avec mon petit ami. J'ai entendu une femme pleurer… pas simplement pleurer. Les bruits étaient… bouleversants. Quand j'ai demandé à Stetson qui il y avait d'autre, dans la maison, il a dit que son père était la seule autre personne présente. Et avant que tu dises que j'entends des voix, que c'était la télévision ou un voisin, non, ce n'était pas le cas. Je sais ce que j'ai entendu.

Keir s'éloigna de moi.

— Je n'aime pas ça.

— Tu n'aimes pas quoi ? demandai-je, contrariée.

— Tout ça. Cet homme est immensément puissant. Tu dois le laisser tranquille, bordel.

Je regardai Keir, bouche bée.

— Que je le laisse tranquille ? Que j'oublie qu'une

pauvre femme est peut-être enchaînée dans la maison de cet homme.

— Tu ne crois pas honnêtement que c'est ce qu'il se passe, me défia-t-il.

Je marquai une pause, ne sachant pas vraiment quoi dire. C'était une accusation scandaleuse. Si j'en avais été certaine, je serais allée voir les autorités.

— Il faut juste creuser un peu dans son passé, le suppliai-je une dernière fois.

Il secoua la tête.

— Ça te dépasse. Va-t'en, miss Alexander.

La voix furieuse d'une femme se fit entendre malgré la musique dans le club derrière lui. Nous nous retournâmes tous les deux et vîmes un videur s'approcher d'un homme pour l'avertir et le menacer, à quelques centimètres de son visage. Le client indiscipliné sembla reculer, les mains levées en signe d'apaisement, mais il cracha au pied du videur dès que celui-ci fut de dos. La musique était assez forte pour que le grand homme en noir ne puisse l'entendre, mais je le vis et Keir également.

Il soupira.

— Ton temps est écoulé, lança-t-il par-dessus son épaule avant de se frayer un chemin vers les tables, où l'homme se rasseyait.

Fascinée, je regardai Keir discuter calmement avec l'individu et faire un signe de la tête vers la porte. Il le mettait dehors. Le client s'agaça et finit par attraper son verre pour prendre de l'élan avec, comme s'il s'apprêtait à toucher Keir en pleine tête, mais l'Irlandais fut plus prompt. Faisant preuve d'une vivacité qui, selon moi, était impossible pour quelqu'un de si grand, il bloqua l'attaque de l'homme et lui tordit le bras dans le dos. Il s'agrippa ensuite à sa nuque pour lui cogner la tête contre le bois solide de la table en trois coups successifs et rapides et avec une telle force que je grimaçai.

Lorsqu'il se redressa, ses cheveux étaient à peine décoiffés. Plus que ça, c'était comme si cet éclat de violence ne s'était jamais produit. Son adversaire, si on pouvait l'appeler ainsi, s'effondra à terre, inconscient et désarticulé. Keir resta de marbre puis il avança vers la femme qui avait attiré notre attention avec son cri.

Ils échangèrent quelques mots. Il hocha alors la tête et se retourna vers moi. Son regard désormais vide croisa le mien, puis il jeta un coup d'œil au videur non loin. Avant même que je m'en rende compte, j'étais raccompagnée dehors, mes chaussures furent déposées à mes pieds et la porte fut claquée derrière moi.

J'avais passé des années de ma vie à apprendre à déchiffrer les gens. Cette aptitude était un composant essentiel dans mon domaine professionnel, mais elle m'aidait également à garder mon calme. Si quelqu'un me prenait par surprise, je ne me mettais pas en colère et personne n'était blessé. J'avais passé mon enfance coincée dans cette cascade d'événements et je refusais d'y succomber en tant qu'adulte.

Alors pourquoi ne parvenais-je pas à comprendre correctement Rowan Alexander ? Jamais de la vie je n'aurais anticipé sa venue au *Moxy* et je n'aurais pas non plus imaginé qu'elle relèverait le défi que je lui avais lancé. Je m'attendais franchement à ce qu'elle fuie avec la queue entre les jambes. Non seulement ça n'était pas arrivé, mais elle avait tout déchiré sur cette scène. Elle avait été un fichu fantasme sans même enlever un seul vêtement, et ma verge n'avait pas été la seule à s'élever dans la pièce pour la saluer.

En sachant que tout le monde, dans le club, pouvait la voir danser, j'avais été à deux doigts de perdre la tête et ça n'était pas arrivé depuis des années. Ce qu'elle faisait sur cette scène m'était réservé. J'avais eu envie d'enfoncer mes pouces dans les orbites des clients et c'était un très mauvais signe.

Si j'avais été logique, j'aurais écouté sa demande dès le début et j'aurais évité toute cette scène. Nous avions besoin de la coopération de son père. Si je l'avais aidée, j'aurais pu obtenir quelque chose de lui. Mais curieusement, j'avais su. Au fond de moi, j'avais su que Rowan Alexander m'attirerait des ennuis.

À présent, non seulement j'avais des images de sa danse séductrice gravée à l'arrière de ma rétine, mais j'étais aussi en planque devant la maison de Lawrence Wellington, alors que je devrais consacrer mon temps à une tonne de choses plus intéressantes.

Je lui avais dit que je ne l'aiderais pas. Je lui avais dit de laisser tomber, mais une femme qui viendrait chercher quelqu'un comme moi dans un club de strip-tease ne comptait pas laisser tomber. Je le savais mieux que je ne me connaissais moi-même. J'avais ruminé cette réflexion pendant deux jours avant de céder finalement et de faire une enquête sommaire sur cet homme.

Il était assez puissant pour que je sache qui il était, mais je n'avais jamais interagi personnellement avec lui. Il était étonnamment difficile de trouver des informations le concernant et cela, plus que tout le reste, me rendait suspicieux. Les gens haut placés, avec une réputation publique impeccable, étaient souvent les pires du lot.

Qui était Lawrence Wellington ?

J'en étais à ma deuxième nuit de surveillance pour tenter de percer le mystère. J'avais également assigné notre expert en informatique à une enquête plus approfondie sur Internet, mais cela prendrait du temps. De plus, on pouvait apprendre beaucoup de choses rien qu'en observant. Et l'un des plus grands avantages, quand on vivait en ville, c'était que la surveillance s'avérait aisée.

Les hommes comme Wellington pouvaient se tapir dans des gratte-ciel, mais ils ne pouvaient pas être plus reculés que ça. Et il n'était même pas allé jusque-là. Le magnat du transport devait accorder plus d'importance au prestige qu'à l'intimité, car il résidait dans une demeure du quartier riche de Lennox Hill, et ses déplacements étaient aussi traçables que ceux de n'importe quel autre crétin dans la rue.

Je tentai de me rassurer sur le fait que surveiller cet homme était stratégique et que ça n'avait rien à voir avec Rowan. Des renseignements sur lui me permettraient peut-être d'avoir de l'influence sur le gouverneur. C'était une piste qui valait la peine d'être suivie. Je me disais que Rowan était simplement la source de mon information et qu'elle n'avait joué aucun autre rôle dans ma décision, mais au plus profond, je savais que ce n'était que des conneries. Son implication créait un sentiment d'urgence que je ne pouvais ignorer. Elle pensait que quelque chose de mal se tramait et j'avais l'impression qu'elle finirait emmêlée dans la toile tendue, quelle qu'elle soit.

Deux heures après le début de ma nuit, une berline Mercedes noire se gara devant la maison. Je commençai immédiatement à enregistrer sur mon portable. Le soleil s'était couché, mais les lampadaires de la ville étaient suffisants pour que je n'aie pas besoin d'un matériel d'enregistrement plus sophistiqué.

Le chauffeur ouvrit le coffre avant de contourner le véhicule. J'eus une vue parfaite quand il ouvrit la portière à l'arrière, sortit deux fusils d'assaut SIG 550 et les plaça rapidement dans le coffre.

Et alors, tout changea.

Je ne respirais même plus quand le passager sortit de la voiture. Il ne se tourna pas une seule fois dans ma direction, ce qui m'empêcha de voir son visage. Les deux hommes montèrent les marches menant à la maison familiale des Wellington et furent accueillis à l'intérieur.

Merde alors. Dites-moi que j'ai tort.

J'ouvris l'application vidéo sur mon téléphone et zoomai sur les armes. Le sang palpitait comme une grosse caisse dans ma tête alors que je vérifiais mes suspicions. Les deux fusils étaient tous les deux authentiques et permettaient de choisir le type de tir désiré, option qu'on ne trouvait que sur les SIG fabriqués pour l'armée suisse. Ils n'étaient pas faciles à dénicher. Nous étions les seuls vendeurs sur le marché noir dans le coin à avoir accès à ces armes et même nous, nous ne les trouvions pas souvent. Nous n'avions eu qu'une seule livraison ces six derniers mois et Oran avait rapporté qu'ils avaient été volés quelques jours après leur arrivée.

Quel genre de coïncidence monumentale faudrait-il pour que ces deux armes ne proviennent pas de la cargaison volée ?

J'examinai la voiture et ne vis aucune indication d'immunité diplomatique qui suggérerait un lien avec l'ambassade suisse. La présence d'hommes transportant des armes illégales soutenait la théorie de Rowan selon laquelle Wellington n'était pas investi que dans le transport. La situation ne faisait qu'empirer.

Un malaise suspicieux écorcha ma peau de ses griffes tranchantes.

J'avais besoin d'un verre.

TRENTE MINUTES PLUS TARD, j'étais au *Moxy* et je sirotais un whisky Redbreast que je gardais à portée de main pour les journées comme celle-ci. Je restai au club pour me distraire, bien que je remarque à peine les gens qui m'entouraient. Il était assez tard pour que l'endroit soit bondé. J'étais assis à un bout du bar, dos à la pièce pour tenter de dissuader toute conversation, ce qui fonctionna jusqu'à ce que Torin se pointe. Mon cousin n'était pas intimidé par quoi que ce soit, encore moins par moi.

— Tu vas me dire ce qu'il se passe ? s'enquit-il dans sa barbe tout en faisant un signe au barman.

Il ne faisait pas exprès d'être discret. C'était juste Tor. Il semblait conserver toute son énergie pour le ring de boxe, où il se déchaînait sur ses adversaires.

— Se passe-t-il quelque chose ? demandai-je en faisant tourbillonner le liquide ambré dans mon verre.

Tor me jeta un coup d'œil qui me signifiait de ne pas me comporter en crétin.

— Tu oublies que je t'ai vu ici, avec cette fille, la semaine dernière ? Ne fais pas comme s'il ne se passait rien. Tu es nerveux, depuis.

— C'est la fille d'Evan Alexander, répondis-je en soupirant.

— Sans déconner, souffla-t-il. Cette fille sait danser.

Je dus grincer des dents pour lutter contre l'élan de rage qui me submergeait.

— Fais attention à ce que tu dis.

Une promesse de brutalité rendit ma voix plus rauque.

— Ah ouais ? fit-il avec une surprise sincère. Je ne m'attendais pas à ça de ta part.

Je secouai la tête.

— Il n'y a pas de *ça*. Il se passe juste un tas de conneries.

Il opina lentement du chef, ce qui me montrait qu'il n'en croyait pas un mot. Peu importait. Il pouvait croire ce qu'il voulait.

— Tu as besoin d'un coup de main pour quoi que ce soit ? proposa-t-il.

— Pas pour le moment.

J'avalai le reste de ma boisson d'une seule gorgée et me délectai de la brûlure dans mon torse.

— Je te le ferai savoir, si ça change, dis-je en me levant et en cognant son poing avec le mien avant de partir.

J'avais du boulot et il se faisait tard.

🔥

JE TRAVERSAI le campus de NYU le lendemain matin avec des foulées déterminées. Il paraissait assez désert pour un campus universitaire, bien que je ne puisse pas vraiment le savoir. L'école n'était pas mon domaine. Heureusement, ma famille n'était pas du genre à avoir des espérances sur le plan académique. J'avais obtenu mon diplôme à la fin du lycée et je n'avais jamais regardé en arrière.

Finalement, je trouvai mon chemin vers le numéro 19 de West 4th Street, et vers la salle 302. Un coup d'œil par la petite vitre sur la porte me permit de confirmer que le cours n'était pas encore terminé et que le professeur était au milieu de sa leçon. J'ouvris et entrai, balayant la pièce du regard jusqu'à ce que mes yeux se posent sur Rowan qui scrutait consciencieusement le professeur.

Le vieil homme avec une casquette de golf en tweed bafouilla avant de s'arrêter et son regard attira celui des étudiants.

— Puis-je vous aider ? lança-t-il d'un air sarcastique.

J'aimerais le voir fanfaronner autant quand il n'était pas sur son trône, renforcé par l'illusion de sécurité au centre de son petit royaume. Cette pensée faillit me faire sourire.

Je rivai mon regard sur Rowan et fis un mouvement sec du menton vers la porte. Je n'attendis pas de voir sa réaction, mais j'aperçus tout de même le rose brillant de ses joues avant de me glisser une nouvelle fois dans le couloir.

Son regard s'embrasa quand elle se faufila hors de la salle de classe.

— Je suppose que, comme tu m'as trouvée ici, tu as obtenu illégalement mon emploi du temps universitaire, me réprimanda-t-elle. J'imagine que c'était trop demander d'attendre la fin du cours.

Qu'y avait-il dans son agressivité qui me rendait si affolé ? C'était comme si mes émotions étaient programmées pour réagir face à elle, même si je tenais fermement les rênes. N'importe qui d'autre pouvait me cracher au visage sans susciter une quelconque réaction – pas de réaction émotionnelle, en tout cas. Je leur fracturerais peut-être la mâchoire pour leur donner une leçon, mais ce ne serait pas personnel. Pas de mon point de vue. Toutefois, Rowan était différente. Tout ce qu'elle avait à faire, c'était respirer et je perdais toute capacité à raisonner.

Je réprimai mon besoin de la faire taire avec ma langue au fond de sa gorge et nous éloignai de la porte.

— Tu m'as demandé mon aide, Alexander. Prends ce que je te donne, sinon tu n'auras rien du tout.

Keir avait fait quelques pas avant que je puisse encaisser le choc. Il m'avait totalement convaincue, quelques jours plus tôt, que je n'avais aucune chance de recevoir son aide. Pourquoi avait-il changé d'avis ?

Ça t'intéresse sérieusement ?

Je chassai ma stupeur et me hâtai de le rattraper.

— Ça veut dire que tu vas faire des recherches sur lui ?

— J'ai déjà commencé.

— Ah oui ? Qu'est-ce qui t'a fait changer d'avis ?

Il s'arrêta et me dévisagea, mais il ne dit rien et ses

yeux s'abaissèrent jusqu'à mes lèvres. Ce regard insistant réchauffa mon sang jusqu'à ce qu'il se mue en lave fondue et roussisse tout sur son passage.

— J'ai mes raisons.

Voilà tout ce qu'il m'offrit.

— Et je ne veux pas que tu ailles là-bas avant que nous ayons compris ce qu'il s'y passe.

— Avoir quelqu'un dans cette maison est la meilleure source d'informations possible. Et, en plus, Stetson est mon petit ami.

N'avait-il pas vu l'anomalie évidente dans son plan ? J'étais dans la situation idéale pour récupérer des renseignements. Stetson ne le remarquerait probablement pas si je trouvais des excuses pour ne pas venir, mais je n'avais pas envie de le dire à Keir. C'était moi, qui avais entendu la fille pleurer. Je me sentais responsable d'elle, et je ne voulais pas m'en laver les mains sans m'assurer que quelque chose soit fait.

Ma réponse avait visiblement touché un point sensible chez Keir. Ses yeux bleus vibrants s'assombrirent jusqu'à ce qu'ils soient aussi insondables que les parties les plus profondes de l'océan. Il me poussa en arrière et me coinça entre son corps immense et le mur. Son visage n'était subitement plus qu'à quelques centimètres du mien.

— Pourquoi tout ça t'importe ? Tu pourrais poursuivre ta vie et ça ne te ferait ni chaud ni froid.

Je me hérissai à cause de son insinuation.

— Je ne suis qu'une fille de sororité superficielle, alors on pourrait croire que c'est ce qui se passerait. Peut-être que je cherche des points bonus pour mon adhésion future au

Colony Club. Oh, je sais ! Peut-être que je le fais à cause d'un sentiment d'obligation qui dérive de ma supériorité évidente.

Était-ce ce qu'il voulait entendre ? Que mon statut dans la vie me rendait incapable d'une quelconque profondeur ou compassion ?

— Ne me fais pas dire ce que je n'ai pas dit, bordel, gronda-t-il.

— Je n'en avais pas besoin. Tu aurais aussi bien pu afficher ces mots sur un panneau publicitaire.

Je n'arrivais pas à respirer. Il était trop. Trop troublant.

Son corps bloquait ma fuite, tout comme sa présence écrasante éclipsait toute autre pensée. Tout ce que je voyais, que je sentais ou que je pensais tournait autour de Keir.

Ses lèvres se retrouvèrent ensuite sur les miennes et ses mains me collèrent fermement à lui. Je lui rendis son baiser avec une intensité qui rivalisait avec la sienne. Nous étions deux aimants incapables de résister l'un à l'autre.

La pression sensuelle de sa bouche, le tiraillement de ses doigts dans mes cheveux, le goût délicieux de sa langue contre la mienne... cet acte simple effaça mon identité jusqu'à ce que je ne sois plus Rowan. J'étais la personne qu'il souhaitait que je sois. J'étais libre.

Ses mains commencèrent à parcourir mon corps, mais seulement une seconde. C'était loin d'être suffisant. Il se raidit et s'éloigna, comme s'il se rendait enfin compte de ce qu'il avait fait. Un voile opaque assombrit ses yeux et me priva de toute chance de comprendre où ses pensées l'avaient mené.

Je ne savais pas quoi dire ni quoi faire.

— On dirait que rester loin de ton petit ami ne sera pas un si lourd fardeau.

Son coup bas fut si bien placé qu'il dégonfla le ballon qu'il venait tout juste de remplir dans ma poitrine.

— J'imagine que nous ne pouvons pas tous être parfaits, répondis-je avec froideur, bien que je sois soulagée quand il fit un pas en arrière.

— Inutile d'être blessée. Je ne disais que la vérité.

Je détestais qu'il ait autant raison.

— Si nous redevenons honnêtes, alors que veux-tu de ma part en échange de ton aide ? demandai-je en croisant les bras. Ou alors, cette petite démonstration était-elle ta façon de me montrer le rôle que tu attendais de moi dans toute cette histoire ?

Il m'avait déjà dit qu'il ne voulait pas de mon argent, alors pour quel autre motif accepterait-il de m'aider ?

J'ignorais comment, mais le regard de Keir devint quasiment noir.

— Ne te flatte pas.

Chaque mot était tranchant comme un rasoir.

— La seule chose que tu pourrais m'offrir et que je ne peux avoir ailleurs, c'est ton père. Si tu me dois un service, *il* m'en doit un.

Je crispai tant ma mâchoire que mes muscles devinrent douloureux. Bien sûr. Comment avais-je pu oublier ? Keir souhaitait que mon père l'aide à faire nommer une personne en particulier au poste de préfet de police. *Voilà* de quoi il s'agissait. J'avais l'impression d'être une foutue idiote, au point où une brûlure inconnue me picota les yeux.

— Je ne peux rien te promettre, dis-je d'une voix rauque.

Keir me dévisagea pendant quelques secondes infinies avant de tendre la main et de saisir une mèche de mes cheveux entre ses doigts. Le changement surprenant dans son comportement me coupa le souffle.

— Tu sais que Rowan signifie *rousse* en irlandais ?

Je ravalai la boule que j'avais dans la gorge.

— C'est aussi une espèce d'arbre.

L'arbre qui avait été l'inspiration pour mon nom.

— C'est une espèce particulièrement forte et résiliente, si je me souviens bien. Ça te correspond bien.

Cet homme lunatique m'avait fait monter dans un ascenseur émotionnel. Où voulait-il en venir avec ça ?

— C'est ta couleur naturelle ?

Il laissa enfin les cheveux glisser entre ses doigts.

Je blêmis et l'émotion jaillit pour combler tous les capillaires évidés jusqu'à ce que je sois submergée.

Je secouai la tête.

— Quelle est ta couleur naturelle ?

— Blonde, soufflai-je.

— Tu les teins toujours ?

— Oui, répondis-je sèchement.

Je m'éloignai en luttant pour garder le contrôle.

— Que veux-tu de moi ? exigeai-je doucement.

Ce satané mec me bouleversait et j'en avais assez de tenter de lui courir après sur cette pente glissante.

Les yeux de Keir se posèrent enfin sur les miens et un calme étrange s'abattit à nouveau.

— Je vais y réfléchir. La question la plus importante est : es-tu sûre de vouloir t'engager sur ce chemin ?

Je le scrutai, absorbée par chaque nuance de sa posture et chaque minuscule aperçu de sa personnalité. Je songeai au fait qu'il n'avait toléré aucun manque de respect dans son club. Je me souvins de la manière avec laquelle il avait négocié avec mon père et du fait que j'avais su, par nature, qu'il ne me ferait pas de mal. Quant à son baiser, je n'oublierai jamais de ma vie comment le contact de ses lèvres avait trouvé un nouveau moyen de déverrouiller un morceau de mon âme.

Mais il était tout de même un criminel et c'était ma chance de m'échapper. D'effacer Keir Byrne de ma banque de données et de faire de mon mieux pour poursuivre la vie que j'avais si prudemment construite.

C'était un moment pivot dans mon existence. Je le sentais aussi clairement que la chaleur qui irradiait de son corps. Un jour, je reverrais cette simple décision comme étant le début ou la fin.

Si seulement je savais où me menait chaque route.

Tout ce que je pouvais faire, c'était suivre mon instinct. Un mot résonna dans ma tête.

— Oui.

Des songes sur Rowan avaient envahi mon esprit comme une plante grimpante étouffant toute autre vie. J'avais eu beau essayer de me concentrer sur mon boulot, ce soir-là, ou de m'éclaircir les idées alors que j'étais allongé sur mon lit cette nuit-là, des images de ses yeux noisette me hantaient.

Non, ce n'était pas ça. Qualifier ses yeux de noisette était comme simplifier l'immensité de l'Univers en utilisant le mot espace. Elle avait d'entières galaxies de couleurs dans ses iris – de vastes spectres de vert, d'or et de marron – et différentes teintes prenaient vie en fonction de son humeur. Et ses humeurs… Mon Dieu, elle s'efforçait de garder le contrôle sur sa nature sauvage en l'étranglant. Elle était parfaitement fascinante.

Si j'étais honnête avec moi-même, c'était la raison pour laquelle j'étais allé lui dire en personne que j'avais prévu de l'aider. Je n'y étais pas obligé. Je n'avais certainement pas eu besoin d'interrompre son cours, mais j'aimais essayer de l'énerver. Elle était follement maîtresse d'elle-même. C'était généralement mon rôle. Mais quand elle était dans le coin, j'avais l'impression de perdre tous les progrès que j'avais faits au fil des ans et que j'étais de nouveau un enfant, incapable d'aligner deux mots et parlant plutôt avec mes poings. J'aimais trouver des façons d'anéantir son contrôle. Ce n'était que justice, étant donné qu'elle faisait la même chose avec moi.

L'autre raison pour laquelle j'étais allé la voir, c'était pour m'assurer qu'elle n'allait pas chercher des réponses et ne s'attirerait pas d'ennuis. Étant donné qu'elle m'avait abordé parce qu'elle était convaincue qu'il se passait quelque chose d'horrible dans cette maison, j'avais cru qu'elle n'aurait pas de problème si je lui ordonnais de rester loin de là. Je n'aurais pas pu me tromper davantage. Je n'aimais pas son implication avec la famille Wellington, mais je *haïssais d'autant plus* l'idée qu'elle ait ricané à l'idée de rester loin de son petit ami.

Comment quelqu'un pouvait-il être si déterminé à être aux petits soins pour un homme aussi peu méritant que Stetson Wellington ? J'avais fait mes recherches et ce gamin était un con. Un garçon pourri gâté qui ne savait rien du vrai monde. Il vivait en deux dimensions. Pathétique.

Elle ne pouvait avoir de véritables sentiments pour lui. J'en fus encore plus convaincu après avoir senti la façon dont elle avait fondu dans mes bras. Alors pourquoi était-elle avec lui ? Et pourquoi refuser de s'éloigner ?

Je secouai discrètement la tête quand l'homme en question sortit de son immeuble. Il y avait plus d'une manière d'accommoder un lapin. Si Rowan ne voulait pas s'éloigner des ennuis, je m'assurerais que les ennuis restent loin d'*elle* et le plus tôt serait le mieux.

Le lendemain de l'interruption de son cours, j'étais de retour sur le campus de NYU pour une visite d'un tout autre genre.

Le salaud portait un polo avec de petits golfeurs cousus dessus, nom de Dieu. Il était difficile de le prendre au sérieux. Il se pisserait probablement dessus si quelqu'un comme moi le confrontait.

Je ne pouvais que l'espérer.

Il me jeta un coup d'œil méfiant en s'approchant. J'étais appuyé contre ma moto, que j'avais garée idéalement à quelques centimètres devant sa voiture. Il avait payé pour avoir une place de parking parfaite juste devant l'entrée. C'était pratique, quand quelqu'un devait pister sa voiture.

— Hé, mec, tu crois que tu peux te décaler une seconde pour que je puisse sortir ?

Il tenta d'être poli, mais j'entendais l'irritation dans sa voix.

Je me contentai de l'observer de haut en bas et souris quand je levai mon portable jusqu'à mon oreille.

— Salut, chérie. Comment se sont passés tes cours ?

Rowan bafouilla à l'autre bout du fil, m'offrant l'occasion parfaite pour sourire sincèrement.

— Heureux de l'entendre. Écoute, j'ai quelqu'un, ici, qui aimerait te parler.

J'appuyai sur l'icône du haut-parleur et lançai un regard malicieux à Stetson Wellington.

— Tu m'entends ? demandai-je à Rowan avec une voix un peu plus forte.

— Quoi ? Oui, je t'entends.

— Ro ? aboya Stetson en écarquillant les yeux.

C'est ça, joli garçon. J'ai ta copine en raccourci sur mon portable.

— Stetson ? *Keir*, c'est quoi ce délire ?

Sa voix subitement stridente résonna dans le téléphone.

Le visage de Wellington se tordit de dégoût.

— Tu connais ce salaud ? lui hurla-t-il.

— Fais attention au ton que tu emploies, Wellington, dis-je avec un calme mortel.

Je me fichais qu'il soit en colère, il n'avait pas à lui parler de cette manière.

— Rowan veut que tu saches que c'est terminé entre vous. Ma relation avec elle ne te regarde pas.

— *Quoi* ? s'écria Rowan dont la voix avait pris une nouvelle octave.

J'enlevai le haut-parleur.

— Nous discuterons plus tard, lui dis-je avant de raccrocher.

Sa colère bouillonnante à l'autre bout du fil était si tangible que j'aurais pu jurer que le portable était en feu.

Elle s'en remettrait.

Je passai ma jambe d'un côté de ma moto et croisai le regard furieux de Stetson.

— Je suppose qu'il est temps que tu ailles chercher une femme soumise ailleurs.

— Bien sûr, comme si Rowan t'appartenait subitement ? Elle ne s'intéresserait jamais à un voyou comme toi.

Cela fut plus douloureux que je ne l'aurais imaginé.

Je lui lançai un sourire menaçant.

— Si c'est le cas, inutile de t'inquiéter.

Je démarrai ma moto. Quand il essaya de m'appeler malgré le bruit, je fis vrombir le moteur. Posant une main derrière mon oreille, je lui indiquai que je ne pouvais l'entendre, puis je lui montrai mes dents dans un rictus vicieux et m'insérai dans la circulation.

Merde, c'était bon.

♦

Il était trop tôt pour aller travailler, mais je voulais vérifier quelques petites choses et je conduisis donc jusqu'à mon bureau. Nous possédions tout le bâtiment dans lequel se trouvait le *Moxy*. D'ordinaire, je n'étais pas aussi souvent au club. C'était une coïncidence, si j'étais là pour faire passer des auditions quand Rowan était venue. Je passais la majeure partie de mes heures de travail dans les bureaux à l'étage et je m'attendais à ce qu'ils soient déserts. Mais la porte principale était déverrouillée et les lumières étaient allumées.

— Bonjour ? dis-je alors que ma main s'approchait du holster sous ma veste.

Oran sortit de son bureau dans le couloir où je pus le voir.

— Salut, mec. Ce n'est que moi.

Mais que faisait-il ici ?

Je levai le menton pour le saluer.

— Je peux t'aider ?

— J'en doute, grommela-t-il. Je travaillais pour qu'on nous envoie une autre cargaison d'armes, mais le fournisseur est nerveux, maintenant.

— Je suppose qu'il a une bonne raison de l'être.

J'appuyai une épaule contre le mur. J'avais déjà formulé mon opposition quant au fait de rester dans le business des armes et de la drogue, mais Oran semblait déterminé à utiliser son argent pour s'élargir rapidement. Je préférais faire profil bas. Pourquoi s'attarder sur des revenus ciblés par les fédéraux quand nous gagnions déjà de l'argent sur d'autres marchés plus discrets ? Les paris, les prêts d'argent, les combats, et autres domaines étaient suffisamment rentables.

Oran avait argumenté récemment, lors d'un dîner familial, que nous ne survivrions pas sans acquérir plus de pouvoir. Il avait spécifiquement mentionné le déclin dramatique de la famille de sa femme, pour justifier cela, et il avait prétendu qu'ils seraient toujours en vie aujourd'hui si leur présence avait été plus considérable. En ce qui me concernait, Flynn et Caitlin n'avaient plus de parents précisément à cause d'une avidité de pouvoir. Ils étaient devenus trop imposants trop rapidement et ils s'étaient fait trop d'ennemis, dont notre famille.

— Oui, eh bien, ça n'arrivera plus, dit Oran avec conviction avant de disparaître dans son bureau.

Comment pouvait-il garantir cela ? Si nous avions une taupe qui avait dévoilé la localisation des armes, qui pouvait affirmer que ça n'arriverait plus ? À moins que… les armes n'aient jamais été volées. Si elles avaient été vendues à quelqu'un en cachette, à une personne avec qui il avait conclu un marché sans vouloir nous le dire, il pouvait ensuite parler avec autorité. Avaient-elles été vendues ? C'était horriblement audacieux de la part d'un voleur de vendre ces conneries sur notre territoire. Si le bandit avait été assez fourbe pour prendre l'avantage sur nous juste après l'arrivée de la cargaison, pourquoi ne pas déplacer les armes afin que nous ne puissions pas les tracer ?

Toute cette histoire était de plus en plus louche, chaque jour. Je détestais penser que nous pouvions avoir un traître dans la famille, mais je ne voulais pas non plus ignorer les faits. J'allais surveiller Oran.

Rowan

JE N'ÉTAIS PAS CERTAINE QUE MES MAINS SOIENT ASSEZ puissantes pour étrangler un homme. J'avais besoin d'une corde, parce que j'allais tuer Keir Byrne. Il n'avait pas le droit de confronter Stetson. Il n'avait aucun droit de le faire. Je lui avais demandé de m'aider pour enquêter, pas d'intervenir dans ma relation.

J'appelai Stetson trois fois, une fois que Keir eut raccroché, et je fus soulagée quand il répondit enfin.

— Je ne sais pas ce qu'a dit cet homme, mais il mentait.

— C'est quoi ce délire, Rowan ? Comment le connais-tu ?

La voix de Stetson était sèche et méfiante.

— C'est un genre de mafieux qui a essayé de convaincre mon père de lui rendre un service. Il était chez eux, l'autre soir, quand je suis rentrée et maintenant, il a mon numéro de téléphone.

Mon petit ami demeura silencieux un moment.

— Merde, Ro. Pourquoi n'as-tu rien dit ?

Ses mots perdirent de leur agressivité, ce qui me permit de respirer à nouveau.

— J'ignorais totalement qu'il allait faire une telle chose.

— Tu ne… ? Enfin… on aurait dit que tu connaissais ce gars.

— Je lui ai parlé brièvement quand papa était occupé, c'est tout. S'il te plaît, Stetson, tu dois me croire. Tu penses vraiment que ça m'intéresserait ?

— Non, bien sûr que non.

Il soupira profondément.

— Il m'a simplement surpris. J'aurais dû le savoir. Les salauds de ce genre aiment causer des problèmes sans aucune raison.

— Exactement. Je suis vraiment désolée qu'il t'ait mis en colère.

— Non, c'est bon. Comme je te l'ai dit, c'était juste inattendu.

J'ignorais s'il essayait de se convaincre ou s'il était embarrassé à propos de toute cette histoire, mais j'entendais l'incertitude dans sa voix.

— Bien. J'étais inquiète, à cause de lui, dis-je

doucement en espérant lisser toute vague de doute. Je ne t'ai pas vu depuis quelques jours. On peut passer du temps ensemble, ce soir ?

— Eh bien, j'allais chez mon père.

Mon cœur tambourina.

— Je peux y aller aussi, lâchai-je rapidement. Aucun problème.

— Euh… ouais. D'accord. Mais j'ai mon entraînement jusqu'à dix-huit heures.

— Je te retrouverai sur le terrain. On peut y aller ensemble, dîner, puis je rentrerai chez moi. C'est bon pour toi ? demandai-je, pleine d'espoir.

Saisir toutes les occasions d'entrer dans cette maison était vital. Ce serait peut-être l'unique chance de découvrir ce qu'il s'y passait.

— Ouais, confirma-t-il. Ça me va.

♦

STETSON FUT DISTANT pendant tout le trajet en voiture jusqu'à la maison de son père. Je lui laissai un peu d'espace. Je n'avais pas envie d'insister, mais quand il commença à monter l'escalier vers sa chambre sans un mot, je fus obligé de prendre la parole.

— Tu ne le crois pas, n'est-ce pas ?

Son sac marin rempli de matériel de hockey sur l'épaule, il marqua une pause dans l'escalier et baissa lentement les yeux vers moi, quelques marches plus bas.

— Je n'arrête pas de me dire que c'est horriblement opportun qu'il ait décidé, comme ça, de te cibler. Comme si un mec comme lui prenait son pied à briser des relations pendant son temps libre.

— Ça n'a aucun rapport avec moi. Je te l'ai dit. Il se sert de moi pour atteindre mon père.

— Tu ne lui as donné aucune raison de te courir après ? Qu'est-ce que tu portais, le soir où il était chez tes parents ?

L'indignation fit bouillir mon sang. Comme c'était machiste d'insinuer que la situation pouvait être ma faute, à cause de ma tenue vestimentaire.

Tu veux des réponses sur la femme en pleurs, n'est-ce pas ?

Je grinçai des dents avant de répliquer, ravalant la riposte cinglante sur le bout de ma langue.

— Je portais le même genre de vêtement que d'habitude, Stetson, dis-je avec un calme forcé. Je ne pense pas qu'un jean et un pull soient excessivement provocateurs.

Non pas que revêtir une tenue sexy soit une invitation pour être harcelée… ou pire. Et j'aurais insisté sur ce point si je n'essayais pas déjà d'arranger les choses.

Stetson soupira.

— Oui, je sais. J'imagine que je suis juste fatigué. Je vais prendre une douche. Tu veux regarder un peu la télé en attendant ? J'en ai pour un petit moment. L'entraînement était brutal.

— Oui, bien sûr. Prends ton temps.

Je lui lançai ce que j'espérais être un sourire chaleureux et le suivis dans l'escalier. Il tourna vers sa chambre tandis que je continuais mon chemin vers le salon télé au bout du couloir. Mon regard se posa sur la porte fermée de la chambre d'amis.

La situation avec Stetson était tendue et les singeries de Keir n'en étaient pas la seule cause. Je pensais que ma relation avec lui était logique, depuis le jour où il m'avait demandé de sortir avec lui. Ou, plus précisément, à la seconde où j'en avais informé mes parents et que leurs visages s'étaient illuminés comme Times Square au réveillon du jour de l'An. Je n'aimais pas cette incertitude et ne pas savoir où nous allions. J'étais également mal à l'aise à cause de mon indifférence devant la possibilité d'une rupture. Était-ce ce que je souhaitais ?

La seule chose que j'avais toujours voulue, c'était rendre mes parents heureux. Mes sentiments n'avaient jamais été un facteur de l'équation, alors j'ignorais comment répondre à la question. Je devais réfléchir et j'avais besoin de plus d'informations. Ce qu'il se passait, ou non, au deuxième niveau, pourrait être une part essentielle de ma décision. Et si cela n'avait été que le fruit de mon imagination ? Un rapide aller-retour à l'étage pouvait m'éclaircir les idées et m'aider à rétablir le statu quo. Je pouvais laisser toute cette folie derrière moi et faire comme si ça n'était jamais arrivé. J'étais douée pour ça, après tout. Tout empaqueter, emballer et passer à autre chose.

Ne pas au moins essayer de faire un tour semblait absurde.

J'allumai la télévision avant de me glisser dans la chambre d'amis. Stetson avait dit que son père n'était pas en ville, mais je ressentis quand même le besoin d'être prudente. Une fois à l'intérieur de la salle de bains, où j'avais entendu les premiers pleurs, je restai immobile et tendis l'oreille à la recherche d'un possible bruit. Rien.

Voilà tout ce que cela pouvait être. Une tonne d'inquiétudes pour rien.

Je devais ramener mes fesses là-haut et le constater par moi-même.

Je retournai dans le couloir, devant la chambre de Stetson, et perçus le bruit de la douche. Bingo. C'était l'opportunité parfaite. Personne d'autre n'était dans la maison. Il ne faudrait que cinq minutes pour courir à l'étage, jeter un coup d'œil, et en finir avec ça – avec mes inquiétudes, Keir, la perturbation de mes projets de vie.

La détermination me poussa à avancer sur le palier et dans l'aile opposée, mais avant que je commence à monter l'escalier intérieur menant au deuxième étage, je sortis mon portable et envoyai un rapide SMS à Keir.

Moi : Je monte jeter un coup d'œil. Si je ne te renvoie pas un message dans cinq minutes, appelle les flics.

J'étais peut-être un tantinet effrontée, mais je n'étais pas stupide. Si quelque chose dégénérait, je voulais qu'au moins une personne sache où j'avais disparu.

Rangeant mon portable dans ma poche arrière, je grimpai l'escalier. Les deux étages principaux de la bâtisse historique étaient organisés en pièces spacieuses et avaient des plafonds hauts, tandis que ce deuxième étage avait été construit, à l'origine, pour abriter la chambre d'un enfant et des domestiques. L'escalier de bois était un simple passage vers un couloir classique qui ressemblait plus à celui d'un vieil hôtel plutôt qu'à celui d'une demeure, si l'hôtel n'avait plus de courant et était utilisé pour filmer *Shining*. Peu de rénovations avaient été faites dans cet espace. D'après ce que j'en savais, les Wellington ne s'en servaient même jamais. Les portes étaient toutes fermées, limitant la lumière à une petite fenêtre de chaque côté du corridor. Chaque millimètre de ma peau me picotait tant j'avais envie de courir.

Ro, ne laisse pas ton imagination s'emballer. Ce n'est qu'une vieille maison. Reprends-toi.

Et si ce n'est pas seulement une vieille maison ?

Il est encore plus crucial que tu ramènes tes fesses là-bas et que tu la trouves.

J'inspirai longuement l'air renfermé du grenier. Avançant rapidement, mais prudemment, je me précipitai dans le couloir vers la zone qui correspondait environ à ce qui surplombait la chambre d'amis. Je trouvai quatre portes réunies, mais deux étaient du mauvais côté du couloir. Sur les deux restantes, l'une avait un verrou sur la porte et une clé pendait sur un crochet à côté.

Im-pos-sible.

Bien sûr, j'avais juré avoir entendu quelqu'un pleurer ici, mais une part de moi n'avait pas cru que c'était possible. Une part de moi était convaincue que j'avais manqué une explication alternative. C'était la maison des Wellington, après tout. Nous les connaissions depuis toujours. Le père de Stetson pouvait-il avoir enfermé une femme dans son grenier ?

Je pris la clé sur le mur. Il était temps de le découvrir.

9

Keir

J'envoyai dix foutus messages à Rowan et l'appelai deux fois, mais aucune réponse. Voilà exactement ce que j'avais craint. Cette tarée avait foncé tête baissée et allait en mourir.

Putain de merde.

Qu'étais-je censé faire, maintenant ? La maison des Wellington n'était qu'à dix minutes de chez moi, si la circulation coopérait, mais que ferais-je ensuite ? Si je me pointais là-bas et qu'il n'y avait aucun problème, j'allais en causer un. Le salopard me connaissait, à présent, et il parlerait sans aucun doute de l'incident à son père. Attirer encore plus l'attention sur moi ne m'aiderait pas à en apprendre plus sur un potentiel kidnapping ou sur les armes. Alors, que me restait-il ?

Autant que je puisse en juger, il était temps de demander un service.

Je n'étais pas préparée. J'avais beau imaginer des scénarios tordus dans ma tête, aucun n'était comparable à la réalité quand j'ouvris cette porte et que je vis une femme blottie dans un coin de la pièce avec une chaîne scellée autour d'un poignet.

Je dus fermer les yeux et couvrir ma bouche pour m'empêcher de vomir.

Reprends-toi, Ro. Cette fille a besoin de toi et tu n'as pas le temps de perdre tes moyens.

Je hochai la tête et ravalai l'accumulation de salive avant d'ouvrir les yeux et d'affronter la vérité.

La vieille chambre comportait un lit en métal avec un matelas taché et une unique chaise en bois. Un ancien papier peint jaunissant couvrait le mur le long des plinthes et de l'air frais parvenait d'une pauvre lucarne mal isolée. La fille était jeune, peut-être dix-neuf ans. Elle s'était endormie avec la tête contre la cloison, les genoux contre sa poitrine et les bras enroulés autour d'elle dans un geste protecteur.

J'espérais qu'elle dormait simplement. Je ne pouvais supporter l'alternative.

Tu le saurais, si elle était morte. Elle est dans un sale état, mais elle n'est pas morte.

Ses longs cheveux blonds étaient emmêlés et sa peau pâle, tachetée d'ecchymoses. Elle portait une robe à fleurs qui jurait avec cette époque de l'année et sa situation.

La voir me fit l'effet d'un bout de métal qu'on enfoncerait dans mon cœur.

Je fis un pas en avant pour m'approcher et fis craquer le parquet. La fille ouvrit brutalement les yeux. Je levai soudain les mains pour la rassurer, pour lui montrer que je ne lui voulais aucun mal et, avec un peu de chance, pour la faire taire.

Elle bondit et sauta en avant, aussi loin que la courte chaîne le lui permettait tandis qu'un flot de mots inintelligibles tombait de ses lèvres gercées. Je n'avais pas besoin de parler sa langue pour comprendre ce qu'elle voulait. Elle me suppliait de l'aider.

Mon Dieu, j'avais envie de l'aider, mais comment ?

Sans perdre de temps, je hochai la tête et continuai de la faire taire en tentant de lui indiquer que je la comprenais. La chaîne menait à une minuscule salle de bains où elle était accrochée autour de toilettes en porcelaine. Je n'avais pas la clé pour l'attache autour de son poignet et je devrais pratiquement détruire le cabinet pour libérer l'autre extrémité.

Merde. *Merde.* Que devrais-je faire ? Devais-je aller chercher Stetson pour qu'il m'aide à la délivrer ? Y avait-il un risque qu'il soit déjà au courant de ce que faisait son père ?

Mon estomac se retourna une nouvelle fois.

Mon Dieu, non. Je n'avais pas envie de croire qu'il était capable de laisser faire une telle atrocité, mais si je me trompais ? Cette pauvre fille serait coincée et je n'avais aucune idée de ce que cela signifierait pour moi.

Ro, tu n'y as pas assez réfléchi.

Tu ne m'aides pas !

Je ne pouvais prendre le risque. Et si je téléphonais à la police ? Je pouvais leur dire anonymement qu'une fille était retenue captive. Cela leur donnerait-il suffisamment de matière pour qu'ils fassent des recherches ? Viendraient-ils immédiatement ? Si c'était le cas, Stetson saurait-il que c'était moi qui les avais appelés ? Et s'ils ne jetaient qu'un rapide coup d'œil quand mon petit ami leur dirait que ce n'était sûrement qu'une plaisanterie, ce qu'il ferait sans aucun doute, qu'il connaisse ou non la vérité ?

J'ignorais quelle était ma meilleure option et je n'avais pas le temps d'y réfléchir.

C'est dangereux, Rowan. Tu dois être prudente.

Je sais, mais je déteste l'idée de la laisser.

Va le dire à Keir, ensuite il pourra t'aider à la faire sortir en toute sécurité. Te faire enfermer avec cette fille ne lui sera d'aucune utilité.

Je haïssais tant cette situation.

— Je ne peux pas enlever la chaîne, mais je ne vais pas t'abandonner, d'accord ? Je reviendrai avec des secours. Je le promets.

Deux grosses larmes plongèrent sur ses joues et son corps entier se mit à trembler. Elle me dévisagea, impuissante, avec ses yeux bleus écarquillés. Elle chuchota ce qui ressemblait à un mélange de supplications et de prières.

Pendant cette crise déchirante, l'inspiration me frappa. Je sortis mon téléphone et remarquai une flopée de SMS et d'appels manqués de la part de Keir. Je n'avais pas le temps de lui envoyer un message. J'ouvris plutôt l'application mémo et lançai l'enregistrement, tout en montrant à la jeune femme ce que je faisais. Je n'étais pas sûre de savoir ce que j'espérais obtenir : une explication ou peut-être un nom ? Peu importait ce qu'elle disait, je le traduirais plus tard.

Il fut ensuite temps de faire le plus dur.

Je commençai à reculer, mais elle s'agrippa à mes poignets.

— Non, ma puce. S'il te plaît. Pour t'aider, il faut que je parte.

Elle agita la tête d'avant en arrière dans un signe frénétique de déni. Une goutte de panique devint une crue subite, inondant mon sang d'une nouvelle vague d'adrénaline.

Je tirai sur ses doigts et secouai la tête de manière tout aussi catégorique.

— Tu dois me laisser partir, lui intimai-je malgré les larmes qui me montaient aux yeux.

Mais elle ne m'entendait pas. Pas à travers son désespoir. Elle était une femme qui se noyait et qui se servirait de n'importe quoi, de n'importe qui, pour se maintenir à flot. Si je voulais avoir une quelconque chance de sauver la situation, je devais agir rapidement.

Agitant vivement les bras en cercle, je tordis suffisamment ses poignets pour que sa prise se relâche, puis mes mains donnèrent un coup sec pour lutter contre sa force. À la seconde où je me libérai, je reculai. Je la suppliai de me pardonner avec mon regard.

— Je suis vraiment désolée, mais je reviendrai te chercher, je le promets. Je le promets, chuchotai-je d'une voix rauque tandis que l'émotion me serrait la gorge.

Ses jambes cédant, elle s'affala sur le sol, sanglotant et gardant un morceau de mon cœur avec elle.

— Je suis vraiment désolée, soufflai-je une dernière fois avant de fermer la porte derrière moi.

Chaque pas que je faisais pour m'éloigner de cette pièce était douloureux. Je détestais la laisser, je détestais cette idée plus qu'elle ne pourrait l'imaginer, mais je devais le faire. La sauver était tout ce qui comptait et la seule manière d'être certaine de pouvoir accomplir cela était de fuir cette maison.

Je posai un pied sur la première marche pour

redescendre au premier étage quand j'entendis mon prénom. Stetson m'appelait.

Nom de Dieu, ne pouvait-on pas me laisser un peu tranquille ?

Il ignore probablement qu'elle est là-haut.

Mais que se passera-t-il s'il dit à son père que j'errais dans la maison ? Qu'arrivera-t-il ? Il ne doit pas me voir.

Oui, mais tu dois descendre d'un étage.

Je sais ! Tu n'aides pas.

Me servant de toute ma discrétion, je descendis jusqu'en bas de l'escalier. Avant même un dernier acte de foi pour entrer dans le couloir, j'entendis des sirènes qui résonnèrent de plus en plus fort avant de s'arrêter devant la maison. Moins de deux secondes plus tard, un poing s'abattit sur la porte d'entrée au rez-de-chaussée.

— C'est quoi ce délire ?

La voix de Stetson me parvint depuis la première marche de l'escalier principal qui tourbillonnait jusqu'à l'entrée.

Je ne m'étais pas rendu compte que j'avais retenu mon souffle, mais il franchit brusquement mes lèvres. Stetson allait ouvrir la porte et j'étais libre de m'enfuir. Je me hâtai dans le couloir et courus récupérer mes affaires dans le salon de télévision avant de descendre.

— Écoutez, quelqu'un s'est peut-être trompé d'adresse. Il n'y a pas d'urgence, ici, répondit Stetson en écartant les bras.

— Que se passe-t-il ? demandai-je en me précipitant sur les dernières marches. J'ai entendu des sirènes alors j'ai pris mes affaires.

Deux pompiers se tenaient devant Stetson, avec leur uniforme complet.

— Te voilà. J'étais sur le point de venir te chercher. Ces mecs disent qu'un appel a été passé pour la maison, mais ça devait être une erreur. Ce genre de choses arrive, vous savez ?

L'un des pompiers haussa les épaules.

— Mais ça vous dérange, si on jette un rapide coup d'œil, juste pour être sûrs ?

— Bien sûr que non. Prenez votre temps.

Stetson leur sourit, imperturbable. Le voir ainsi, si serein, aida à apaiser une partie de mon inquiétude. S'il savait ce qui était planqué au deuxième étage, il aurait au moins tenté de les dissuader.

Allaient-ils fouiller la maison de fond en comble ? J'avais cru qu'il était trop dangereux d'appeler la police, mais maintenant que les autorités étaient déjà présentes, cela ressemblait à l'occasion parfaite. Mais pas devant Stetson. Je devais sortir et trouver quelqu'un à qui en parler en privé.

Les hommes déambulèrent pour leur vérification et Stetson s'approcha de moi.

— Où étais-tu ? Je suis sorti de la douche et je ne t'ai trouvée nulle part.

Je contractai mon ventre et grimaçai.

— Je ne sais pas vraiment ce qu'il s'est passé, j'ai commencé à avoir des crampes à l'estomac. Je ne savais pas si les toilettes du salon télé avaient été réparées, alors je suis allée dans celles de la chambre d'amis. J'imagine qu'avec les portes fermées, je ne t'ai pas entendu.

Il fronça les sourcils.

— Tu vas bien ?

— Je crois, mais entre ça et nos invités, je pense que je vais rentrer.

— Je te proposerais bien de t'accompagner, mais il faut que je reste ici.

— Oui, bien sûr, lui assurai-je.

Il se pencha et déposa un baiser sur mes lèvres. Il ressemblait aux centaines d'autres baisers partagés avant et pourtant, il était tout de même différent. Je dus m'obliger à ne pas tressaillir et à ne pas m'éloigner de lui.

Qu'est-ce que cela signifiait ? S'il n'était coupable d'aucun méfait, mon opinion sur lui changerait-elle malgré tout ? Ou était-ce ce que j'avais toujours ressenti sans m'en rendre compte ?

Argh, trop d'incertitude et de confusion. Je démêlerais ça plus tard. Pour l'instant, je devais m'adresser à l'un des pompiers, dehors, et lui dire ce qu'il se passait.

— Je te vois demain.

Je lui lançai un petit sourire et me faufilai par la porte d'entrée.

Les gyrophares du camion rouge gigantesque flamboyaient toujours devant la maison, bien que la sirène ne hurle plus. Je m'obligeai à marcher calmement vers le trottoir, puis vers l'arrière du camion où je ne pouvais être vue depuis l'intérieur de la demeure.

— Excusez-moi ! dis-je pour interpeller un pompier de dos.

Il était en train de parler avec quelqu'un d'autre, mais je m'en moquais. J'avais besoin d'aide.

— Il y a une femme…

Je m'interrompis au milieu de ma phrase. Quand l'homme se retourna, je vis que c'était Keir, qui se tenait devant lui.

Il bondit vers l'avant et m'attrapa par le poignet avant de m'éloigner de là.

— Quoi ? Attends. Qu'est-ce que tu fais ? criai-je, confuse.

— Je te sors de là, parce que tu n'aurais même pas dû venir, pour commencer. Je t'ai dit de rester loin de cet endroit, putain.

Je ne connaissais pas très bien cet homme, mais je voyais qu'il était furieux. C'était le premier véritable signe d'émotions dont j'étais témoin, de sa part. J'avais l'impression que de telles démonstrations se produisaient rarement.

Titubant, je fis de mon mieux pour suivre le rythme de ses longues foulées jusqu'à ce que nous atteignions sa voiture. Il ouvrit la porte et tenta de me pousser à l'intérieur.

Je me libérai de sa poigne.

— Attends ! Écoute-moi une seconde.

Je verrouillai mes jambes sur place et refusai d'être poussée dans une voiture.

— Je l'ai trouvée, dis-je en chassant ses mains loin de moi. Lawrence Wellington retient effectivement une femme captive dans sa maison. Elle est enchaînée aux toilettes, bordel, Keir. Nous devons la sortir de là.

Son regard s'enflamma.

— *Nous* ne devons rien faire. Mais à quoi tu pensais ?

— À sauver la vie d'une femme.

— Et à risquer la tienne par la même occasion ?

Je compris alors. Je jetai un coup d'œil par-dessus mon épaule, en direction du camion de pompiers.

— C'est toi qui as fait ça ? Tu les as appelés pour qu'ils viennent ici et me sortent de là ?

J'avais été si fascinée en pensant à cette pauvre fille à l'étage que je n'avais même pas songé à la coïncidence avec la visite surprise des soldats du feu.

— Tu crois que j'allais simplement attendre et voir si tu m'envoyais un message ?

Chaque mot était prononcé comme un grondement sauvage.

— Oh que non. Il valait mieux… valait mieux…

Il ferma les yeux et prit une longue inspiration apaisante.

— Il valait mieux te sortir de là et t'interroger ensuite, expliqua-t-il enfin lentement.

Son ton était serein, comme si toute l'émotion s'était asséchée avec sa longue inspiration.

— Et nous n'allons *rien* dire à ces gars. Tu ne mouchardes pas un homme aussi puissant que Lawrence Wellington. Pas sans avoir un plan.

Il leva la main, comme pour la poser sur ma joue, mais il mit plutôt son pouce sur ma lèvre inférieure avant de dériver jusqu'à ce que sa grande main soit autour de ma gorge.

— Si nous le faisons, nous le faisons à ma manière.

Ses mots grinçants étaient aussi abrasifs que de l'asphalte sous nos pieds.

Je n'arrivais pas à respirer et ça n'avait rien à voir avec la pression infligée par ses doigts. Keir était simplement aussi écrasant que ça. Être près de lui était comme danser au bord d'un trou noir – entêtant, déconcertant et potentiellement apocalyptique.

— Montre-moi que tu comprends, Rowan.

C'était la première fois que j'entendais mon nom sur ses lèvres et je fus instantanément accro. J'avais honte de penser à ce que je donnerais pour l'entendre le dire à nouveau. Ma promesse envers lui était visiblement un simple prix.

Mon regard rivé sur le sien, je hochai la tête.

Il laissa échapper un grondement d'approbation masculin.

— Bien, maintenant, monte. Je te ramène chez toi.

Son appartement était plus petit que je ne l'avais imaginé. Cette fille avait grandi dans une famille riche, alors je ne doutais nullement que son père pouvait lui offrir quelque chose de plus sympa. Le salon était de bonne taille, mais cet endroit avait besoin d'être rénové et n'avait qu'une seule chambre.

Cependant, je n'aurais pas dû être surpris. Rien, chez Rowan, ne correspondait aux stéréotypes auxquels on s'attendrait avec une femme qui menait une telle existence. Elle se battait contre sa nature, mais c'était inutile. Elle ne pourrait être mondaine et insipide, même si sa vie en dépendait. La question était : pourquoi ? Les Alexander avaient-ils été des parents si attentifs qu'elle avait évité tous les pièges de la vie ordinaire d'une jolie petite fille riche ? Étant donné le temps et l'énergie qu'exigeait la carrière de son père, cela semblait improbable.

Je n'avais jamais été aussi curieux envers une femme.

Elle avait failli me provoquer une crise cardiaque au moment où j'avais appris ce qu'elle avait fait. Étant donné la migraine que j'avais eue, ma pression sanguine avait dû avoisiner la catastrophe quand je m'étais hâté de rejoindre la maison Wellington. Même maintenant, dans la tranquillité de son appartement, un vestige de peur me maintenait tendu et troublé.

Je n'avais été soulagé que lorsque Rowan avait enfin montré des signes de reddition, comme un porc-épic qui rétracte ses piquants. Bien que cela ait été bref, j'avais ressenti cette imbécillité jusque dans mon âme et elle avait réveillé une envie d'en avoir plus. Je voulais connaître la sensation d'avoir Rowan à mes côtés, avec tous ses fichus boucliers à ses pieds, alors qu'elle s'offrirait à moi et à moi uniquement.

Le désir était si insatiable que je la suivis dans son appartement même si je savais que je ne le devrais pas. Mon père avait peut-être envisagé qu'une relation entre moi et la fille du gouverneur serait une bonne chose, je savais que ce n'était pas le cas. Cette femme me compliquerait la vie de bien des manières que je ne pouvais imaginer. C'était un problème, surtout que je n'étais pas fan des relations. L'engagement était synonyme de vulnérabilité et d'émotions. Voilà deux choses que j'avais vues à de nombreuses reprises dans ma vie et que je ne désirais nullement connaître davantage.

Et pourtant, voilà que j'étais là à observer l'appartement de Rowan, car je n'arrivais pas à me forcer à partir.

J'étais franchement dans de beaux draps.

— Il n'a rien de spécial, mais il me va, dit Rowan qui semblait consciencieuse.

— Ton père aurait pu te prendre quelque chose de plus grand, constatai-je.

Elle haussa les épaules.

— Oui, mais c'était inutile. Je suis seule, ici.

Mon regard se riva sur la droite, où je voyais à l'autre bout d'un couloir une salle de bains dans laquelle une immense toile était accrochée au-dessus du lavabo, au lieu d'un miroir.

— C'est une nouvelle tendance dont je ne suis pas au courant ?

Son regard suivit le mien, avant de se reposer sur moi avec un soupçon de défi.

— Je ne suis pas fan des miroirs.

Évidemment. Elle n'aimait probablement pas les selfies non plus.

Qui était Rowan Alexander et pourquoi était-elle si follement addictive ?

Comme si elle voulait échapper à mon indiscrétion,

elle baissa la tête et commença à fouiller dans son sac à dos.

— J'ai failli oublier. J'ai enregistré la fille. Elle ne parlait pas anglais, alors j'ignore ce qu'elle disait, mais je me suis dit qu'on pouvait traduire. C'est du russe, je crois.

Du russe. Bon sang. Cela pourrait être totalement insignifiant ou avoir une portée conséquente. Pourquoi Wellington gardait-il une femme russe captive dans sa maison ?

Rowan joua une nouvelle fois l'enregistrement. Il durait moins d'une minute. Nous nous servîmes de mon téléphone pour le traduire, passage par passage. La fille radotait, suppliait qu'on l'aide, mais elle donna tout de même quelques bribes d'information. Ils l'avaient kidnappée et elle s'était retrouvée avec d'autres femmes dans l'obscurité pendant plusieurs jours. Avait-elle été victime de trafic sur l'un des navires de Wellington ? Était-il impliqué dans du trafic d'êtres humains ?

À chaque jour qui passait, la situation semblait empirer.

— Tu ne vas pas y retourner, l'avertis-je. En fait, pendant que tu as ton portable à la main, envoie un message au gamin et dis-lui que c'est fini. Il a besoin de l'entendre de ta bouche.

Rowan se leva brusquement.

— Excuse-moi ?

La combativité dans son ton me mit de mauvaise humeur. Pourquoi était-elle autant sur la défensive à l'idée de mettre fin à sa relation avec lui ?

— Si tu penses être sur le point de te disputer avec moi, épargne-moi ça. Il n'y a rien à dire.

— Pardonnez mon impertinence, monseigneur.

Elle ouvrit les bras et effectua une révérence condescendante.

— Je ne m'étais pas rendu compte que vous gouverniez ma vie.

J'avançai vers elle d'un air intimidant et retins tout juste ma colère.

— Manifestement, quelqu'un doit le faire comme ton jugement est discutable.

Chacun de mes mots était sec et menaçant.

Rowan n'en était pas le moins du monde affectée. J'avais vu des criminels de carrière se faire dessus quand je les confrontais, mais pas Rowan. Cette femme exaspérante sembla camper encore davantage sur ses positions.

— Si le jugement de quelqu'un est discutable, c'est bien le *tien*. Comment sommes-nous censés faire sortir cette femme, si je ne vais plus dans la maison ? Elle était carrément terrifiée, Keir. Elle est enchaînée, couverte d'ecchymoses et qui sait ce qu'elle a aussi subi. Des choses que je n'ai même pas envie d'imaginer. Je ne la laisse pas seule, là-bas.

Chaque mot passionné de son discours était comme une autre vague sur le rivage qui balayait ma détermination. Lorsqu'elle eut terminé, il ne restait rien d'autre que du désir pur. Je m'étais dit qu'après l'avoir embrassée la dernière fois, je ne pouvais recommencer. J'étais dangereusement proche de l'addiction. Encore un soupçon de ses lèvres et j'aurais envie de la dévorer toute entière. J'allais vouloir chaque fichu centimètre de son corps et de son âme.

J'étais conscient du risque, mais elle m'avait bien trop captivé. Le désir glissa de mon ventre jusqu'à mon sexe tendu. Mes testicules étaient presque en train de se frayer un chemin pour remonter dans mon corps, à la recherche de satisfaction. L'idée de la marquer avec mon sperme me fit tomber dans le gouffre.

Mes lèvres s'écrasèrent sur les siennes.

Je ne me contentai pas de l'embrasser. Je lui baisai la bouche avec ma langue, mes mains marquant son corps et mes poumons espérant voler son âme dans ses profondeurs.

Comme la dernière fois, elle n'avait pas un goût de gloss à la fraise ou de chewing-gum à la menthe. Ce serait trop cliché pour elle. Rowan Alexander avait un goût de pluie d'été et de cœur brisé. J'ignorais si ce serait le sien ou le mien. Dans les deux cas, j'étais accro. J'eus besoin de chaque lambeau de mon self-control pour enfin m'éloigner d'elle.

— Merde, tu me rends fou, dis-je en respirant péniblement.

— C'est pour ça que tu m'as embrassée ?

— Je te faisais juste taire.

J'aurais aimé que ce soit aussi simple.

Les commissures de ses lèvres tressaillirent avant qu'elle reprenne un air neutre.

— Je ne vais pas rompre avec lui.

Je rivai mon regard sur le sien et laissai tomber toutes

mes barrières pour qu'elle entende la vérité dans ce que je m'apprêtais à dire.

— Si je le revois près de toi, je le tuerai.

Ses lèvres s'entrouvrirent deux fois avant qu'elle trouve ses mots.

— Keir, il n'a rien à voir avec ça.

— Tu n'en sais rien.

Elle fronça les sourcils.

— Je ne crois pas qu'il soit impliqué, mais je vais rester loin de lui, pour le moment.

— Pour le moment ?

Je m'écartai et tournai le dos pour me calmer.

— Mais pourquoi tu te bats pour lui ?

— Ce n'est pas que pour lui. Tu ne comprends pas ?

— Non, je ne comprends pas.

Ma voix s'éleva dangereusement pour devenir presque un cri.

— *Éclaire ma lanterne.*

Les épaules de Rowan se détendirent et un voile de détermination farouche s'abattit sur ses traits.

— Stetson est l'homme que je suis censée épouser. Si ça tombe à l'eau et que son père est arrêté, le mien sera anéanti. Cette histoire pourrait même mettre fin à sa carrière à cause des liens entre nos familles. Si c'est un tant soit peu en mon pouvoir, je ne laisserai *pas* faire.

— Tu préfères que ton père vive un genre de conte de fées pendant que toi, tu restes malheureuse, plutôt que de le laisser affronter la réalité ?

— *Oui*, rétorqua-t-elle alors que les émotions filtraient derrière ses barrières.

La fureur et la révulsion rendirent ma voix tranchante comme une lame d'acier.

— Miss Alexander, ça, c'est du grand n'importe quoi.

Comme je n'avais plus rien à dire, je passai à côté d'elle et sortis.

12

Le cri que j'avais si désespérément envie de libérer fit écho dans ma tête. Il combla chaque creux et crevasse de mon esprit jusqu'à ce que je sois incapable de respirer. La frustration emplissait mes poumons à la place de l'air et j'avais désespérément envie de l'évacuer, mais j'avais passé ma vie entière à apprendre comment la garder à l'intérieur.

Plus que ça, je m'étais entraînée à conserver mes émotions si enfouies qu'elles ne pourraient trouver la surface. Si elles n'existaient pas, je n'avais pas besoin de les contrôler. La vie était une série de cases cochées. Je savais ce qu'on attendait de moi et j'accomplissais mes tâches pour arriver à ces buts. Tout était beaucoup plus simple de cette manière.

Puis j'avais rencontré Keir.

Il était un tremblement de terre qui avait ouvert ma surface en grand. Il avait créé une crevasse, dans les parties les plus profondes de mon existence, et avait permis à tout ce qui y était enterré de se libérer. Mes défenses avaient été amochées de manière si catastrophique que je ne pouvais me contenter d'y mettre du chatterton. J'avais essayé, mais ça ne fonctionnait pas. Un ouragan d'émotions couvait et j'ignorais comment j'allais y survivre.

Les derniers mots de Keir avant qu'il parte furent comme le grondement distant du tonnerre et furent annonciateur de dévastation. Je n'avais jamais autant détesté mon nom de famille.

Miss Alexander, ça, c'est du grand n'importe quoi.

— Allez vous faire foutre, *monsieur Byrne*. Vous ne connaissez même pas la moitié de l'histoire.

Je me penchai et poussai mon canapé autant que possible dans la cuisine, avant de mettre mes AirPods. Habituellement, je me changeais avant de danser, mais d'ordinaire, un Irlandais autoritaire ne défiait pas le fond même de mon identité.

Je retirai mes chaussures et lançai ma playlist la plus névrosée et lourde en émotions. *Happiness is a Butterfly* de Lana del Rey me parvint aux oreilles et ce fut le baume parfait pour mon âme souffrante. Dans les moments comme celui-ci, mes dix ans de formation en ballet s'insinuaient dans mes mouvements de danse. Si j'évacuais ma frustration et exprimais ma joie, j'avais tendance à opter pour une chorégraphie beaucoup plus contemporaine, mais ce soir, j'avais beau croire que j'étais en colère, la musique et mes mouvements naissaient d'une angoisse que seul le ballet pouvait capturer.

Je continuai jusqu'à ce que mes mollets deviennent douloureux et que mon ventre grogne à cause de la faim. Jusqu'à ce que je revive notre baiser un millier de fois, au point de ne plus me rappeler pourquoi je ne l'avais pas supplié de revenir.

En présence de Keir, je ressentais une vitalité que je n'avais pas éprouvée depuis des années. J'étais moi-même et cela me terrifiait. Je croyais ne craindre qu'une seule chose, mais je m'étais trompée. Être moi – exprimer mes désirs et mes émotions – m'effrayait réellement, car ce chemin ne menait à rien d'autre qu'à un cœur brisé et à la honte.

Mes choix n'étaient pas les miens. Ils impactaient d'autres personnes et je ne pouvais l'oublier. Si je m'autorisais à vouloir ce que je ne pouvais avoir, je serais plus malheureuse que Keir ne le pensait déjà.

J'avais déjà pris un risque avec la carrière de papa, car j'avais été incapable de mettre ma curiosité de côté. Je ne regrettais pas d'avoir trouvé la fille, mais je m'inquiétais des répercussions. Si les activités de Wellington étaient dévoilées au public, quelles seraient les conséquences pour mon père ? Il avait déjà cette épée de Damoclès au-dessus de la tête, comment pouvais-je envisager une relation avec un criminel notoire ? Mes parents en seraient anéantis. Non pas que je puisse éviter ce destin-là. Ils seraient totalement brisés, quoi qu'il arrive, quand je romprais avec Stetson. Je savais que c'était terminé avec lui, mais j'avais été incapable de l'admettre devant Keir. Il avait déjà bouleversé ma vie. Lui concéder le timing et la manière de mettre fin à mon couple aurait été excessif. Je devais maintenir une certaine illusion de contrôle.

J'avais besoin d'avoir le contrôle pour la même raison qu'il avait été logique de rationner mes espoirs et mes désirs. Si je ne m'autorisais pas à souhaiter autre chose que ce que je pouvais obtenir, il n'y aurait pas de déception. La seule chose importante était de protéger les gens à qui je tenais. Et bien que je ne connaisse pas réellement cette fille russe, je me sentais également responsable d'elle. Si je pouvais la mettre en sécurité sans esquinter la réputation de mon père par la même occasion, toute cette agitation aurait valu la peine.

Une petite voix imperceptible tenta de s'imposer. Je savais ce qu'elle aurait à dire. Elle essaierait de me convaincre que les émotions n'étaient pas le problème, comme elle l'avait fait tant de fois auparavant, mais je n'avais pas la capacité de l'écouter. Je montai plutôt le volume de la musique et me délectai de l'absence de pensée.

♦

Stetson me téléphona le lendemain matin. J'eus honte de ma déception quand je me rendis compte que ce n'était pas Keir. Mon agacement face à ma réaction fut en partie la raison pour laquelle je décrochai, l'autre motivation étant que répondre à un appel de Stetson n'était pas techniquement une infraction à la règle de Keir qui me demandait de rester loin de lui. Je voyais toujours un certain mérite à garder notre relation vivace, pour le bien de la fille.

— Salut, je me suis dit que j'allais passer et marcher jusqu'à la fac avec toi, m'annonça Stetson d'une voix chaleureuse. J'ai eu rendez-vous avec notre comptable, et ton appartement est sur le chemin de retour du campus.

Je m'étais déjà demandé quoi faire, car le cours d'économie de ce matin était le seul que nous avions en commun.

— J'étais sur le point de t'appeler. Mon estomac est encore capricieux. Je crois que je dois rester chez moi, aujourd'hui. Ça ne te dérange pas de prendre des notes ?

— Non, pas de problème.

Il marqua une pause.

— Tu ne crois pas que… tu pourrais être… je veux dire…

— Quoi ? Non ! Pas du tout. Ce n'est qu'un microbe, je te le promets.

Un grand soupir me parvint à l'oreille.

— Enfin, on aurait pu s'en sortir, mais on a tous les deux des plans. Tu le comprends, n'est-ce pas ? tenta-t-il de se rattraper.

— Oui, Stetson. Je comprends. Les bébés ne sont pas à l'ordre du jour.

— Ça, c'est ma copine, dit-il avec un sourire que je

percevais dans sa voix. Je te demanderais bien si tu as besoin de quoi que ce soit, mais je détesterais choper le même truc que toi. J'imagine que je pourrais déposer du Gatorade ou de la nourriture devant ta porte, si tu avais vraiment besoin de quelque chose.

Notre relation hautement indépendante m'avait toujours parfaitement convenu, mais soudain, elle me sembla terriblement stupide et hypocrite. Je n'étais pas réellement malade, mais aurait-il été si atroce pour lui de vouloir prendre soin de moi, si je l'avais été ? Maman et papa ne seraient jamais restés éloignés l'un de l'autre dans une telle situation, rien que pour protéger leur santé. Ils plaidaient pour l'importance d'être des partenaires, d'être la personne sur laquelle on pouvait compter quoi qu'il arrive.

Je secouai la tête, déçue d'avoir été aussi aveugle.

— C'est bon, Stetson. Je ne voudrais pas que tu tombes malade à cause de moi.

— Dis-le-moi si ça empire. Papa a un médecin de famille qui fait des visites à domicile. Je pourrais l'envoyer chez toi.

— Merci, j'apprécie.

Il était étrange de lui parler en sachant que j'allais rompre avec lui alors qu'il n'en savait rien. Je devais faire comme si rien n'avait changé et qu'une jeune femme n'était pas maltraitée et enchaînée dans le grenier de sa maison. Je frissonnai en me souvenant d'elle.

— Oui, il faut que tu te rétablisses. J'ai un match, demain soir, à Jersey. Tu sais que j'aime avoir ma copine dans les gradins.

Ses mots plantèrent en moi la graine d'une idée.

— Eh bien, si je ne peux pas y aller, avec un peu de chance, ton père sera là.

Je retins ma respiration en attendant sa réponse.

— Non, il a un rendez-vous en ville. Bon sang, il était en rogne quand je lui ai parlé des pompiers qui se sont pointés, hier. Enfin, surtout parce qu'ils ont insisté pour faire une inspection. Je parie qu'il a engueulé le chef, aujourd'hui.

— Ils s'assuraient simplement que tout allait bien.

J'espérais que personne n'allait avoir d'ennuis à cause de moi.

— C'est ce que je lui ai expliqué. Il n'y a pas mort d'homme. Je maîtrisais la situation.

— À quelle heure est le match, demain ? demandai-je nonchalamment.

— Dix-sept heures. Je me mettrai une alarme et t'enverrai un SMS. Dis-moi si tu penses pouvoir venir.

— Je le ferai.

— Repose-toi, Ro.

— D'acc. On se parle plus tard.

Je raccrochai tandis que mon esprit réfléchissait à toute vitesse.

Si Stetson et son père étaient tous les deux hors de la maison, je pouvais transmettre un mot à la fille. Hannah serait encore de service jusqu'à dix-sept heures. Elle me laisserait entrer et je pourrais glisser un message à l'étage avant de redescendre en moins de cinq minutes – quelque chose de traduit en russe pour lui faire savoir que nous allions la faire sortir de là. Keir ne voulait pas que je m'approche des Wellington, mais je n'avais nullement promis de demeurer loin de la fille. Un rapide aller-retour à l'intérieur. Après ça, j'aurais fait tout mon possible pour la rassurer, selon moi, et le reste pouvait être effectué à distance.

— Oh, bonjour, Rowan, me salua Hannah à la porte. Je crains que Stetson ne soit pas là, en ce moment.

— Je sais. Je n'ai pas pu me rendre à son match, et il m'a dit qu'il dormirait là, ce soir, alors j'ai pensé lui déposer une petite surprise. Avec un peu de chance, ça rattrapera mon absence au match, lui expliquai-je avant de lui lancer un sourire pudique.

Hanna devait s'approcher de la soixantaine d'années. Ses cheveux étaient coupés dans un carré net. Elle permettait à la maison de fonctionner sans aucun heurt, dans sa chemise blanche et son pantalon bleu marine si amidonné qu'il devait réussir à tenir debout. Elle imaginait que sa mission personnelle était de se comporter comme une mère poule avec les hommes Wellington, alors je comptais sur elle pour être compatissante avec la détresse d'une petite amie dévoyée qui avait failli à sa tâche et n'avait pas soutenu son copain.

— Bien sûr, ma chère. Mais je ne peux vous dire dans quel état se trouvent ses appartements.

— Ne vous inquiétez pas. J'ai appris que vous ne nettoyiez plus cette partie de la maison. Je pense que c'est une bonne chose pour Stetson. Certaines aptitudes sont vitales et tout le monde devrait les maîtriser, dis-je d'un air de conspiratrice.

Hannah me fit un clin d'œil.

— C'est vous qui le dites, pas moi.

Elle ferma la porte derrière moi, une fois que je fus entrée.

— Je vais laisser ça dans sa chambre et je pars tout de suite après.

— Très bien, ma chère. Appelez-moi, en cas de besoin.

— Merci, Hannah.

Elle me sourit chaleureusement et repartit dans la cuisine. Je gravis précipitamment la volée de marches. Au lieu de tourner à droite, vers la chambre de Stetson, je m'engageai sur la gauche et montai hâtivement le deuxième petit escalier menant au deuxième étage.

Les mains tremblantes, je me servis de la clé pour déverrouiller le loquet et ouvris la porte. Mes poumons se comprimèrent à la vue de la fille, recroquevillée dans un coin avec une petite couverture autour d'elle. D'après ce que j'apercevais, la robe fleurie avait disparu.

L'indignation me brûla le fond de la gorge. L'injustice de toute cette situation menaçait de faire céder mes jambes sous mon poids – parce qu'elle était forcée de subir une telle cruauté et que j'étais obligée de laisser faire. Je n'avais jamais ressenti une colère plus paralysante de toute ma vie.

En revanche, l'impuissance était familière et je la détestais.

La fille bondit en me voyant. Elle leva son visage avec un espoir désespéré, à l'idée que ce soit l'échappatoire pour laquelle elle avait prié. À l'idée que cette fois-ci, j'étais venue la sauver.

Je me demandai soudainement si mon retour lui ferait plus de mal que de bien, car à présent, je devais une nouvelle fois anéantir ses espérances.

— Je suis vraiment désolée, la suppliai-je en tendant le petit morceau de papier que j'avais préparé pour elle.

J'avais traduit un message en russe, lui expliquant que l'homme qui la détenait était très puissant et que nous travaillions pour la libérer bientôt. Tandis que ses yeux parcouraient ces mots, ses tremblements s'intensifièrent jusqu'à ce que je me demande comment elle pouvait encore lire.

— Je suis... Je suis vraiment désolée, dis-je alors que ma voix se brisait.

Seul un soupçon de souffle réussissait à passer au-delà de mon cœur, logé dans ma gorge.

La feuille glissa vers le sol et deux lourdes larmes coulèrent à sa suite sur les joues de cette fille.

— Vraiment, vraiment désolée, m'excusai-je à nouveau alors que je récupérais le papier et le rangeais dans ma poche.

Le regret me submergea d'une honte si féroce que j'eus l'impression que ma peau brûlait de l'intérieur. Comment osais-je laisser cette fille continuer à souffrir alors que je pouvais la libérer ? Si j'avais été suffisamment courageuse, j'aurais apporté des pinces coupantes et je l'aurais fait sortir de cette satanée maison. J'aurais pu me cacher, ce qui aurait été mieux que de savoir que j'étais la raison pour laquelle elle était encore emprisonnée en enfer.

Ro, s'il te plaît, ne fais pas ça. Ce n'est pas ta faute.

Peut-être pas initialement, mais le fait qu'elle soit encore ici pèse sur mes épaules.

Y avait-il encore du temps ? Je pouvais peut-être trouver quelque chose qui couperait la chaîne dans le garage. Je devais la sauver. Je devais au moins essayer.

Je pris ses mains entre les miennes et lui expliquai que j'allais revenir tout de suite. Elle sembla comprendre mon urgence soudaine et son visage se leva prudemment vers le mien pour le scruter. Je serrai une dernière fois ses mains et me précipitai vers la porte, sans prendre la peine de la verrouiller derrière moi.

Je me hâtai au premier étage et posai un pied sur l'escalier principal avant de me rendre compte que je n'étais pas seule. Mon corps tout entier se figea – mon cœur, mes poumons et mes organes internes se suspendirent dans le temps – tandis que j'observais

Lawrence Wellington monter les marches avec un autre homme. Un homme avec une cicatrice noueuse s'étirant de sa tempe gauche jusqu'au coin de sa bouche. Ses yeux bleu clair étaient si glacials qu'ils semblaient bioniques.

Une averse de questions s'abattit sur mon esprit. Pourquoi était-il ici ? Qui était l'homme avec la cicatrice ? Allaient-ils chercher la fille ? Avaient-ils vu que je venais de la mauvaise direction ? Même si ça n'avait pas été le cas, s'ils allaient la voir, ils remarqueraient sûrement que la porte n'avait pas été verrouillée.

Merde ! Merde, merde, merde, Ro. Tu dois dégager de là, maintenant.

Je les gratifiai d'un large sourire.

— Bonsoir, monsieur Wellington !

— Rowan, je n'avais pas réalisé que tu étais là.

— Oui, désolée. Je suis juste passée pour laisser un mot à Stetson, comme je n'ai pas pu me rendre à son match.

Je fis quelques pas nonchalants pour descendre les marches, souhaitant désespérément contrôler ma respiration afin de ne pas avoir l'air essoufflée.

— C'est très prévenant de ta part, dit-il sans réelle sincérité.

— J'étais dans le coin pour aider maman, de toute façon, donc ça n'était pas grand-chose. J'espère que ça ne vous dérange pas.

Je lui lançai un autre sourire qui suintait cette fois-ci d'une innocence enjôleuse, bien que mon masque manque de se fendre quand mes yeux se posèrent brièvement sur l'homme à la cicatrice. Son regard éviscérant se braqua sur moi.

— Pas du tout, me répondit Wellington.

— Je vais vous laisser tranquille et repartir chez mes parents.

Je saisis l'occasion pour passer précipitamment à côté d'eux.

— Encore désolée de vous avoir dérangés.

— Salue ton père de ma part, rétorqua-t-il d'un ton calme et glaçant.

— Bien sûr, criai-je sans me retourner.

Je ne pouvais me retourner, car l'effroi m'avait fait blêmir. Cela avait-il été une menace ? Lawrence Wellington ferait-il du mal à mon père pour me faire taire ? Étais-je simplement paranoïaque ?

J'imaginai la pauvre fille menottée à l'étage et sus que toute peur le concernant était raisonnable. Cet homme était un monstre diabolique et je venais de me mettre dans sa ligne de mire.

🔥

JE NE PRIS PAS CONSCIEMMENT la décision de partir à la recherche de Keir, cependant mes pieds me guidèrent dans cette direction. Je lui envoyai un SMS et l'appelai, mais il ne répondit pas. Abandonner n'était pas une option. Je devais le trouver.

Le soleil de l'après-midi était suffisamment descendu pour marquer le ciel de traits couleur mandarine quand j'arrivai à l'entrée du *Moxy*. Cette fois-ci, je ne fis aucune pause avant d'ouvrir la porte et de pénétrer à l'intérieur. Je tombai face à face avec un géant qui surveillait l'entrée.

— Je cherche Keir.

S'il vous plaît, je vous en prie, ne soyez pas difficile.

— Le patron n'est pas là, répondit-il sans hésiter.

Il disait la vérité.

Je ravalai le goût amer de la déception.

— Pouvez-vous me dire où il se trouve ? J'ai tenté de l'appeler, mais il ne décroche pas.

L'homme me lança un sourire narquois.

— Vous devriez peut-être comprendre le sous-entendu.

— Je vais patienter, alors, crachai-je.

Je croisai les bras pour indiquer que je n'irais nulle part.

Il jeta un coup d'œil dans le club.

— Ce n'est pas une mauvaise idée, maintenant que vous le mentionnez. Vous étiez assez torride, sur scène. Peut-être qu'en attendant, vous pourriez nous montrer ce que vous savez faire d'autre.

Il fit passer une boule de gomme d'un côté à l'autre de sa bouche avec un sourire lascif.

Je refusai de réagir devant sa provocation.

— Écoute, princesse. Tu ne peux pas rester plantée là toute la nuit, bordel.

— Je serai heureuse de m'en aller. Dites-moi simplement où je peux trouver votre patron et je m'en irai.

Il fit deux pas en avant comme pour m'intimider.

— Ou alors, je peux te prendre par la peau du cul et te jeter dans la rue.

Il avait revêtu son habit de videur professionnel, ce qui était troublant, je l'admettais.

— Écoutez, j'ai vraiment, *vraiment* besoin de parler à Keir. C'est urgent. Et je vous ai dit…

— Un problème, ici ?

L'homme renfrogné qui travaillait à l'entrée la dernière fois que j'étais venue au club nous rejoignit au niveau de la porte. Je tentai de me souvenir de son nom… Thor ou Tor… Oui, c'était ça, Torin.

— Cette femme veut voir le patron, mais il n'est pas là, expliqua le videur avec éloquence.

— Keir et moi travaillons sur quelque chose et il y a eu une avancée urgente. J'ai besoin de lui parler. Je m'appelle Rowan.

— Je sais qui tu es, Rowan.

Le soulagement fut teinté d'inquiétude, car je ne savais pas si c'était une bonne chose ou non qu'il me connaisse.

— Pouvez-vous m'aider ? C'est incroyablement important.

Il me scruta comme un loup examinerait prudemment sa nourriture laissée à l'air libre.

— Oui, marmonna-t-il enfin. Ce salaud a laissé son portable dans son bureau. Je dois le lui apporter, de toute façon. Viens.

Il franchit l'entrée sans regarder derrière lui, s'attendant à ce que je le suive, et il avança vers une moto vert et rouge garée sur le trottoir. Il passa une jambe par-dessus. La moto rugit en démarrant. Elle était élégante, avec des pneus totalement noirs et un côté discret qui dénotait avec cette bête faite pour des courses. On aurait dit qu'elle sortait tout droit d'un jeu vidéo.

— Tu comptes monter dessus ou tu vas la regarder toute la nuit ?

— Euh oui.

Je n'étais jamais grimpée sur une moto et certainement pas sur une telle chose. J'ignorais complètement ce que je faisais.

— Mets le pied sur cet appui, attrape mes épaules et passe l'autre jambe par-dessus, m'expliqua-t-il. Attention à ne pas toucher la merde en dessous. On va être tassé. Elle n'est pas faite pour les passagers.

Pas de casque, apparemment.

Je pris une profonde inspiration et fis le grand saut. Je me sentais gênée de m'agripper au dos d'un inconnu, mais je prévoyais de m'y accrocher comme si ma vie en dépendait.

— Tu es à moitié singe ? me lança-t-il en jetant un coup d'œil à ma poigne mortelle autour de son ventre.

— Ferme-la et roule, criai-je en retour en posant ma joue sur son épaule.

Je fus presque certaine qu'il gloussa, ce que je ressentis uniquement parce que je m'étais moulée autour de lui comme une seconde peau.

Cinq minutes et dix « *je vous salue Marie* » plus tard, il se gara devant un bâtiment dans le Midtown East. Il m'aida à descendre de la moto et nous mena vers la porte d'entrée sans dire un mot. Ça m'allait. Je ne me sentais pas excessivement bavarde. Nous nous rendîmes au vingt-deuxième étage, où il tambourina sur l'une des trois portes sur le palier.

Il fallut presque une minute entière pour que le verrou

cliquette et glisse. Keir ouvrit la porte, le torse nu, et les cheveux trempés. Il se figea et observa ses arrivants inattendus.

— Tu as laissé ce truc au club, dit Torin en donnant le portable à Keir.

— Merci, mec. Je m'apprêtais à venir le chercher.

— Pas de problème.

Il commença à se retourner vers l'ascenseur.

— Attends, cria Keir. Tu l'as amenée sur la moto ? demanda-t-il tandis que sa voix se faisait menaçante.

— C'est ce que j'avais sous la main.

— Tu n'as pas de casque. La prochaine fois, prends un Uber si tu n'as pas d'autre choix. *Seigneur.*

Keir m'attrapa le poignet et m'attira à l'intérieur avant de claquer la porte derrière nous.

Entre mon choc face à son éclat de colère et le nuage enivrant faisant flotter l'odeur de son gel douche pour taquiner mes sens, je me sentais de plus en plus embrouillée et stupide.

— Tu prenais ta douche.

J'avais prononcé les premiers mots qui m'étaient venus à l'esprit.

Keir se tourna vers moi et m'offrit une vue dégagée sur sa peau lisse et tatouée étirée sur ses muscles toniques. Je savais qu'il était tatoué. Les dessins remontaient dans son cou et tapissaient ses bras. Certains descendaient même jusqu'à ses doigts. Il y avait également une chance pour que le reste de son corps soit aussi couvert, mais la réalité de ces tatouages parfaits était bien plus impressionnante que ce à quoi je m'attendais. J'avais envie de suivre chaque creux et chaque crevasse, de mémoriser chaque dessin vivement coloré pendant qu'il me préciserait leur signification.

Par un miracle de Dieu, je me rendis compte que je le dévisageais de manière éhontée et je sortis de ma transe.

— Euh, j'ai appelé. Tu n'as pas décroché.

Keir me fixa avec une intensité qui me coupa le souffle. Ce n'était pas étonnant qu'il ne soit pas très bavard. Son regard disait un millier de mots en un seul coup d'œil et, en ce moment, il m'indiquait que si je n'arrêtais pas de le scruter, je finirais penchée au-dessus du canapé et baisée à mort.

Je déglutis péniblement et rivai mon regard sur le sien.

— Qu'y avait-il de si important ? me demanda-t-il enfin.

C'était maintenant la partie difficile. Il ne serait pas ravi de ce que j'avais fait, mais c'était compliqué. Avoir la conscience tranquille était un impératif. La fille était importante pour moi et j'avais eu besoin de la voir une dernière fois.

Je redressai les épaules et racontai tout ce qui s'était passé en me focalisant sur les faits et en chassant mes émotions autant que possible.

Keir aurait pu être comparé à un granit taillé tant son immobilité était inhumaine. Quand j'eus fini mon récit, un abysse de silence se tint entre nous jusqu'à ce qu'il fende l'air d'un rugissement.

— *Putain* !

Il me tourna le dos et baissa la tête. Pendant ce temps-là, la contrition et la conviction entamèrent une lutte furieuse dans mon crâne. Je me sentais mal d'avoir compliqué les choses, et pourtant je n'éprouvais aucun remords parce que j'avais suivi mon cœur.

— Tu n'es pas obligé de t'impliquer, murmurai-je. Je peux m'en aller.

— Ne. Bouge. Pas.

Il grogna chaque mot, mais ne me fit pas face.

Derrière lui, je vis sa cage thoracique se gonfler et se contracter avec une détermination expérimentée.

Une fois. Deux fois. Trois fois.

Il finit par se retourner et son regard fut aussi vif qu'un coup de fouet.

— On parle de l'homme avec la cicatrice comme s'il était le diable incarné. Il s'appelle Damyon, mais la plupart le surnomment l'Ombre, parce que personne ne sait rien de lui, à part qu'il est russe. Et au cas où tu n'aurais pas deviné, on est à des *années-lumière* d'une simple mauvaise situation.

JE MAINTINS MON REGARD RIVÉ SUR LE SOL, ORDONNANT À mon cœur de se calmer, à mes respirations de ralentir et à ma peur de relâcher son emprise sur mes pensées. La situation était bien pire que je ne l'avais imaginé – à la fois pour Rowan et pour moi.

Les hommes que j'avais vus devant chez Wellington travaillaient-ils pour Damyon ? Oran n'avait sûrement pas été assez stupide pour conclure un marché avec un tel psychopathe. Bien que cela explique pourquoi il mentirait à propos du vol des armes. Il avait dû deviner que nous n'approuverions jamais un marché avec ce Russe.

Je détestais l'idée que nous soyons peut-être liés à cet homme, mais le fait qu'il ait maintenant Rowan sur son radar me terrifiait. Avec Wellington, c'était déjà assez terrible, mais Damyon décuplait le danger.

— Je n'arrive pas à croire que tu es retournée là-bas quand je t'ai *dit* de rester loin de lui.

Ma peur était si accablante que je ne connaissais aucun autre moyen de l'exprimer que la colère cinglante. L'émotion luttait contre la fine membrane de mon self-control et la menaçait d'anéantissement.

— Stetson et son père étaient censés être loin de la maison, dit doucement Rowan. Rien de tout ça n'était censé se produire.

— Non, tu n'étais pas *censée* remettre un pied dans cette baraque.

Ma voix qui s'était élevée faisait écho aux émotions qui grondaient en moi, et je ne les comprenais pas totalement. C'était Rowan, qui risquait le plus, pas moi ni ma famille. Je n'étais nullement obligé de l'aider. Rien ne m'obligeait à continuer de m'associer avec elle. Je pouvais couper les ponts et espérer que le furieux nuage noir au-dessus de sa tête ne me suive pas.

La raison pour laquelle j'étais en colère ne concernait pas Damyon ni le retour de Rowan dans la maison. J'étais en colère parce que je savais que je ne m'éloignerais pas d'elle. J'en étais incapable. Quelque chose d'impondérable me liait à elle. Quelque chose que je ne pouvais nommer. Elle était venue chercher de l'aide auprès de moi, parmi tous ceux à qui elle pouvait s'adresser. À deux reprises. Une part de moi, à moitié sauvage et peu évoluée, avait décidé que c'était à moi de la protéger. La logique n'avait rien à dire à ce sujet, ce qui était la véritable source de ma fureur.

Rowan ne me cria pas dessus.

Si elle l'avait fait, cela aurait été bien plus satisfaisant que sa manière sinistre de me répondre.

— Je ne pouvais pas la laisser là-bas sans lui faire savoir que nous venions l'aider.

— Tu ne le pouvais pas ou tu ne le voulais pas ?

Son regard se riva sur le mien et j'y vis un éclat combatif.

— C'est du pareil au même.

— Non. À moins que tu aies un genre de complexe de la sauveuse.

Je m'approchai d'elle jusqu'à ce que seule une poignée de centimètres nous séparent.

— Alors, qu'en est-il, miss Alexander ? demandai-je avec une précision mortelle. Pensais-tu à la fille ou satisfaisais-tu simplement ton propre besoin de jouer aux héroïnes ?

C'était hypocrite, compte tenu de ma récente révélation, mais ma frustration avait visé ses barrières émotionnelles dans l'intention de les voir s'effondrer.

Rowan écrasa ses mains contre mon torse.

— Ne m'appelle pas comme ça, putain !

Et voilà. Je veux voir la véritable Rowan sortir jouer.

N'importe quelle autre femme aurait déjà été anéantie, maintenant – bon sang, n'importe quel homme *ou* n'importe quelle femme. Mais pas Rowan. Elle avait appris à maîtriser l'annihilation de ses réactions naturelles. Cette démonstration de colère était la perche parfaite à saisir pour en avoir plus. J'avais envie de dévoiler chaque couche impénétrable de son armure jusqu'à exposer chaque centimètre captivant de son être.

Je tendis la main derrière elle et enroulai mon poing autour de ses longs cheveux, attirant son corps contre le mien.

— Tu n'aimes pas que je dise ton nom ou que je sous-entende que tu agis comme une enfant ?

— *Ni l'un ni l'autre*, rétorqua-t-elle.

Je plissai les yeux et tirai sa tête très légèrement en arrière.

— C'est l'intimité, songeai-je.

Une satisfaction inattendue gonfla dans ma poitrine, mais je ne le montrai pas.

— Tu veux qu'il y ait un genre de connexion entre nous.

Méfie-toi de ce que tu souhaites.

— Je n'ai jamais dit ça, dit-elle en essayant de rétropédaler.

— C'était inutile. C'est écrit sur ton visage.

Elle tenta d'adopter une expression plus neutre, mais c'était trop tard. Je l'avais piégée dans ma toile.

— Ce n'est pas parce que j'ai envie de te baiser que j'ai envie de te garder, miss Alexander.

Point. Set. Match.

Un cri d'énervement jaillit du plus profond de son corps alors qu'elle s'entortillait et luttait pour se libérer de ma poigne. Elle sauta sur une coupe en verre, à l'entrée, et me la jeta de toutes ses forces. Je baissai la tête juste à temps et l'objet se brisa contre la porte derrière moi. Avant que je puisse réagir, Rowan avait déjà une petite lampe en céramique entre les mains.

— Tu crois que tu peux simplement t'introduire par effraction dans ma maison, bouleverser ma vie, puis t'en aller l'air de rien ? hurla-t-elle.

Son visage était marbré d'un rouge furieux et ses yeux devenaient vitreux.

— Tu as bouleversé ta propre vie, je n'ai rien fait. Je t'ai dit de rester loin de lui.

Montre-moi toute ta fureur, ma belle. Déchaîne tout.

— Argh ! Ça n'a *rien* à voir avec lui ou avec cette putain de maison !

Elle me jeta la lampe. Cette fois-ci, j'esquivai et plongeai précipitamment sur elle avant qu'elle puisse attraper autre chose. Je collai son dos contre le mur, coinçai ses mains dans les miennes et les plaçai de chaque côté de sa tête. Nos respirations laborieuses se mêlèrent dans un nuage de désir frustré.

— Alors, dis-moi de quoi il en retourne, exigeai-je.

Elle pinça les lèvres en signe de refus et une teinte dorée et féroce domina ses yeux noisette.

— Dis-le-moi, bordel ! braillai-je devant son visage.

— C'est à cause de *toi*, putain de salaud ! cria-t-elle en retour. C'est en rapport avec *toi* et avec le fait que je me sens vivante chaque fois que je suis près de toi. Comme si je pouvais *respirer* pour la première fois de ma vie.

Elle marqua une pause et son corps frissonna

lorsqu'elle laissa échapper une expiration tremblante. J'avais envie d'en inhaler chaque soupçon et en saturer mes poumons.

Je tirai ses mains au-dessus de sa tête, emprisonnant ses poignets dans l'un des miens, puis j'écrasai ma bouche contre la sienne. Son corps céda contre le mien, comme de l'argile qu'on moulerait sur de la pierre.

Le goût du défi passionné sur ses lèvres propulsa un courant électrique directement vers mon sexe. Je bandais tant que j'aurais pu jouir dans mon satané pantalon. J'avais envie de la punir parce qu'elle m'avait fait perdre le contrôle. À en juger par la manière dont elle me mordit la lèvre inférieure, avant de la sucer entre les siennes, elle luttait avec cette même impression conflictuelle. Nous étions deux trains sur la même voie et nous n'avions aucun moyen d'éviter la collision.

Je passai mes doigts dans son legging et m'assurai de saisir également sa culotte, puis je les fis descendre tous les deux, suffisamment pour me servir de mon pied pour écraser le tout au sol.

— Je vais te baiser contre ce mur, l'informai-je avec une voix qui paraissait à moitié sauvage, même à mes propres oreilles. Si je fais quelque chose que tu n'aimes pas, je m'attends à ce que tu me le dises.

Elle acquiesça rapidement.

Un désir avide s'enroula à la base de ma colonne vertébrale tandis que je baissais mon pantalon de jogging et libérais ma verge. Lorsque je relâchai les bras de Rowan, elle les passa autour de mes épaules. Je la soulevai et sécurisai ses jambes autour de ma taille et son dos contre le mur. Mon sexe palpita insatiablement quand il entra en contact avec ses replis intimes.

— Tu es déjà si mouillée pour moi.

Je m'apprêtais à m'enfoncer profondément en elle quand on frappa bruyamment trois fois sur ma porte d'entrée.

— Allez-vous-en ! cria Rowan.

— Tout va bien là-dedans ? demanda un homme qui paraissait hésitant.

L'un de mes voisins avait dû nous entendre nous disputer.

J'étais agacé que quelqu'un croie que je lui ferais du mal. Une réplique furieuse mourut sur le bout de ma langue quand Rowan me coiffa au poteau.

— Sérieusement, cassez-vous !

Seigneur, comme je souris quand je m'enfouis en elle.

Mon Dieu, cette fille.

Rowan laissa échapper un gémissement guttural qui me donna envie de l'enfermer dans ma chambre et de passer chaque jour du reste de ma vie à arracher ce même bruit d'entre ses lèvres.

— Oh, mon *Dieu*. C'est si bon, dit-elle en ayant l'air incrédule.

Attends, princesse, c'est encore mieux après.

Je me plongeai en elle dans une succession de coups de reins voraces. Nous ne creusâmes aucun trou dans le mur, mais ce fut un miracle. Je l'embrassai et mordillai son cou. Elle me tira les cheveux et se cambra contre chaque mouvement, accueillant mon corps dans le sien.

Lorsque je tendis la main entre nous et pinçai l'un de

ses tétons, ses muscles me comprimèrent tant que je vis des étoiles.

— Oh *merde* ! Keir, je crois que je vais jouir.

— Il vaudrait mieux, chérie, parce que je te suis juste après.

J'étais si proche de la jouissance que j'avais du mal à parler. Chaque goutte de mon sang avait migré dans mon sexe et exigeait d'être soulagée.

— Non, je… Je n'ai pas… *oh* !

Elle haleta, puis cria alors que son corps tout entier commençait à frissonner et à trembler. Ses cuisses se serrèrent tant qu'elles m'empêchèrent presque de bouger.

Heureusement, cela n'eut aucune importance, car la sentir jouir dans mes bras me poussa dans le ravin avec une force inattendue. Comme chez un adolescent incapable de se contrôler, mon orgasme explosa sans prévenir, depuis les profondeurs de mes testicules jusqu'à la base de ma colonne vertébrale puis en périphérie, vers chaque extrémité.

Je la tins dans mes bras d'innombrables secondes. Elle se détendit contre moi et un morceau de mon âme réagit au plus profond de ma poitrine. Rowan me changeait. Elle se taillait une place en moi, jusqu'à ce que les frontières entre nous se brouillent et se chevauchent.

— Ça n'est jamais arrivé avant, murmura-t-elle distraitement alors que ses lèvres étaient proches de mon oreille.

— Tu n'as jamais joui, avant ?

— Si, mais jamais pendant le sexe.

Une certaine autosatisfaction et une violence égale

luttèrent pour dominer dans ma tête. J'aimais savoir que je pouvais lui donner quelque chose dont il était incapable, mais je haïssais franchement de visualiser en elle cette merde qui n'avait aucune valeur. Au lieu de dire quelque chose que j'allais regretter, je l'emmenai dans la salle de bains.

La réalité s'insinua lentement, nous laissant tous les deux silencieux.

Je passai son haut par-dessus sa tête et ouvris son soutien-gorge. Quand je levai les yeux vers le miroir, je remarquai qu'elle avait une plante grimpante tatouée sur la longueur de sa colonne vertébrale. Une fois encore, je ne m'y étais pas attendu. Allais-je un jour commencer à connaître cette femme ou était-ce dans sa nature de laisser les autres deviner qui elle était ?

Mon besoin de le découvrir m'écrasait.

— C'est du lierre[1] ? demandai-je en m'approchant suffisamment pour faire glisser mes doigts sur sa colonne vertébrale et en regardant le mouvement dans le reflet.

Un frisson submergea tout son corps.

— Oui, dit-elle doucement. Tu as tant de tatouages, il me faudrait une vie entière pour tous les identifier.

Elle caressa mon torse d'une main hésitante et dériva le long du tronc de l'arbre de vie celtique tatoué sur mon cœur. Un rappel constant de mes racines.

— Je n'en ai pas tant que ça, mais oui. J'ai passé un peu de temps sous l'aiguille.

Je pouvais rester là et la laisser me toucher toute la nuit, mais je n'avais pas envie qu'elle meure de froid.

— Tu vas te doucher. Ensuite, il faut qu'on parle.

15

Rowan

JE NE LE DÉTROMPAI PAS. IL VALAIT MIEUX QU'IL CROIE QUE j'avais froid, plutôt que de savoir que c'était son attention portée sur mon tatouage qui m'avait fait trembler.

Keir ouvrit le robinet, et l'eau qui en sortit fut instantanément à une température brûlante parfaite. Il me guida à l'intérieur, mais ne me suivit pas. Je le regardai derrière la vitre pendant qu'il se nettoyait avec un gant devant le lavabo, puis il disparut dans le dressing. L'eau chaude n'arrivait pas à repousser l'incertitude glaciale qui s'insinuait profondément dans mes os.

Je venais de m'envoyer en l'air avec Keir Byrne.

Non, je venais d'être baisée par Keir Byrne. Ce n'était pas la même chose. Bon sang, nous n'avions même pas mis de préservatif. Je prenais la pilule, alors je n'allais pas tomber enceinte.

Et les IST, Ro ?

Si je tombais malade, je le méritais. Je méritais probablement ça et même plus.

Je me frottai avec son gel douche, tentant d'ignorer l'effet de cette odeur familière sur mes tripes. Je n'avais pas prévu de me laver les cheveux quand j'étais entrée dans la douche, mais je me surpris à reculer sous le jet d'eau et à laisser le liquide chaud tremper ma tête. D'épais ruisselets coulèrent sur mon visage. Dommage qu'ils ne puissent charrier ma honte.

Peut-être que si j'arrêtais de tant essayer de faire ce qu'il fallait, cela se produirait, pour une fois.

Ce n'est pas si terrible, chuchota cette voix intérieure. *Nous trouverons un moyen de nous en sortir.*

Mon Dieu, je l'espérais.

Ce serait un peu plus facile si j'avais une quelconque idée de ce que pensait Keir. Non pas que cela devrait avoir de l'importance. Nous n'étions pas en couple et ne le serions jamais. La meilleure chose que je pouvais faire pour moi, en ce moment, était d'accepter mon gros problème et le fait que je devais trouver seule un moyen de m'en sortir. Ma vie était en jeu. Je ne pouvais rester assise et espérer que Keir, ou quelqu'un d'autre, saute dans ce bâtiment en feu pour me sauver.

Je poussai toutes mes faiblesses et mes doutes à se

déverser en même temps que l'eau à mes pieds avant de sortir de la douche. Keir avait posé mes vêtements sur le lavabo. Je me réprimandai quand cette vue me provoqua une certaine déception.

Tu as le droit d'être un peu blessée quand tout montre qu'il est prêt à te renvoyer chez toi. Bim, bam, un « merci madame », ce n'est franchement pas cool.

— Non, je n'ai pas le droit d'être déçue. Ça indique que je compte encore sur le fait qu'il va rester et c'est une grosse erreur.

Soudain, je ne fus pas certaine d'avoir pris la bonne décision en venant chercher Keir.

— Je t'interromps ?

Son grondement rauque me surprit. Je tournai la tête vers la porte et grimaçai lorsque je ressentis une vive douleur due à ce mouvement rapide.

— Non. J'ai plus ou moins l'habitude de me parler à moi-même.

Je pendis la serviette sur son support et priai pour qu'il n'ait pas entendu ce que j'avais dit.

En y réfléchissant, c'était peut-être pour le mieux. Je ne voulais pas qu'il croie que j'étais le genre de fille qui minaudait et ne savait pas prendre soin d'elle.

— J'ai préparé quelques trucs. Viens manger.

— Je n'ai pas faim.

— Je ne t'ai pas demandé si tu avais faim. Viens, maintenant.

Il s'éloigna, ce qui me donna l'occasion de lever les yeux au ciel sans qu'il me voie.

— Refais ça et je te fesserai.

— Faire quoi ? questionnai-je innocemment.

Il me lança un regard d'avertissement par-dessus son épaule.

Qu'y avait-il chez Keir Byrne qui me rendait si follement obstinée ? J'avais passé ma vie à ne pas faire de vagues, mais avec Keir, je ne pouvais m'empêcher de tout éclabousser.

Quand j'arrivai dans la cuisine, il glissa dans ma direction une assiette contenant un demi-sandwich sur le plan de travail et me dévisagea jusqu'à ce que je mange une petite bouchée à contrecœur.

— Tu restes ici, ce soir.

Je me figeai et croisai son regard stoïque. J'avais eu l'impression qu'il était sur le point de me congédier. Qu'il me cache chez lui était inattendu.

— Je t'emmènerai chez tes parents demain. Tu devras y vivre un moment et il faudra que tu restes à l'intérieur. Ne sors pas du tout pendant que je règle la situation.

Je me forçai à avaler malgré ma gorge soudainement sèche.

— Tu n'es pas obligé de faire ça, tu sais. Ce n'est pas à toi de régler ce problème-là.

Il prit une énorme bouchée de son sandwich et me fixa du regard tout en mâchant, sans répondre jusqu'à ce qu'il avale et boive plusieurs longues gorgées dans sa bouteille de bière.

— Je garderai ça en tête.

Mes yeux dérivèrent en direction de l'entrée.

— Je suis désolée pour la coupe et la lampe.

— Ne le sois pas. Je suis ravi que tu aies fait ça.

— Tu es ravi que j'aie cassé tes affaires ? demandai-je, bouche bée.

— Je suis ravi que tu aies enfin perdu le contrôle et que tu aies tout laissé sortir.

Je ne m'étais jamais sentie plus exposée qu'à ce moment. Pas même contre le mur, quand il me prenait. Pas même nue dans la douche alors que chaque millimètre de mon corps était dévoilé. C'était différent.

J'avais l'impression qu'il avait ouvert une fenêtre sur les parties les plus sombres de mon âme.

Je brisai le contact visuel, car le poids de son regard était insupportable.

— Je vais tout nettoyer, marmonnai-je.

Nous balayâmes les tessons de verre et de poterie en silence, travaillant ensemble, bien qu'étant séparés par un océan de non-dits. Je ne m'étais pas attendue à ce qu'il m'aide. J'aurais presque aimé qu'il ne le fasse pas. Voir les conséquences de ma crise de nerfs me provoqua une nouvelle vague d'embarras, intensifiée uniquement parce que je savais qu'il était là pour témoigner de la destruction que j'avais causée.

Mais, après tout, s'il me fréquentait un long moment, il allait devoir s'y habituer, parce que c'était ce que je faisais. Je dévastais le monde qui m'entourait. Ce n'était qu'une question de temps avant que ma sombre influence le touche également.

ROWAN INSISTA POUR DORMIR DANS LA CHAMBRE D'AMIS. JE me dis qu'elle avait déjà subi suffisamment de choses ce jour-là pour que je me avec elle, alors j'acceptai mais je n'en étais pas heureux. Mon être tout entier vibrait de mécontentement quand je savais que son corps doux était juste là, chez moi, et qu'il demeurait pourtant hors de ma portée. Entre mon énervement et mes pensées embrouillées sur la manière de gérer notre situation, je dormis à peine.

La journée du lendemain commença sous un ciel

chargé et des averses drues qui auraient pu être causées par mon humeur. Le mauvais temps était synonyme de circulation routière difficile et il me fallut donc une demi-heure de plus pour la conduire chez ses parents dans l'Upper East Side. J'eus ainsi plus de temps pour réfléchir, pour le meilleur ou pour le pire. Particulièrement, je songeai à la conversation que j'étais sur le point d'avoir avec son père et au fait que si je ne le faisais pas, Rowan disparaîtrait en un claquement de doigts.

Les émotions oppressantes que j'avais ressenties en y pensant, pendant que j'étais allongé sur mon lit, la nuit dernière, m'avaient inspiré un plan. Je devais trouver un moyen de protéger Rowan. Son père était influent, mais pas suffisamment puissant dans les cercles sociaux appropriés pour la protéger – d'autant plus que sa détermination à respecter la loi demeurait inébranlable. Contrairement aux membres de ma famille. Bien que nous ne soyons pas les plus gros et les plus horribles poissons du vivier, nous avions une réputation et bon nombre d'alliés. Si Rowan était liée aux Byrne, cela apporterait un éclairage nouveau à cette situation.

On dirait que le souhait de mon père allait se réaliser, après tout. À supposer que je puisse tout orchestrer. J'avais besoin de la coopération d'Evan Alexander, cependant s'il connaissait l'étendue de mon plan, il n'accepterait jamais. J'allais devoir lui donner suffisamment d'informations pour atteindre mon but, mais pas trop pour qu'il ne me fasse pas arrêter par les fédéraux. L'équilibre serait délicat.

— Tu n'es pas obligé de m'accompagner jusqu'à la

porte, tenta de m'assurer Rowan quand je me garai devant la maison de ses parents. Je suis quasiment sûre que c'est sécurisé.

— J'entre pour m'entretenir avec ton père.

Elle se figea.

— Allons-nous tout lui raconter ?

— *Nous* n'allons rien faire. *Je* vais discuter de certains sujets avec lui pendant que *tu* vas monter à l'étage et que *tu* vas te faire discrète.

Sa mâchoire se décrocha quand elle se prépara à me contredire. Je levai la main pour l'interrompre.

— Je ne veux rien entendre. Ce que j'ai à lui dire ne sera pas facile à entendre. Je n'ai pas besoin que tu sois là, ça ajouterait de l'huile sur le feu. Il faut qu'il m'écoute et comprenne à quel point c'est sérieux.

Elle pinça légèrement les lèvres.

— D'accord, mais je veux un rapport complet, grommela-t-elle en ouvrant la portière.

J'avais contacté Evan Alexander la veille au soir et demandé un entretien. Il avait catégoriquement refusé, jusqu'à ce que je lui dise que Rowan était en danger. J'avais omis de mentionner qu'elle dormait chez moi, afin de ne pas finir avec la moitié de la police en train de frapper à ma porte. Cependant, sa façon de me regarder quand nous entrâmes dans la maison m'indiqua qu'il le soupçonnait et qu'il en était agacé.

Ajoutez à ce décor toute une tension causée par Rowan qui ne salua pas son père avec la même chaleur que lorsque je les avais vus ensemble pour la première fois.

Elle se mordit la lèvre et lui jeta un coup d'œil navré avant de marcher en direction de l'escalier.

— Asseyez-vous, dit Alexander en me désignant le salon de la main. Je m'entretiendrais bien avec vous dans mon bureau, mais il est à l'autre bout du couloir, face à la chambre de Rowan, et j'ai l'impression que c'est une conversation privée.

— C'est le cas. Une situation a évolué.

— Une situation qui, curieusement, vous implique vous *et* ma fille ? Vous avez attiré des ennuis à ma petite fille ?

Il se préparait déjà à remettre toute la faute sur mon dos. J'étais prêt et je ne laissai pas sa réaction me déranger. Bientôt, il saurait que c'était sa faute.

— Il y a une semaine, environ, Rowan a entendu une femme pleurer dans la maison des Wellington.

Alexander se figea et décroisa lentement les bras.

— Elle me l'a mentionné. Je lui ai dit de laisser tomber.

— Elle ne l'a pas fait.

La gravité de mes mots fut comme une force physique qui l'obligea à fermer les paupières.

— Quelques jours plus tard, continuai-je, elle est allée chercher des réponses et elle a trouvé une femme enchaînée dans une chambre au deuxième étage.

Il ouvrit brusquement les yeux.

— Nom de *Dieu*.

Il se retourna et passa les doigts dans ses cheveux.

Je lui laissai un moment pour encaisser le coup.

— Lawrence ne ferait pas… il ne pourrait pas… Je le connais depuis si longtemps…

Je ne savais pas s'il s'agissait de déni ou d'ignorance pure, mais Evan Alexander était totalement sous le choc en pensant à ce dans quoi son ami mouillait.

— Ce ne sera pas facile, mais il faut que vous m'écoutiez et que vous me compreniez. Rowan a besoin de vous.

Sa colonne vertébrale se raidit, puis il se retourna et croisa mon regard sévère avec une froide détermination. Il n'était peut-être pas un criminel, mais en tant que politicien, il n'en était pas si éloigné. Ce ne serait pas la première fois qu'il ferait face à l'adversité.

— Et quel est votre rôle là-dedans ?

— Elle savait qu'elle avait besoin d'aide, mais ne souhaitait pas vous impliquer. Elle craignait que les conséquences déteignent sur vous et sur votre carrière. Elle est venue me trouver au *Moxy*.

Il s'agrippa au bord du plan de travail en marbre contre lequel il s'appuya en laissant sa tête retomber vers ses bras.

— Pourquoi ai-je l'impression qu'il y a encore pire ?

— Parce que c'est le cas. La femme captive est russe. Rowan voulait la rassurer sur le fait que nous travaillions pour la libérer, alors elle a traduit un message et est allée dans la maison quand la famille était censée être absente, mais Lawrence Wellington est rentré et il n'était pas seul.

— Merde.

Ce juron murmuré était teinté de défaite.

— Un homme, connu sous le nom de Damyon, et lui l'ont vue dans la maison. Elle s'en est sortie, mais ils devineront sans aucun doute qu'elle était à l'étage avec la fille. Ils sauront qu'elle est au courant. Et cet homme, Damyon ? Il est impitoyable.

Alexander fut soudainement pris de frissons. Il inspira et expira. Plusieurs minutes s'écoulèrent avant qu'il soit à nouveau capable de parler.

— Je savais qu'il n'était pas totalement honnête, mais je n'aurais jamais imaginé… C'est entièrement ma faute. Je n'aurais pas dû ignorer Rowan.

Il leva suffisamment la tête pour croiser mon regard et ses yeux brillaient de peur.

— Je vais la cacher.

Je me détournai.

— Vous êtes une personnalité publique. Tout ce qui vous concerne est consultable – ils la trouveront.

Il s'éloigna du plan de travail et se redressa, la détermination se mêlant avec le désespoir.

— J'ai une sécurité rapprochée.

— Vous croyez que ça a une quelconque importance pour eux ? insistai-je.

— Alors, nous allons l'inscrire au programme des témoins protégés ! rétorqua-t-il.

Je fis un pas en avant pour le menacer, sentant que mon moment était venu.

— Êtes-vous prêts à perdre votre fille pour toujours ? répliquai-je. Parce que c'est ce qui se produira si elle entre dans ce système et vous le savez. Vous ne la verrez plus jamais.

— Alors quoi ? cria-t-il.

Le désespoir écarquilla ses yeux et les fit sortir de leurs orbites.

— Que suis-je censé faire ?

Je laissai la question en suspens et pris une lente et profonde inspiration avant de jeter un radeau de survie à cet homme en train de se noyer.

— J'ai une solution, mais vous n'allez pas l'aimer.

Je profitai de ce moment de solitude pour nettoyer enfin mon maquillage et me rafraîchir le visage. J'avais eu désespérément besoin de me laver et cela m'évitait d'être obnubilée par ce qui était dit au rez-de-chaussée. Peu importait les raisons de Keir, je pensais toujours avoir le droit d'être présente pour la conversation. C'était ma fichue vie qui était en jeu.

À l'instant où on frappa à ma porte, je bondis.

— Entrez !

On aurait dit que papa avait pris dix ans, depuis la dernière fois que je l'avais vu, une heure plus tôt. Je me hâtai vers lui et enroulai mes bras autour de sa taille.

— Je suis tellement désolée, papa. Je suis tellement désolée.

— Chhut, tu n'as pas de quoi l'être. S'il y a quelqu'un qui doit s'excuser, c'est bien moi. Je n'aurais jamais imaginé…

La douleur lacérait la confiance habituelle dans sa voix.

— Personne ne l'aurait imaginé.

Je reculai et levai les yeux vers lui.

— Personne ne veut penser que quelqu'un d'aussi proche pourrait être capable d'une chose aussi… horrible.

— Je suis ravi que tu sois là.

Il parcourut mon visage du regard, comme pour se rassurer sur le fait que j'étais indemne.

— Je n'ai toujours voulu que ce qu'il y avait de mieux pour toi. Parfois, c'est si difficile de savoir ce dont il s'agit.

Il fronça les sourcils et entrouvrit les lèvres comme s'il voulait en dire plus, mais il ferma ensuite la bouche.

— Je sais, papa, chuchotai-je.

Je ne pouvais qu'imaginer la culpabilité qu'il ressentait. Il m'avait présentée à la famille Wellington et m'avait encouragée à sortir avec Stetson. Papa n'avait pas peur d'assumer la responsabilité de ses actes – c'était ce qui le rendait si populaire auprès des gens –, mais j'espérais qu'il n'essayait pas d'endosser une trop grande part du blâme.

Il me lança un sourire faiblard.

— Keir semble avoir un plan, bien qu'il n'ait pas partagé tous les détails avec moi.

— Que t'a-t-il dit ?

Il fronça les sourcils et baissa les yeux.

— Il a dit qu'il voulait te l'expliquer lui-même. Que ce serait mieux, venant de lui.

— Devrais-je m'inquiéter ?

Je tentai de parler d'une voix légère, mais ne fus pas à la hauteur.

Papa coinça une mèche de cheveux derrière mon oreille.

— À toi de me le dire, ma puce. Que penses-tu de Keir Byrne ?

La question paraissait étrange.

— Que veux-tu dire ?

Pourquoi me posait-il des questions sur Keir ?

— Penses-tu que c'est un homme suffisamment convenable ? Je suppose que tu es allée le voir pour qu'il t'aide parce que tu lui faisais confiance, à un certain niveau.

— Eh bien, oui. C'est difficile à expliquer, mais nous avons eu une étonnante connexion, dès le moment où nous nous sommes rencontrés. Je ne t'en ai pas parlé, à ce moment-là, mais Keir était déjà à la maison, le jour où tu es rentré. Il était entré par effraction.

Papa m'observa, bouche bée.

— Et tu n'as rien dit ?

— Je sais, et c'est exactement là où je veux en venir. Je ne peux pas l'expliquer, mais je ne voulais pas qu'il s'attire d'ennuis et je sais qu'il fera tout ce qu'il peut pour me protéger, précisai-je en lui lançant un regard suppliant. Mais ce n'est pas comme si ça allait continuer pour toujours. Dans quelques mois, tout ça ne sera qu'un souvenir distant.

Je n'étais pas certaine de croire en mes mots, toutefois j'espérais que ce réconfort apaiserait la conscience de mon père.

— Tu as raison.

Il hocha la tête avant de se figer.

— Tu as discuté de tout ça avec Stetson ?

— Non. Je ne peux imaginer qu'il a une quelconque idée de ce que mijote son père et je ne suis pas sûre que ce soit à moi de le lui dire.

— Alors vous n'avez pas rompu ?

Était-ce de l'espoir, dans sa voix ? Une vague de lassitude me donna l'impression que tout mon corps avait été incrusté dans du plomb.

— Non.

Les sourcils de papa formèrent un pic optimiste sur son front.

— Eh bien. Il comprendra certainement, quand la vérité sortira. Tu as déjà affronté tant de choses, ma petite fille. Je détesterais que tu le perdes aussi.

Le sourire que je lui offris en guise de réponse fut au mieux maladif.

— Je suis convaincue que tout se terminera bien.

Ma voix me trahit, car elle devint faible et tremblotante.

Mon père me serra contre lui avant de reculer.

— Je dirais qu'une distraction nous ferait du bien à tous les deux. Ça te tente de regarder un film ?

— Et le travail ?

Papa était quasiment un accro du boulot et l'avait été depuis aussi longtemps que je m'en souvenais.

— Le travail sera encore là demain, fais-moi confiance.

Il me gratifia d'un clin d'œil, comme il le faisait quand j'étais petite. Je m'accrochai à chaque infime souvenir d'une époque plus heureuse.

— C'est un bon plan.

J'ignorais comment nous allions expliquer tout ça à maman, mais j'allais le laisser se préoccuper de ça. Je ne pouvais pas tout endosser et je fonçais vers cette limite à la vitesse de l'éclair.

♦

Je sus que papa en avait parlé à maman le lendemain, quand elle arriva à peine à me regarder dans les yeux. Elle n'était pas la plus douée pour gérer l'adversité. Ma mère était généreuse, aimante et merveilleuse de bien des façons, mais lorsque les choses devenaient difficiles, elle ne s'adaptait pas bien.

Les deux jours suivants, je fis mon maximum pour sourire et la rassurer. Elle fit son maximum pour ne pas rester dans les parages. D'une certaine manière, sa fuite était une bénédiction. Je n'avais pas l'énergie mentale d'être forte pour nous deux.

Keir apporta une tonne de vêtements et de produits

indispensables depuis mon appartement, le matin du troisième jour. L'idée de louper tant de cours à la fac me donnait la nausée. J'avais contacté mes professeurs et leur avais dit que j'étais malade, mais cette excuse ne m'emmènerait pas loin. J'ignorais totalement combien de temps Keir avait prévu de me garder séquestrée. Je priai pour que les affaires qu'il m'avait apportées ne fournissent aucune indication sur la longueur de mon séjour chez mes parents, sinon j'allais potentiellement y rester des mois. Trois grandes valises. Le déni m'empêcha de les déballer entièrement.

Quand je décidai enfin de jeter un coup d'œil à leur contenu et voir ce qu'il m'avait procuré, les choses n'en devinrent que plus gênantes. Tout en haut du premier sac que j'ouvris se trouvaient mes trois vibromasseurs. Je les regardai fixement, les yeux écarquillés, alors que mon estomac touchait le fond.

Keir Byrne avait vu mes vibromasseurs et voulait que je le sache. Qu'est-ce que cela signifiait ? Qu'avait-il pensé quand il les avait vus la première fois ?

Pour la centième reprise, des images de lui en train de me baiser dans tous les sens envahirent mon esprit. Je n'arrivais pas à croire que j'avais laissé cela se produire ni à quel point j'avais désespérément eu besoin d'en avoir plus.

Je serrai mon jouet préféré en forme de papillon dans ma main, tandis qu'une exaltation picotante ondulait sous ma peau. Le sexe était bien la dernière chose à laquelle j'aurais dû penser. Ma foutue vie était en danger !

Ce n'est pas si déraisonnable. Et, en plus, qu'as-tu d'autre à faire ? Tu es coincée ici.

Je remarquai alors ce qui était plié sous mes jouets. Mes vêtements de danse. Il avait empaqueté toutes les affaires de danse que je possédais – des brassières de sport, des débardeurs, des leggings, des collants. Tout. Il avait même mis mes deux paires de chaussons de danse au fond, et il y avait un petit mot à l'intérieur.

Je veux te revoir danser. Rien que pour moi.

Mon cœur commença à battre n'importe comment.

D'autres personnes m'avaient peut-être vu danser, la dernière fois, mais même à ce moment-là, je n'avais dansé que pour lui. Je ne l'avouerais pourtant pas à voix haute. Il pensait sans doute simplement que c'était torride, cependant il ne se rendait pas compte que la danse avait beaucoup plus d'importance pour moi. C'était une expression de mon âme. Le seul exutoire que je m'autorisais. Lui donner cette part de moi signifiait bien plus qu'il ne pouvait le savoir.

Je choisis un débardeur et un short avant d'aller me changer. Mon esprit focalisé sur la danse, je ne songeai à rien d'autre. Le point positif, dans mon retour chez mes parents, était le studio de danse qu'ils m'avaient construit dans la cave. Vingt-quatre heures sur vingt-quatre, j'avais accès au parquet parfait, à la lumière réglable et à un mur de miroirs en verre dépoli. Au sous-sol, je pouvais échapper à la myriade de questions qui tournaient en boucle dans ma tête et sentir simplement la musique.

Je dansai deux bonnes heures.

C'était incroyable. Je fus si soulagée que j'eus même la capacité de gérer un SMS envoyé par Stetson.

Stetson : Je sais que tu as dit que tu étais malade, mais j'aimerais passer. Je commence à m'inquiéter.

Je m'assis par terre, les jambes croisées, et tapai ma réponse.

Moi : Papa et maman ont insisté pour que je reste avec eux, alors il n'y a pas de quoi s'inquiéter. Je me sens déjà mieux.

J'étais désespérément curieuse quant à ce qu'il savait. Son père ou Hannah lui avaient-ils dit que j'étais passée l'autre soir ? Il ne l'avait pas mentionné. Nous nous étions envoyé des SMS pour des choses superficielles. Je détestais l'embobiner, mais je me sentais aussi horriblement mal à l'idée de rompre par message. Étant donné que ce serait grandement inattendu, même une rupture par téléphone serait inutilement rude. Stetson était tout autant une victime que moi, dans cette histoire.

Stetson : C'est bon de le savoir. Tu veux que j'en discute avec les profs ou autre chose ?

Moi : Je leur ai envoyé un e-mail à tous. Ça ne devrait pas être un problème, mais merci !

Stetson : OK, repose-toi. Je passerai te voir demain.

Moi : 🤍

J'ignorais si Keir serait d'accord pour que Stetson passe. Je notai dans un coin de ma tête de le lui demander quand je posai mon portable sur le sol et levai les yeux vers le miroir. Je n'avais jamais aimé les miroirs, alors mes parents ne m'avaient pas posé de question lorsque j'avais réclamé du verre dépoli dans mon studio. L'effet était parfait. Je voyais la fluidité du mouvement sans être distraite en me concentrant sur les détails.

Comme actuellement. Je voyais bien que mes cheveux étaient probablement attachés dans un chignon décoiffé auburn au-dessus de ma tête, mais je n'en voyais pas suffisamment pour m'angoisser à cause de ça. Je n'utilisais qu'un petit miroir grossissant pour appliquer mon maquillage. Voilà tout.

Qui déteste les miroirs, mais porte religieusement du maquillage ? Ça n'avait pas beaucoup de sens pour la plupart des gens, ce qui était en partie la raison pour laquelle j'avais cessé de faire des efforts. Les autres filles ne pouvaient s'identifier à moi, ce qui me faisait sentir seule, à l'école. En grandissant, j'avais appris à mieux dissimuler mes irrégularités, mais j'étais tout de même une fille déboussolée sous toutes ces apparences.

Arrête, Ro. Arrête immédiatement. Les autosuggestions négatives sont indignes de toi.

Je soupirai, ne sachant pas vraiment si quoi que ce soit était indigne de moi.

Mon mobile bipa. Je le retournai et fus surprise que ce ne soit pas Stetson.

Keir : Je t'emmène quelque part, ce soir. Enfile quelque chose de sympa.

S'il y avait bien une chose à laquelle je ne m'étais pas attendue, c'était à sortir. Ne serait-ce pas dangereux ? Et si quelqu'un que je connaissais nous voyait ?

Moi : Ça ressemblerait à un rencard ??

Keir : Oui.

Moi : Et Stetson ? Je ne peux pas être vue en rencard avec quelqu'un d'autre.

Mon portable sonna.

— Allô ? répondis-je d'un ton interrogatif, car même si je savais qu'il s'agissait de Keir, j'ignorais pourquoi il avait besoin d'appeler.

— Dis-moi que tu n'es pas sérieuse.

— Ce n'est pas une plaisanterie. Techniquement, j'ai un petit ami.

— Plus maintenant, tu n'en as plus.

Sa voix était comme une langue soyeuse qui léchait mes entrailles.

Je fermai brièvement les yeux et essayai de me concentrer.

— Mais il ne le sait pas. Je n'ai pas officiellement rompu avec lui. L'apprendre de quelqu'un d'autre serait cruel.

— Cette merde ne mérite pas ta gentillesse. Et, en plus, je me suis retrouvé en toi. Ce qui signifie qu'il n'existe plus.

J'étais ébahie. Ce n'était pas l'impression que j'avais eue quand il avait été terriblement distant après que nous nous fûmes envoyés en l'air. Bon sang, je n'étais même pas restée dans son lit, cette nuit-là. Admettons, j'avais proposé de dormir dans sa chambre d'amis, mais il ne m'avait pas contredite. Cet homme était déroutant au plus haut point.

— Je… ne sais pas quoi dire.

Ma voix devint de moins en moins audible et je ne savais pas vraiment comment poursuivre.

— Je ne m'étais pas rendu compte que…

— Maintenant que tu t'en es rendu compte, essaie de ne pas l'oublier. Je ne suis pas des plus raisonnables quand il s'agit de toi. Une tenue pour un dîner serait sympa, une tenue pour un cocktail serait appropriée. Je passe te prendre à dix-neuf heures.

La ligne se coupa.

MES PAUPIÈRES S'ÉTAIENT-ELLES MUÉES EN PAPIER DE verre ? Et, oh, mon Dieu, pourquoi ma tête tambourinait-elle autant ?

C'était la deuxième fois que j'essayais de me réveiller. La première fois, j'avais décrété que cela ne valait pas la peine de subir cette douleur et je m'étais à nouveau évanouie. Bien que la pulsation dans mon crâne ne soit que légèrement plus supportable, je ressentais suffisamment de confusion et d'inquiétude pour aller au-delà de la souffrance. Je devais comprendre ce qu'il se passait.

J'ouvris lentement les yeux, millimètre par millimètre. La pièce autour de moi était brillante et tape-à-l'œil, comme si j'étais tombée à l'intérieur d'une ampoule géante. D'accord, elle n'était peut-être pas aussi criarde, mais j'avais l'impression qu'il était midi et les voilages devant les immenses fenêtres ne bloquaient en rien le soleil.

J'étais dans un lit. La chambre était luxueuse, bien qu'inconnue.

Je fouillai dans mon cerveau et tentai de comprendre comment j'étais arrivée là, mais je fis chou blanc. Je me souvins que je m'étais préparée à sortir et que Keir était passé me prendre chez mes parents. Il avait été si incroyablement sexy que j'en avais perdu mes mots, et quand il avait chuchoté près de mon oreille que j'étais la femme la plus époustouflante sur laquelle il avait jamais posé les yeux, j'avais cru que mes joues seraient teintées de rose de façon permanente.

Je voyais tout cela clairement. Le grill onéreux dans lequel il m'avait emmenée. Le chardonnay que nous avions partagé. Je me rappelai une partie de notre conversation, mais ce fut à ce moment-là que les choses s'embrouillèrent, comme si un diluant pour peinture avait été versé sur ma toile et effacé le reste de l'image. Mais que s'était-il passé ?

Je pris une lente inspiration réconfortante avant de me redresser. Ma tête palpita si furieusement que je fus obligée de fermer momentanément les yeux. Lorsque je les rouvris, je vis que je n'étais pas seule. Keir était allongé sur le lit, à côté de moi, et me regardait avec intérêt.

— Où sommes-nous ? demandai-je d'une voix rauque.

Ma gorge me donnait l'impression que je m'étais gargarisée avec de l'essence.

— Pourquoi je ne me souviens de rien ?

Je portais l'une des chemises de Keir. Son torse était nu, mais j'ignorais ce qui se trouvait sous les couvertures. Avions-nous une nouvelle fois couché ensemble ? Ne me le serais-je pas rappelé si nous l'avions fait ?

La panique coula du sommet de mon crâne jusqu'au bout de mes doigts. Je fus instantanément couverte d'une fine couche de transpiration, et mon pouls commença à marteler dans mon cou alors que mon estomac bondissait pour le rejoindre. Je collai une main sur ma bouche et tentai de me traîner hors du lit, mais avant que je le puisse, Keir me tendit une petite poubelle. Comme si la simple vue de celle-ci en donnait la permission à mon corps, je vomis plusieurs fois dans ce contenant.

— C'est ça. Laisse tout sortir, dit-il doucement en retenant mes cheveux en arrière.

Rien, absolument *rien*, n'était plus embarrassant que d'être malade devant quelqu'un d'autre, encore plus quand il s'agissait de l'homme le plus sexy que vous aviez jamais connu. Si je n'avais pas eu envie de mourir, cinq minutes plus tôt à cause du pic à glace dans mon crâne, je le souhaitais certainement maintenant.

Cependant, malgré ce que je ressentais, la Grande Faucheuse n'était pas encore venue me chercher. Après une succession de haut-le-cœur, mon corps arrêta enfin de convulser. Keir me tendit un gant depuis la table de nuit, puis un verre d'eau. Je me tapotai la bouche tandis qu'il récupérait le sac en plastique souillé dans la poubelle, le nouait et le sortait de la pièce.

La poubelle avait été recouverte de deux voire trois sacs. Elle était donc prête pour une possible récurrence. Bien que je sois désorientée, je remarquai la poubelle, le gant, de l'eau et même un flacon d'antalgiques, le tout ayant été préparé comme par anticipation. Comme si Keir avait su que je serais malade. Je n'étais pas du genre à boire jusqu'au trou noir, surtout dans un grill de luxe. Si ça n'avait pas été causé par l'alcool, alors par quoi ? Des drogues ? C'était encore plus absurde. Toutefois, tandis que je jetais un coup d'œil à mon environnement inconnu, aucune autre explication ne me vint en tête.

— Keir, mais qu'est-ce qu'il se passe ? demandai-je dès son retour.

— De quoi te souviens-tu ?

Il portait un boxer. Il n'était pas nu, mais ça ne voulait pas nécessairement dire quoi que ce soit.

— Pas de grand-chose. Je me souviens être allée dîner, mais je ne suis même pas sûre de me rappeler quand nous sommes partis.

Il se tenait devant moi, les mains sur les hanches et le regard prudent.

— Je vais te raconter ce qu'il s'est passé, mais il ne faut pas que tu réagisses excessivement.

Je ris d'un air sarcastique.

— Tu ferais aussi bien de me dire le contraire. Je suis

déjà à deux doigts de flipper carrément. Mais qu'est-ce qu'il s'est passé, bon sang ? J'ai été droguée ?

Les muscles de sa mâchoire se contractèrent tant il était nerveux.

— Oui, et plus important, nous nous sommes mariés.

J'AVAIS REDOUTÉ CE MOMENT PENDANT DES JOURS. SI JE n'avais pas été si certain qu'elle rejetterait un mariage, je lui aurais parlé de mon plan en amont et j'avais d'ailleurs assuré à son père que je le ferais. J'étais certain que ça n'aurait pas fonctionné. Elle aurait refusé et ce n'était pas une option. Mais j'avais eu beau savoir que ce moment serait un véritable défi, je ne m'étais pas attendu à voir l'horreur sur son visage ou à ressentir le picotement douloureux qu'elle provoquait.

Rowan baissa les yeux vers ses mains tremblantes et

observa, bouche bée, la bague celtique tatouée sur son doigt. Ce serait un peu plus difficile à expliquer.

— Qu'as-tu fait ?

Elle soupira avant de me lancer un coup d'œil empli d'un sentiment de trahison.

Chaque muscle de mon corps se prépara à se déchaîner.

— J'ai fait ce qu'il fallait pour te protéger.

Elle baissa à nouveau les yeux vers la bague et secoua la tête, incrédule.

— Non. Tu mens. Je ne t'aurais jamais épousé. Ça n'est jamais arrivé.

Ses mots étaient comme une lame tranchant tout sauf le dernier lambeau de mon self-control.

— Ah oui ? Alors, dis-moi comment j'ai obtenu ça ?

J'affichai les photos prises avec la caméra de mon téléphone et montrai un cliché de Rowan et moi sur lequel elle souriait follement tout en tenant un petit bouquet de fleurs fraîches et en présentant son nouveau tatouage à l'appareil.

Elle bondit et m'arracha le portable des mains. Une par une, elle fit défiler les photos que j'avais prises ces vingt-quatre dernières heures. Notre arrivée dans la petite chapelle. Notre baiser. Son sourire malgré la douleur pendant le tatouage. Notre danse en boîte de nuit, décorée pour célébrer l'union. Il m'avait fallu quelques jours pour tout organiser, mais cette nuit s'était déroulée sans heurt. Admettons, elle planait complètement et les papiers étaient des faux, mais rien de tout ça n'avait d'importance. Mon objectif avait été de s'assurer que le monde était au courant que Rowan et moi étions mariés, et c'était maintenant le cas.

— Comment ? Comment as-tu pu faire ça sans m'en parler d'abord ?

Elle leva ses yeux vitreux vers moi.

— *Comment as-tu pu* ? hurla-t-elle avant de me jeter mon portable.

Instinctivement, j'esquivai et grimaçai quand j'entendis l'objet s'écraser contre le mur derrière moi.

— Je l'ai fait exactement pour cette raison, criai-je en retour. Je savais… que tu… que ça ne serait… *Seigneur* !

Je me retournai pour me ressaisir.

J'étais encore plus sur les nerfs parce que je m'agaçais à cause de mes mots qui semblaient se perdre entre mon cerveau et ma bouche. Cela avait toujours été ainsi. J'avais appris à me maîtriser en restant calme, mais merde, Rowan me donnait l'impression d'être redevenu un gamin bégayant.

— Si tu savais que je ne serais pas d'accord, alors tu aurais dû comprendre que tu ne devais pas le faire.

Je me retournai et m'obligeai à parler lentement et doucement.

— Donc, j'ai le droit de te baiser, mais je ne suis pas assez bien pour me tenir à tes côtés ? C'est comme ça que ça fonctionne ?

Elle tressaillit.

— Non, je… J'avais des plans.

— Oui, je connais tes plans. Épouser un mondain fortuné et frimeur qui a probablement une obsession secrète pour les petits garçons et qui travaille pour la campagne de papounet tout en s'occupant d'œuvres de charité, à côté. Peut-être avoir deux enfants et demi, et noyer ton malheur tous les soirs dans l'alcool. Ça, c'est un sacré plan.

— Espèce de salopard présomptueux et condescendant. Tu ne sais rien.

— Eh bien, je sais que ton père était d'accord avec moi sur le fait qu'un mariage était le meilleur moyen de te protéger.

C'est vrai, princesse. Ton papa le savait.

Son visage devint si blême que je fus surpris qu'elle ne s'évanouisse pas.

— Il le sait ?

L'oxygène sembla absorbé hors de la pièce.

— Je lui ai dit le jour où je t'ai emmenée chez eux, quand lui et moi avons discuté en privé. Je n'ai pas exactement dit comment tout ça se déroulerait, mais il connaissait le but.

Le regard de Rowan se riva sur le côté une demi-seconde avant qu'elle se précipite dans la salle de bains, claque la porte derrière elle et la verrouille. S'il s'était agi de n'importe qui d'autre, j'aurais cru que cet éclat de colère était normal. Les gens s'énervaient et se déchaînaient. Je lui aurais bien accordé du temps pour qu'elle se calme, en espérant que nous pourrions discuter de tout ça rationnellement, plus tard.

Mais c'était Rowan.

Elle ne laissait pas ses émotions ressortir comme les autres. Mes instincts me hurlaient que quelque chose clochait horriblement, mais je ne savais pas du tout de quoi il s'agissait.

Je levai les yeux vers le plafond voûté et respirai profondément avant de m'asseoir au bord du lit. Je ne trouvais pas normal de l'abandonner, mais je me résignai à attendre. Je n'eus pas à patienter longtemps. Quelques minutes plus tard, son cri et le bruit de verre brisé me firent bondir.

JE M'APPUYAI CONTRE LA PORTE DE LA SALLE DE BAINS ET MA respiration s'accéléra tant que je commençai à avoir le tournis. Néanmoins, l'univers n'avait pas prévu de me laisser échapper à la réalité. Échapper à moi-même.

Juste en face de moi se trouvait un grand miroir circulaire dans un cadre doré. Dans le reflet, une paire d'yeux me dévisageait avec tant d'innocence et de chagrin que je sentis mon cœur brûler pour devenir une pile de cendres à mes pieds. Les larmes coulèrent comme des rivières sur mes joues.

— Je ne voulais pas que ça arrive, chuchotai-je à la fille dans la glace en me rapprochant. Je suis tellement…

Un sanglot se coinça dans ma gorge.

— Je suis tellement désolée.

Ses bras se tendirent vers moi et, lors de la plus cruelle des secondes, je faillis croire qu'elle était avec moi. Que je pouvais l'atteindre à travers la vitre et tenir enfin l'autre moitié de mon cœur.

Elle pleura pour moi avec tout autant d'impuissance que je pleurais pour elle.

Le même chagrin pour des raisons différentes. Elle détestait me voir souffrir et mon cœur se brisa quand je sus que je ne la retrouverais jamais.

Mon souhait était si intense que je continuai d'avancer, ayant désespérément envie de la toucher. Sauf que lorsque mes doigts entrèrent enfin en contact avec elle, je fus confrontée à la réalité froide et difficile. Elle était partie et la seule personne qui restait était une triste et pathétique réplique qui ne pouvait rien faire de bien.

— *Non,* criai-je. S'il te plaît, reviens. *S'il te plaît.*

J'appuyai ma paume contre le miroir tandis que des vagues successives de chagrin m'accablaient de l'intérieur.

— Je ne veux pas être ici sans toi. Je t'en prie.

L'injustice était si cruelle. Si inutile et arbitraire. Je ne pouvais plus la supporter. Je n'en avais pas envie.

Mon visage se froissa sous l'effet des attentes oppressantes et de mes échecs monumentaux. Ma poitrine se souleva difficilement dans une inspiration tremblante lorsque je pris de l'élan avec mon poing, le laissai s'écraser contre le mirage sadique d'une vie que je ne retrouverais jamais et évacuai un cri empli de toute émotion suffocante et déchirante qui suppurait au plus profond de moi.

JE FONÇAI DANS LA PORTE AVEC SUFFISAMMENT DE FORCE pour la dégonder. Je n'allais pas perdre de temps à convaincre Rowan de me laisser entrer. Pas après avoir entendu une agonie si dévastatrice dans son hurlement.

Je n'étais pas affecté par grand-chose – j'avais vu des imbécillités sacrément tordues en trente-deux ans –, mais la vue de Rowan se balançant dans une mer de verre brisé et de sang m'écorcha.

La femme que j'avais appris à connaître était solide comme le roc. J'avais commencé à me demander si elle était alimentée par une réserve infinie de courage et de détermination, mais en la découvrant à présent recroquevillée et sanglotant de façon incontrôlable, je sus qu'on me montrait enfin un aperçu de la véritable Rowan. Je détestais l'idée qu'être mariée avec moi ait été le déclencheur, mais n'ait pas été suffisant pour qu'elle accepte mon aide même à contrecœur. À cet instant, j'aurais arraché mon propre cœur et je le lui aurais donné si cela la réconfortait.

— Ro, chérie. J'arrive. Je te tiens.

Je me hâtai à ses côtés, ignorant les éclats de miroir sous mes pieds nus. Je glissai un bras sous ses genoux et l'autre autour de son dos pour la soulever et la porter comme une enfant.

Elle passa les bras autour de mon cou et s'accrocha à moi comme si j'étais Dieu et que j'étais venue la ramener chez elle. Ce genre de vulnérabilité flagrante était comme un baume qui guérissait toutes les blessures. Tout ce qu'il restait de ma souffrance après son éclat de colère vacilla et mourut sous son étreinte suffocante.

Peu importait ce qui l'avait rendue furieuse, ce n'était pas réellement moi ni ce que j'avais fait. C'était quelque chose de plus profond – une cicatrice émotionnelle qui l'avait remodelée de l'intérieur. Tout ce que j'avais fait, c'était la mettre en lumière.

Je la posai sur le lavabo, mais gardai les bras enroulés fermement autour d'elle.

— Laisse tout sortir, Rowan. Il faut que tu laisses tout sortir, dis-je doucement.

D'accord, mon encouragement était hypocrite, étant

donné que j'exprimais rarement mes émotions en dehors de la salle de sport de mon appartement, mais elle n'était pas moi. Je trouvais des moyens d'ouvrir la soupape et de soulager la pression. Quelque chose me disait que Rowan n'avait pas d'exutoire. Elle avait été une bombe sur le point d'exploser et quelque chose dans notre mariage avait allumé la mèche.

J'absorbai chacun de ses sanglots et de ses frissons, ses larmes me marquant bien au-delà du sel laissé sur ma peau. Elle finit par reprendre le contrôle de sa respiration et se détendit dans mon étreinte. De longues minutes s'écoulèrent en silence avant qu'elle prenne enfin la parole.

— Elle s'appelait Ivy[1].

La voix chuchotée de Rowan était aussi fragile qu'un unique flocon de neige tombé du ciel.

— Nous étions identiques sur tous les plans. Elle était mon autre moitié. Elle n'était pas seulement ma sœur, elle était moi et j'étais elle. Nous étions deux moitiés d'un même tout.

Nom de Dieu. Comment avais-je pu louper ça ?

Comment avais-je pu ignorer qu'Alexander avait eu deux filles ? J'avais réalisé des investigations sur ses relations ainsi que ses antécédents dans les affaires et j'avais effectué une rapide recherche sur Rowan, mais il ne m'était jamais venu à l'esprit de chercher une sœur décédée.

Tout était beaucoup plus logique, à présent. Son cœur avait été brisé des années plus tôt et elle n'avait jamais guéri. Si je l'avais pu, j'aurais défait le monde et l'aurais reconstruit avec sa sœur en vie et en bonne santé. Je savais qu'à ce moment, je donnerais n'importe quoi pour lui arracher sa douleur.

En revanche, ce que je ne comprenais toujours pas, c'était la manière dont cette histoire était reliée à notre mariage. Comment m'épouser avait-il pu rouvrir cette blessure ? Je voulais lui poser tant de questions, mais elle n'était pas prête. J'allais devoir la laisser m'expliquer selon ses propres termes, alors je continuai à la tenir contre moi et à l'écouter.

— Ivy est morte quand nous avions six ans. Notre famille a été dévastée. Papa s'est plongé dans le travail, maman passait la moitié de ses journées sous somnifères et ni l'un ni l'autre n'a pu me regarder sans fondre en larmes et fuir pendant une éternité. Mon visage était un rappel constant de ce que nous avions perdu. Nous ne pouvions y échapper. Je ne pouvais y échapper.

Pas étonnant qu'elle n'aime pas les miroirs. Ça, les cheveux teints et le maquillage exagéré… tout était logique, maintenant. Elle se cachait d'elle-même.

Merde, c'était brutal. Je ne pouvais comprendre ce que cela avait été.

— Je suis terriblement désolé, Rowan.

— Cette vie que je mène, ce n'est pas la mienne.

Elle leva enfin la tête, rivant ses yeux injectés de sang sur les miens.

— Je vis pour elle et pour mes parents, parce que je suis tout ce qu'il leur reste. Ils ont tant souffert et je n'ai toujours souhaité qu'une chose : leur procurer de la joie. Leur offrir les choses de la vie qu'ils avaient souhaitées pour Ivy et moi. Tu aurais dû voir papa quand je lui ai dit que Stetson m'avait demandé de sortir avec lui.

Le plus léger soupçon de sourire taquina la commissure de ses lèvres.

— Il était tellement enthousiaste. J'ai tout fait – *tout* – pour eux. Et maintenant, j'ai l'impression que c'était pour rien. Si mon implication avec ta famille ternit la carrière de mon père, je n'aurai été qu'une autre source de perte et de déception. Mes sentiments pour toi et les raisons derrière tout ça n'ont aucune importance.

Elle secoua la tête, impuissante.

— Ce n'est pas vrai, l'interrompis-je. Souviens-toi, j'ai discuté avec ton père et la seule chose qui le préoccupait était ta sécurité. Ces choses-là étaient *très* importantes pour lui. Il a compris que c'était le meilleur moyen d'avancer.

Le soulagement me traversa quand elle reposa son regard sur le mien et hocha lentement la tête.

— J'ai encore mis le bazar, chuchota-t-elle tandis que ses yeux dérivaient au-dessus de mon épaule. Et je mets du sang partout.

Elle relâcha un souffle qui fut à la fois un rire et un sanglot.

— Je jure que je ne suis pas toujours aussi folle.

Je dus me mordre l'intérieur de la joue pour m'empêcher de rire.

— Nous avons tous nos moments de crise.

Je reculai suffisamment pour prendre sa main dans la mienne et évaluer les dégâts.

— Tu t'es ouvert au niveau des articulations, mais je

crois qu'on peut nettoyer la blessure sans être obligés d'aller aux urgences.

— Bien, parce que je n'en suis pas fan, grommela-t-elle.

— Je m'en souviendrai. D'autres infos que je devrais savoir ?

Elle posa les pieds dans le lavabo et secoua la tête, sa lèvre inférieure entre ses dents. Merde, n'était-elle pas la pagaille la plus torride et hypnotisante que j'avais jamais vue ? Et maintenant, elle était à moi, qu'elle l'ait voulu ou non. Quant à moi, j'étais plus convaincu que jamais que nous avions été envoyés sur ce chemin pour une raison précise. Rowan était faite pour moi et, d'une manière ou d'une autre, j'allais trouver un moyen de le lui prouver.

Je me redressai pour laisser mes jambes pendre au-dessus du bord du lavabo, m'assurant de garder ma main ensanglantée au-dessus de la vasque. Keir fouilla dans les placards jusqu'à trouver quelques articles de premiers secours, puis me lava la main. Je le regardai verser de l'eau oxygénée sur mes articulations et tapoter ma main avec précaution pour la sécher.

J'avais l'impression d'être une coquille d'œuf vide, mes tripes ayant été éliminées jusqu'à ce que je sois parfaitement évidée.

Toutefois, Keir leva ma main et souffla doucement sur mes articulations. Il souhaitait simplement sécher ma peau, mais je jurai que je sentais son souffle gonfler dans mes poumons et m'emplir de chaleur.

— Où sommes-nous ? demandai-je lorsqu'il enveloppa ma main de gaze.

— Chez un ami, à Virginia Beach.

— En Virginie ! Nous sommes à la plage ? Comment sommes-nous arrivés ici ?

Je tendis l'oreille pour écouter l'eau, mais n'entendis rien.

— Oui, la plage est juste dehors, confirma-t-il avec un soupçon d'amusement. Nous avons pris l'avion plus tôt dans la journée. Tu étais assommée, alors tu ne t'en souviens certainement pas.

— S'il te plaît, dis-moi que tu ne m'as pas mise dans une valise.

— C'était soit ça, soit prendre l'avion avec une femme inconsciente dans un fauteuil roulant, dans le style *Week-end chez Bernie*, me dit-il avec un sourire narquois. Nous avons un jet, Rowan. Tu as dormi confortablement dans un fauteuil en cuir pendant tout ce temps.

L'entendre prononcer mon nom me rappela que je lui avais crié dessus, chez lui, et que j'avais exigé qu'il ne m'appelle pas miss Alexander.

De nouvelles larmes coulèrent sous mes cils et jusqu'à ma chemise. Sa chemise.

Il avait dû le remarquer, puisqu'il se figea avant de relever mon visage vers le sien, réclamant silencieusement une explication.

— Je suis vraiment désolée… pour tout ça. Désolée de t'avoir crié dessus. D'avoir cassé des trucs, des trucs qui ne t'appartiennent même pas, dis-je en faisant un signe vers les morceaux de miroir toujours éparpillés sur le sol. De m'être attiré des ennuis. Désolée pour tout.

Ma voix s'était totalement affaiblie quand j'étais arrivée à la fin de mon excuse.

Keir essuya mes larmes avec son pouce.

— On peut réparer tout ça.

Son regard dériva vers mes cheveux et ses doigts s'insinuèrent lentement dans les mèches emmêlées.

— C'est pour ça que tu te teins les cheveux. Et que tu mets du maquillage, aussi ?

Je hochai la tête.

— Tu l'as retiré.

— Je pensais que j'étais censé le faire. Les femmes ne sont-elles pas censées nettoyer leur maquillage avant d'aller se coucher ?

Un petit gloussement titilla mes poumons.

— Oui, mais je ne m'y attendais pas, c'est tout. Je n'utilise qu'un minuscule miroir pour appliquer mon maquillage, alors je ne vois jamais toute l'image. S'il m'arrive de croiser un miroir dans la journée, les cheveux et le maquillage m'empêchent de la voir. Quand je suis entrée ici, c'était comme si elle se tenait devant moi et m'attendait. J'ai plus ou moins perdu la tête.

— Je ne vais te le dire qu'une fois, ensuite on ira chercher à manger dans la cuisine et s'asseoir sur le porche à l'arrière. Tu dois parler à quelqu'un de tout ça. À un professionnel.

Son ton était doux, mais ferme.

Je ne le contredis pas. Comment le pouvais-je ? Clairement, je ne m'adaptais pas aussi bien que je l'avais cru. À vrai dire, depuis que Keir avait surgi dans mon monde, chaque jour avait été une preuve supplémentaire de la gestion médiocre de la perte de ma sœur.

— Le bandage est serré et il n'y a plus de bris de verre, alors tu devrais pouvoir marcher.

Je sautai du lavabo et le suivis dans la chambre. C'était un bel endroit décoré de beige pâle, de bleu et de blanc, en l'honneur du paysage magnifique qui s'étirait derrière la fenêtre. Je n'avais même pas remarqué le littoral à travers les voilages quand je m'étais réveillée. J'avais été trop furieuse et désorientée.

— Couvre-toi. Il fait plus chaud qu'à la maison, mais il fait quand même frais.

Il me désigna l'une des valises qui avaient été apportées dans la demeure de mes parents. Avec un peu de chance, ce n'était pas celle qui comportait mes affaires de danse et mes godemichets.

Ravie de voir que ton sens de l'humour n'est pas aussi mort que moi.

Mon souffle se coupa. *Salut, toi.*

Ne pleure pas. Tu l'as suffisamment fait, aujourd'hui. Trouve quelque chose de chaud et va parler avec cet homme magnifique.

Je ravalai un sourire et secouai la tête en ouvrant le sac et en fouillant son contenu.

— Il y a quelque chose de drôle ?

Keir avait enfilé un haut à manches longues assorti au pantalon de jogging qu'il portait déjà.

— Euh, j'ai l'impression que si je te le dis, tu vas croire que je suis folle, mais étant donné que tu le croies déjà probablement, je suppose qu'il n'y a pas mort d'homme.

Je glissai un lourd pull à capuche par-dessus ma tête.

— Ivy vit plus ou moins dans ma tête. Je lui parle et elle me parle.

— Tu as raison. C'est assez tordu.

Je tournai brusquement la tête pour l'observer, bouche bée. Je fus choquée qu'il soit si sec, mais je constatai qu'il m'adressait le sourire le plus malicieux et le plus délicieux que j'avais jamais vu.

— Oh, c'était méchant, dis-je en feignant de bouder et en lui jetant l'un de mes T-shirts.

— Bon sang, mon épouse aime en lancer, des choses.

Toute légèreté s'évapora quand nos regards se croisèrent. Épouse. Nous étions mariés. Je n'étais pas certaine que ce soit légal, mais je n'étais pas non plus convaincue que ça ait de l'importance.

Keir s'éclaircit la gorge.

— Mangeons. Ton organisme a besoin de nourriture pour éliminer les drogues.

♦

KEIR FOUILLA dans le frigo et sortit une sélection de viandes, de fromages et de fruits pour le déjeuner, puis il me rejoignit au bar.

— Tu sais, compte tenu du fait que tu es un grand

méchant voyou, tu es assez doué pour t'occuper des gens
– et je ne veux pas dire que tu sais les envoyer six pieds
sous terre, bien que tu sois sans doute doué pour ça aussi.
Je préfère ne pas le découvrir.

— Je ne suis qu'un homme, rien de plus, rien de moins.

— Hmm, je n'en suis pas sûre.

— Ah non ?

Je secouai la tête et lançai un raisin dans ma bouche.

— Tu as un côté hors du commun.

Il soupira.

— Attends de rencontrer mon père. Il imprègne une
pièce comme personne.

Je me rendis compte que j'ignorais tout de sa famille.

— Parle-moi de lui et de ta mère. Tu as des frères et
sœurs ?

Il acquiesça.

— Trois, tous plus jeunes. Mon frère, Quinn, et les
filles, Nora et Maeve. C'est le bébé, elle vient tout juste
d'avoir vingt-quatre ans.

Bébé ? Elle avait deux ans de plus que moi.

Je levai les yeux vers lui.

— Alors… quel âge as-tu ?

Son regard croisa le mien.

— Trente-deux.

*Waouh, dix ans de plus. C'est assez canon, Ro. Pense à toutes
les choses qu'il peut t'enseigner.*

Le sang se hâta jusqu'à mes joues.

— C'est un problème ? demanda-t-il bien que sa voix
ne laisse transparaître aucune inquiétude.

— Nope, dis-je en insistant sur le P.

— Bien. Prends les assiettes et sortons.

Il récupéra le reste des plats et avança vers une immense baie vitrée coulissante.

Nous posâmes les assiettes sur une méridienne à deux places avec vue sur le littoral. Une petite rangée de dunes couvertes de sable nous séparait des vagues, mais la maison était assez haute pour que nous les voyions tout de même. Le ciel était couvert et l'eau agitée était d'un marron sirupeux, mais c'était beau. Le roulement régulier des vagues était un rappel cathartique que la vie était plus que l'ensemble de mes problèmes actuels.

Nous nous installâmes tous deux sur la méridienne. Mes jambes croisées entraient occasionnellement en contact avec sa cuisse et provoquaient des picotements dans mes parties les plus intimes. Nous mangeâmes et regardâmes les mouettes. Certaines se rapprochaient dans l'espoir de dénicher nos restes. J'arrivais à peine à encaisser le fait que j'étais assise sur une plage, à déjeuner avec mon mari.

Keir Byrne. Est-ce que cela faisait de moi Rowan Byrne ? Je l'imaginais, mais toute cette histoire me paraissait étrange. Combien de temps cela durerait-il ? Il n'avait sûrement pas voulu que ce soit permanent.

— Keir ? m'aventurai-je en brisant notre silence confortable.

— Hmm ?

— Pourquoi as-tu fait ça ?

Je n'expliquai pas ce que je voulais dire. Je n'en avais pas besoin. Il le savait. Une fois que les mots furent prononcés, cependant, une part de moi aurait aimé les ravaler. Je n'étais pas certaine de vouloir entendre sa réponse. J'avais l'impression d'être une écolière demandant au garçon qui lui plaisait, dans la cour de récréation, s'il l'aimait bien. Cela paraissait absurde, mais c'était le cas de ma situation tout entière.

— L'homme que tu as vu avec Alexander – l'homme avec la cicatrice – est incroyablement dangereux. La seule manière pour qu'il réfléchisse à deux fois avant de te toucher, c'était de te revendiquer. Ainsi, il devrait batailler contre le gouvernement et les Irlandais s'il t'arrivait quelque chose.

Sa réponse était parfaitement logique, alors pourquoi était-ce douloureux ? À quoi m'attendais-je de sa part ? Qu'il déclare son amour non réciproque pour moi ?

Il voulait te protéger. Ça n'est pas rien, n'est-ce pas ?

— Je suppose que je devrais te remercier. J'imagine que tu n'avais pas envie de te retrouver marié spontanément.

— Je ne voyais certainement pas les choses progresser ainsi, me murmura-t-il en maintenant son regard rivé sur l'horizon.

Un autre picotement douloureux confirma mes suspicions. J'avais envie que Keir veuille de moi. Pas simplement qu'il veuille me protéger ou qu'il ait l'impression d'avoir un devoir envers moi, je voulais qu'il me considère comme quelqu'un d'important.

J'étais une mission professionnelle.

— Alors, pourquoi me faire venir ici ?

Notre ruse n'avait pas franchement nécessité une lune de miel improvisée.

— Pour te donner le temps d'encaisser et pour que la rumeur se répande.

Il glissa un morceau de fromage dans sa bouche, ignorant totalement l'impact que ses mots auraient.

La nourriture dans mon estomac devint rance.

La nouvelle de notre mariage serait dans tous les journaux et serait diffusée sur les réseaux sociaux. ***La fille du gouverneur se marie lors d'une cérémonie expéditive.***

Stetson serait anéanti.

Je me levai sur mes jambes tremblantes.

— Euh, où est mon portable ? J'ai besoin de mon portable.

— Dans ton sac à main, à côté de ta valise.

Je hochai la tête, hébétée.

— Je reviens… Il faut juste que…

Je retournai à l'intérieur sans finir ma phrase. Heureusement, mon téléphone avait encore de la batterie et montrait quelques SMS non lus de Stetson, envoyés hier. Il me demandait ce que j'avais prévu pour le week-end. Il n'y avait plus rien, ensuite. Il était au courant. Je savais, au fond de moi, qu'il était au courant.

Mon Dieu, c'était merdique de faire subir une telle chose à quelqu'un d'autre. Je me sentais pitoyable.

Ma peine de cœur m'attira une fois encore dans la salle de bains où je m'approchai du lavabo. Cette fois-ci, j'étais préparée à me confronter à la fille dans le miroir. C'était la première fois, depuis que j'étais petite, que je regardais ce visage. Que je le regardais vraiment.

— Je suis désolée, Vi, lui chuchotai-je. J'espère que tu

comprends tout ce que j'ai fait, que je ne pouvais pas la laisser toute seule, là-bas. J'espère que tu comprends.

J'aurais pu jurer que le reflet leva la main vers moi.

J'aurais fait la même chose, Ro. Tu t'en es bien sortie.

— Je t'aime, ma sœur, dis-je avec les larmes aux yeux.

Je t'aime encore plus.

23

Rowan

— Hé, Keir ?

Je le trouvai dans la cuisine en train de faire notre vaisselle.

— Oui ?

Il posa la dernière assiette dans l'évier et déambula vers moi.

— J'aimerais me laver, je me sens assez sale, mais je ne sais pas quoi faire pour le bandage.

J'ignorais pourquoi je le lui demandais, sauf que c'était lui qui m'avait emmailloté la main. Et aussi parce que j'avais encore mal à la tête et qu'il me semblait difficile de prendre des décisions.

Il continua d'avancer et me saisit la main, la faisant lentement rouler sur le côté comme s'il examinait le bandage.

— Je pourrais t'aider.

Sa voix grave et rocailleuse aspira toutes les pensées qui restaient dans mon cerveau. J'eus de la chance de me souvenir comment respirer quand j'acquiesçai pour donner mon consentement.

Il alla vers le tiroir, à l'extrémité de la cuisine, et fouilla jusqu'à trouver quelques élastiques, puis il s'approcha de moi.

— Viens avec moi.

Il s'empara de ma main valide et me guida vers une autre salle de bains, pas aussi majestueuse que celle de la suite parentale, mais tout de même luxueuse et moins dangereuse pour les pieds nus.

— On va d'abord enlever le pull.

Je m'exécutai avant de le regarder quand il enroula une petite serviette autour de mon bandage et sécurisa le poing gonflé avec des élastiques.

— Tu ne peux toujours pas le mouiller, mais ça m'évitera de l'éclabousser.

Ma main était désormais totalement inutile. Je baissai les yeux vers le T-shirt que je portais encore, décidant que je pouvais sûrement le retirer toute seule. Toutefois, avant que je puisse essayer, le corps immense de Keir envahit mon champ de vision.

— Laisse-moi faire, souffla-t-il.

J'acquiesçai une nouvelle fois.

Ses mains remontèrent le tissu avec une lenteur pénible et ses doigts effleurèrent mes hanches par la même occasion. Mes poumons commencèrent à devenir douloureux jusqu'à ce que je réalise que je retenais ma respiration. J'inspirai, ce qui me fit tourner la tête. Mais, encore une fois, cela aurait pu être à cause de ma réaction face à Keir, qui s'agenouillait devant moi avant de tirer sur mon pantalon de survêtement. Son visage était à quelques centimètres de mon ventre.

La chair de poule dansa sur ma peau.

Keir glissa les doigts dans la ceinture de mon pantalon et de ma culotte, les baissant centimètre par centimètre sur mes hanches et laissant ses mains continuer leur lent chemin vers le bas, même une fois que le tissu fut tombé par terre.

— Tu n'as pas eu ta dose quand tu m'as retiré ma robe, hier soir ?

Un petit fragment de mon sarcasme habituel refit surface quand je me rendis compte qu'il avait dû me changer de tenue.

Il croisa mon regard. Ses yeux étaient un liquide azur encadré par une forêt de cils épais. Il se leva ensuite sans briser notre connexion.

— Je t'ai changée deux fois et non, je ne suis pas sûr de me lasser un jour de ton corps.

Sa réponse m'excita presque autant que la vue de son corps nu quand il retira son haut et son pantalon avant d'entrer dans la douche.

— Tu viens aussi ? demandai-je.

Il se figea.

— C'est un problème ? Ce serait difficile de te laver depuis l'extérieur.

Me laver ?

Oui, petite maline. À ton avis, qu'est-ce qui est en train de se passer ?

Je n'en sais rien ! Mon cerveau est trop embrouillé pour que je réfléchisse.

— Non, je… c'est juste que… Tu ne t'es pas lavé avec moi, la dernière fois.

J'avançai vers la porte vitrée et entrai, hésitante.

— Beaucoup de choses ont changé, depuis.

Il guida ma main bandée loin du jet d'eau, mais j'eus l'impression qu'il ne parlait pas de ma blessure. Pas du tout. Il fit passer le jet dans la douchette et commença à me mouiller les cheveux.

Je restai plantée là, subjuguée, pendant que Keir Byrne m'appliquait du shampoing, puis de l'après-shampoing. Lorsqu'il versa une dose de gel douche dans sa main, je me mis presque à hyperventiler.

Stetson et moi avions couché ensemble pour la première fois après un mois de relation. Il n'était pas mon premier, mais il était le petit ami le plus sérieux que j'avais jamais eu. Pas une fois pendant cette année d'ébats avec lui, il n'avait fait quelque chose d'aussi intime que ce que Keir faisait en ce moment. Il était tatoué et marqué. Il pouvait être abrasif quand il le souhaitait, mais sa manière de me toucher était tout simplement révérencieuse.

Il me donnait l'impression d'être chérie. D'être en sécurité. D'être belle. Et tout ça sans même faire d'efforts.

Rien, dans ses actes sous la douche, n'était ouvertement sexuel et pourtant son avidité envers moi était palpable dans chaque contact. Ses articulations marquées effleurèrent le dessous de ma poitrine. Ses paumes calleuses glissèrent sur mes hanches. Quand ses mains savonneuses passèrent à l'intérieur de mes cuisses, puis s'élevèrent en direction de mes replis intimes, je crus que j'allais m'évanouir à cause de l'intensité de mon excitation.

Comment pouvais-je être si excitée par quelqu'un qui m'avait kidnappée et épousée après m'avoir totalement droguée ? Qu'il ait parlé à mon père auparavant n'aurait pas dû avoir d'importance. C'était ma vie, qu'il avait fait dérailler. Oui, il essayait d'aider. Oui, j'étais attirée de façon obscène par cet homme. Toutefois, ça ne neutralisait pas le reste – le fait que notre lien pourrait faire du mal à la réputation de mon père. Le fait qu'il m'ait piégée et que notre union totalement fausse n'était qu'une illusion pour me protéger.

Tu réfléchis trop, Ro.

Ah bon ? Peut-être que, pour une fois, je devrais réfléchir un peu plus et nier un peu moins la vérité. Je suis perturbée et c'est un criminel. Quel genre de relation pourrions-nous avoir ?

— Je crois que je suis prête à sortir, dis-je d'une voix essoufflée.

Le contenu de mon estomac devenait de plus en plus agité.

— Merci.

Je croisai son regard impénétrable avant de rejoindre l'air frais de la salle de bains. Je me séchai avec une serviette et m'obligeai à ne pas le dévisager pendant qu'il finissait de prendre sa douche. J'attrapai ensuite mes vêtements et fuis pour avoir une minute d'intimité.

Après avoir retiré la serviette autour de moi, je pus m'habiller et brosser mes cheveux emmêlés. Je me brossai même les dents et je me sentais à moitié humaine quand je retournai dans le salon et trouvai Keir en train de regarder la télévision sur le canapé.

Mon Dieu, comment était-ce censé fonctionner ? Me blottir simplement contre lui ne me paraissait pas normal. Nous ne nous connaissions que depuis une semaine ! Mais nous avions aussi traversé beaucoup de choses en peu de temps.

Je fis de mon mieux pour laisser mes instincts me guider, et je m'assis à côté de lui en m'assurant de laisser vingt bons centimètres entre nous.

Nous regardâmes tous les deux la télévision – un documentaire sur la Seconde Guerre mondiale. Cela aurait pu être pire, bien que je ne sois pas exactement captivée.

— Je peux changer, si tu veux, me proposa Keir après une minute.

— Non, c'est bon. J'aime bien l'histoire.

Keir grogna.

La gêne sembla s'intensifier exponentiellement à chaque seconde qui s'égrenait, jusqu'à ce qu'il soupire et saisisse mon corps tout entier pour m'installer à côté de lui. Il garda son bras autour de moi et m'obligea à me détendre contre son flanc. Instantanément, la tension s'apaisa, comme si une pièce manquante d'un puzzle avait été mise en place.

Nous restâmes assis ensemble, dans une atmosphère amicale, et regardâmes la télévision jusqu'à ce qu'il soit l'heure de commander le dîner. Ce fut l'une des après-midi les plus paisibles dont je me souvenais depuis très longtemps.

♠

— TA FAMILLE SAIT ce qu'il se passe ? questionnai-je une fois que nous fûmes assis autour de l'îlot de cuisine et eûmes trié la commande qui venait tout juste d'arriver.

Il avait commandé suffisamment de nourriture pour une petite famille. Cependant, vu sa carrure, c'était peut-être un repas normal pour lui.

— Je n'ai aucune raison de garder le secret.

J'imagine que c'était vrai. Je me demandais ce qu'ils pensaient à ce sujet. Se préoccupaient-ils du fait que je n'étais pas irlandaise ? Enfin, j'avais du sang irlandais, mais pas comme les Byrne. Ils auraient probablement préféré qu'il épouse une femme totalement irlandaise et pas si... respectueuse de la loi. Bien sûr, il avait trente-deux ans et était célibataire, donc ils étaient sans doute simplement ravis qu'il se soit casé.

Oh merde. Avait-il été marié par le passé ? Il ne sortait certainement avec personne quand je l'avais rencontré.

Un élan de jalousie me frappa entre les côtes. Je n'aimais pas l'imaginer avec quelqu'un d'autre. Comptait-il aller au bout de tout ça et prévoyait-il ensuite de se trouver une Irlandaise ? Ce n'était pas comme si ce mariage était réel.

Tout doux, tigresse. Tu es en train de plonger dans un puits sans fond.

Oui, eh bien. Tout ce mariage surprise avec un gangster, c'est nouveau pour moi, grommelai-je à Ivy.

Et tu as toujours été trèèès douée pour t'adapter aux changements. La voix d'Ivy suintait de sarcasme.

Facile à dire quand on est morte.

Aïe !

Je souris narquoisement.

— Tu fais encore cette tête, murmura Keir. C'est comme si quelqu'un t'avait raconté une blague, mais que tu étais la seule à connaître la chute.

J'écarquillai les yeux.

— Je ne peux pas m'en empêcher. Elle est assez expressive.

Il haussa un unique sourcil.

— Oui, j'imagine que je peux l'être aussi, quand je le veux.

Il prit une immense bouchée de son petit pain et me dévisagea intensément.

— Enfin, comparé à toi, tout le monde est une pipelette.

Il secoua lentement la tête en finissant de mâcher.

— Je jure que je t'ai dit plus de choses cette semaine que je n'en ai dit pendant l'année qui vient de s'écouler.

Mes joues se réchauffèrent.

— Je crois que je vais prendre ça pour un compliment, dis-je doucement.

Il mangea une autre bouchée et son regard s'assombrit d'une manière qui devrait être illégale.

Nous ne parlâmes pas beaucoup pendant le reste du dîner et lorsque nous eûmes tout nettoyé, une vague d'épuisement menaça de m'attirer vers le fond.

— Je crois que je suis prête à aller me coucher, dis-je à Keir.

— Pareil. Je n'ai pas beaucoup dormi, hier soir.

— J'imagine que tu avais beaucoup de choses à gérer.

Je me levai et éteignis la lampe non loin.

— Oui, et je ne voulais pas dormir pendant que tu étais droguée. J'ai finalement décidé, tôt dans la matinée, que tu allais mieux.

Alors, c'était la raison pour laquelle nous avions dormi dans le même lit. Cela n'avait pas été une revendication de nos nouveaux statuts d'époux. La déception rendit chacun de mes pas plus lourds.

— Je peux dormir dans l'une des autres chambres, ce soir, suggérai-je rapidement.

Je ne lui en voudrais pas, s'il voulait aussi un peu d'espace pour encaisser tout ça.

Il tira doucement mes cheveux et m'attira pour que je me tourne et sois face à lui. L'intensité dans son regard me surprit et priva mes poumons d'air.

— Mon lit est aussi le tien. Si je me réveille seul, je n'en serai *pas* content. Compris ?

Bon sang, pourquoi avais-je envie de répondre *oui,*

monsieur ? C'était là, sur le bout de ma langue, mais je le maintins à distance et hochai plutôt la tête.

Keir laissa échapper un grondement masculin au plus profond de son torse avant de m'asséner une fessée.

— Bien, maintenant, avance.

Soudain, je n'étais plus si fatiguée.

24

Keir

J'AVAIS REGARDÉ ROWAN DORMIR SUFFISAMMENT longtemps hier pour avoir eu ma dose. Mais chaque fois que j'en apprenais plus sur elle, cela changeait mon point de vue. Hier, elle s'était déchargée d'une montagne d'informations. Nous étions tous les deux épuisés, après vingt-quatre heures mouvementées, et nous nous étions assoupis tôt. Le lendemain matin, je me réveillai quand le soleil réchauffait l'horizon, ce qui m'offrit une nouvelle fois l'opportunité de contempler mon épouse dormir.

Sans maquillage, elle dégageait une certaine innocence.

Elle avait quelques taches de rousseur et suintait de douceur. Cependant, comme je savais ce qu'elle avait traversé, je la voyais sous un jour nouveau. Cette petite fille avait été obligée de grandir beaucoup plus rapidement qu'elle ne l'aurait dû. Il n'était pas étonnant qu'elle ne ressemble à aucune femme de son âge. Elle avait été forcée de se façonner assez tôt pour survivre et cela lui avait volé son enfance.

J'avais vu et fait des tas de conneries graves, dans ma vie, mais mon enfance avait été heureuse. Je n'avais pas été obligé d'affronter une perte personnelle avant d'être un adulte accompli. Je n'imaginais même pas ce que cela avait été pour elle.

Alexander était un homme respectable et s'était probablement adapté à la situation du mieux qu'il l'avait pu, à l'époque, mais j'étais toujours agacé que la douleur de Rowan n'ait pas été soignée. J'avais l'impression qu'elle était la colle qui les maintenait tous ensemble – c'était la raison pour laquelle la carrière de son père et son rôle de petite miss Parfaite avaient été si importants pour elle.

Son père n'aurait jamais dû la laisser remplir ce rôle. Et la laisser sortir avec Wellington comme s'il était un genre de beau parti ? En ce qui concernait sa fille, Alexander était à l'ouest.

Mon irritation soudaine me fit sortir du lit. J'avais besoin de bouger, de faire quelque chose. Mon père devait déjà être levé. Il avait toujours été un lève-tôt, il était donc temps de prendre des nouvelles de la famille.

J'enfilai quelques vêtements et traversai la maison vers le coin petit déjeuner, espérant que ma voix ne porterait pas jusqu'à la chambre. Rowan avait besoin de dormir aussi longtemps que possible.

— Salut, mon petit gars. J'étais nerveux à l'idée d'avoir de tes nouvelles, me salua chaleureusement papa.

— Salut, pa'. Désolé pour l'attente. Il s'est passé beaucoup de choses.

— J'imagine.

Le sous-entendu était évident dans sa voix.

Je levai les yeux au ciel.

— Je sais que tu crois que je suis doué, mais cette fille a été droguée, kidnappée et mariée. Elle n'était pas vraiment d'humeur à ça quand elle s'est réveillée. Les choses ont été… compliquées.

— Bah, elle s'en remettra. Tu as déjà parlé avec Alexander ?

— Non, pa'. Je n'ai pas eu le temps.

Ma patience commençait à s'épuiser.

— Il est bien conscient de la situation. Nous pouvons lui parler de la nomination à mon retour.

— Le rendez-vous a bientôt lieu, c'est tout. Autrement, je ne te pousserais pas à agir. Je sais que tu as beaucoup de choses à gérer.

— Maintenant que je suis marié à Rowan, nous pourrons constamment entrer en contact avec Alexander. Et j'ai conscience de l'échéance. Je vais faire ce que je peux.

Si je ne le rassurais pas un tant soit peu, il me harcèlerait sans relâche.

— Tu es un bon garçon. Je suis fier de toi, fils.

— Il n'y a pas de quoi être fier, mais j'apprécie.

Ce n'était pas comme si j'avais découvert une source

d'énergie propre ou quoi que ce soit d'aussi conséquent. Ça n'avait aucune importance pour mon père. Dans notre monde, la famille, c'était le plus important, et un mariage stratégique était la preuve d'un engagement ultime.

— À bientôt.

— Au revoir, pa'.

Je posai le téléphone et me penchai en arrière en soupirant lourdement. Mon regard se leva vers Rowan, qui se tenait dans l'embrasure de la porte à l'autre bout du salon. Elle portait toujours mon T-shirt, ce qui me faisait sacrément plaisir, mais plutôt que de profiter de la vue, mon corps se crispa quand je découvris son visage marqué par la trahison. Elle était aisément déchiffrable, même à l'autre bout de cette grande pièce majestueuse. Elle avait tout entendu. Merde, alors.

— C'est ça depuis le début, n'est-ce pas ? Comment ai-je pu être aussi stupide ? dit-elle avant de ricaner et d'observer la pièce d'un air incrédule.

— Rowan...

— *Non* ! Ne m'appelle pas comme ça. C'est miss Alexander, tu te souviens ? C'est le plus important, non ?

Elle avança d'un pas lourd, ses épaules en arrière.

— Tu sais, je n'étais pas fan de l'idée que tu m'aies épousée uniquement pour m'éviter de me faire tuer, mais savoir que ma protection n'était même pas la raison principale, c'est pitoyable. Et j'étais prête à épouser Stetson, alors tu sais que mes exigences sont loin d'être extraordinaires.

Elle se déchaînait et chaque once de douleur pourrissait en cynisme et en colère.

Je devais arranger ça. Nous avancions dans la bonne direction, mais cela allait tout gâcher. Je me rapprochai, pas autant que je l'aurais aimé, mais je n'avais pas envie de la contrarier.

— Ça n'a rien à voir avec ton père.

— Ce n'est pas l'impression que j'ai eue, il y a quelques minutes.

— C'était mon père. Pour lui, c'est le but de tout ça. Pour moi, c'est plus compliqué.

— Compliqué, c'est une autre façon de dire : *j'ai menti*. Comment ai-je pu être naïve au point de penser que quelqu'un comme *toi* m'épouserait uniquement pour jouer au héros ?

Elle écarta largement les mains d'un air dégoûté et commença à faire les cent pas.

— Et voilà qu'on joue à la dînette quand cette pauvre fille vit l'enfer sur terre. Qu'est-ce qui ne va pas, chez moi ? Ma sécurité ne vaut pas la peine de la laisser souffrir comme ça.

Son visage se durcit alors qu'elle rivait une nouvelle fois son regard vert acier sur moi.

— Ramène-moi à la maison. *Maintenant.*

— Non.

Le fer se heurtait au fer.

Elle plissa les yeux jusqu'à ce qu'ils ne soient plus que deux fentes colériques.

— Non ? demanda-t-elle en redressant les épaules. Très bien, alors je vais rentrer toute seule. Je n'avais pas besoin de toi avant et je n'ai pas besoin de toi maintenant.

— Tu ne retournes pas chez toi pour l'instant, Rowan, alors calme-toi et écoute, bordel.

— Non, *toi*, tu m'écoutes.

Elle me montra du doigt et réduisit la distance entre nous.

— Je me suis enfuie une fois et je ne le referai plus. Cette fille a besoin de nous. Je me contrefous de savoir quels risques je prends parce que je ne veux pas vivre ma vie si elle coûte celle d'une autre personne. Tu veux avoir accès à mon père ? D'accord, c'est bon. Maintenant, rentrons à la maison et sauvons la fille avant qu'il soit trop tard.

Elle avait battu en retraite dans son costume de guerrière et avait renfermé chaque soupçon de vulnérabilité qu'elle avait laissé remonter à la surface la veille. Chaque progrès que nous avions effectué fut balayé en un instant.

La frustration fit fondre les derniers lambeaux de ma patience. Dans un sens, elle avait le droit d'être en colère, mais elle n'était pas la seule. Je faisais de mon mieux dans une situation difficile. Son père avait joué un rôle dans mes décisions, cette semaine, mais c'était plus compliqué que ça, et je ne comptais pas la laisser refouler les autres facteurs uniquement parce qu'elle était blessée.

— Quand je dis que c'est compliqué, c'est parce que je le pense.

Je me rapprochai d'elle et mes mots furent comme des couteaux fendant l'air entre nous.

— Je crains que ma famille soit liée aux trafiquants.

Rowan écarquilla les yeux et ses lèvres s'entrouvrirent sous l'effet du choc.

— Quand tu es venue me demander mon aide, j'ai fait des recherches sur Wellington. Je suis même resté en planque devant sa satanée maison pour l'observer et c'est là que j'ai vu des hommes en possession d'armes qui, j'en suis sûr, ont été acquises auprès de ma famille. Des hommes dangereux avec des armes qu'ils n'auraient pas dû avoir sont entrés chez Wellington comme s'ils étaient les bienvenus. C'est la raison pour laquelle je t'ai fait sortir de cours le lendemain pour t'annoncer que j'allais t'aider. Parce que si le but avait uniquement été d'atteindre ton père, j'aurais saisi l'occasion à la seconde où tu es entrée au *Moxy*. Tu étais une proie facile. Mais je n'en avais pas envie parce que je ne voulais pas que tu te retrouves au milieu. Tu crois que j'épouserais une personne seulement pour la protéger ? Je l'ai fait pour *toi* parce que ça m'importe – plus que ça le devrait, apparemment.

Je lui donnai un coup d'épaule en passant à côté d'elle pour rejoindre la chambre, et claquai la porte derrière moi.

COMMENT ÉTAIT-IL POSSIBLE DE SE FOIRER AUTANT DE fois ?

J'étais si focalisée sur mes problèmes et sur ma douleur que je n'avais jamais envisagé que Keir puisse avoir ses propres ennuis. La ruée d'émotions qui s'était déchaînée en moi cette dernière semaine avait compromis ma capacité à réfléchir clairement. Après des années de répression, elles agissaient maintenant en toute liberté.

J'avais tant l'impression d'avoir perdu le contrôle. J'étais si perdue.

Et désormais, j'avais blessé la seule personne qui tentait de m'aider. L'homme qui avait vu ma vérité fracturée sous l'extérieur luisant, et qui me désirait tout de même.

La honte était trop puissante pour que je la contienne. J'étais une boule de douleur lancinante, enveloppée par les chaînes de mes erreurs.

J'avais proféré tant de choses haineuses. Je ne me reconnaissais même pas.

Je n'avais toujours voulu faire que ce qu'il fallait, avec ceux que j'aimais, et pourtant, je ne cessais de me louper.

Lorsque je sortis sur le pont, je n'arrivai qu'à me dire une seule chose : cela aurait dû être moi. J'aurais dû être la jumelle qui était morte ce jour-là.

Je méritais de mourir.

Tout était ma faute, après tout.

Ma faute.

Tout était ma faute.

Fuir Rowan n'aida pas la situation, mais j'avais besoin de me calmer. Le plus malheureux, dans cette histoire, était que ce n'était pas elle, la source de ma colère. J'étais furieux contre mon cousin qui s'était mouillé dans des affaires merdiques alors qu'il n'aurait pas dû. J'étais agacé contre mon père qui pensait que tous mes actes tournaient autour de ce fichu gouverneur. J'étais enragé à l'idée que Rowan soit en danger. Et peut-être pire que tout, j'étais en rogne contre moi-même, car je m'étais déchaîné alors qu'elle avait déjà traversé tant d'épreuves.

J'aurais dû être heureux qu'elle me parle, déjà, mais son sous-entendu selon lequel je ne la voulais que pour atteindre son père avait touché une corde sensible. Je me demandais si elle me voyait vraiment.

Je fis les cent pas dans la chambre pendant une demi-heure avant de ravaler suffisamment mes émotions pour être prêt à lui reparler et à arranger les choses. Seulement, quand je retournai dans le salon, Rowan était absente.

Je l'appelai, mais je n'obtins aucune réponse.

Un malaise hérissa les cheveux sur ma nuque quand je la repérai sur le pont derrière la maison.

Merde alors.

La bruine l'avait trempée jusqu'à la moelle. Je me précipitai pour la rejoindre dehors, où elle était à genoux, son regard perdu vers l'océan. Son corps tout entier tremblait de froid.

— Rowan, chérie. Merde, viens ici.

Je commençai à la relever, mais elle s'agrippa à mes bras pour m'en empêcher.

— N-n-n-non, tu d-d-dois savoir…

Ses dents claquaient tant qu'elle arrivait à peine à parler.

— Tu peux me le dire à l'intérieur. Je dois te réchauffer.

Elle secoua la tête avec insistance, mais je l'ignorai et la pris dans mes bras. Le contact de sa peau glacée contre la mienne fit plonger mon estomac dans mes talons.

Je fis couler un bain chaud, m'assurant qu'il ne soit pas brûlant. Elle était si gelée que si l'eau était plus que tiède, elle aurait l'impression d'être en feu. Pendant que la baignoire se remplissait, je lui retirai son T-shirt et sa culotte trempés. Je laissai sa main bandée. Le bain n'allait pas la mouiller plus qu'elle ne l'était déjà.

Pendant tout ce temps, Rowan restait plantée là, frissonnant sans protester. Elle paraissait en transe et cela m'effrayait franchement.

Je ne m'affolais jamais pour quoi que ce soit. Même quand j'étais jeune, j'avais des éclats de colère et de frustration, mais la peur et la panique n'avaient jamais été un problème. Ce n'était pas moi. Pourtant, ce petit bout de femme semblait modifier mon ADN – elle me faisait penser et ressentir des choses que je croyais inenvisageables.

Mes pensées s'embrouillaient sérieusement et il était impossible de me concentrer.

Pourquoi s'infligerait-elle une telle chose ? Le bain allait-il faire monter sa température suffisamment vite ? Comment pouvais-je savoir si l'hypothermie s'était déjà installée ?

L'impression d'urgence m'éraflait la peau et exigeait que j'aille plus vite.

Je me déshabillai avant de nous plonger dans la baignoire. Rowan était assise devant moi et mon corps entourait le sien. Je laissai l'eau monter à ras bord pour qu'elle couvre chaque millimètre de son être. Puis je la serrai contre moi. J'absorbai ses frissons et tremblements et j'aurais aimé pouvoir faire la même chose avec toute la douleur qu'elle portait.

Lentement, son corps se calma et se détendit contre le mien.

— Je suis vraiment désolée, chuchota-t-elle dans le silence. Je ne voulais pas te faire peur ni être dramatique. J'ai l'impression que tout ce que j'avais cru réglé et mis de côté refait surface, aussi frais que le jour où c'est arrivé, et c'est dur de tout encaisser.

— Inutile de t'excuser, dis-je en pressant mes lèvres contre son oreille.

— Si, c'est nécessaire. Je ne pensais pas ce que j'ai dit. J'étais furieuse et blessée.

Je m'appuyai contre le bord de la baignoire, l'entraînant avec moi pour verser de l'eau sur ses épaules et sa poitrine.

— As-tu déjà vu un thérapeute ou as-tu déjà parlé à quelqu'un de sa mort ?

J'avais envie de lui poser des questions plus précises sur ce qu'il s'était passé, mais j'avais le sentiment que ce serait trop monumental, trop rapidement.

— Non. Je crois que mes parents étaient trop perdus dans leur propre chagrin pour être capables de s'occuper du mien. Ils avaient du mal à me regarder sans grimacer ou sans avoir les larmes aux yeux.

Nom de Dieu, ça, ça bousille un gamin. Je l'écoutai attentivement quand elle poursuivit.

— Maman a plus ou moins disparu pendant un moment. Elle s'automédicamentait. Elle dormait beaucoup. Papa s'est plongé dans le travail. Mais parfois, ça ne me dérangeait pas, parce que quand j'étais seule, je l'entendais. Je lui parlais. J'imagine que c'est la raison pour laquelle je n'ai jamais eu d'amis proches. Je n'ai toujours voulu qu'Ivy.

— C'est logique.

— Peut-être, mais c'est aussi tordu.

Malgré leur signification, ses mots étaient prononcés sans jugement.

— Tout le monde a un soupçon de folie caché.

— Bien sûr, répondit-elle d'un air vaincu. Je suis censée le croire dans la bouche de Monsieur Cool, Calme et Serein.

— Crois-le ou non, j'ai été renvoyé de trois écoles élémentaires.

Elle se retourna suffisamment pour me regarder.

— Tu es sérieux ?

— Je le jure devant Dieu, dis-je en levant ma main droite.

— Pourquoi ? souffla-t-elle en écarquillant les yeux.

J'attirai son dos contre moi avant de lui expliquer.

— Je t'ai dit que quand je me mettais en colère, ça me rendait muet. Avant, c'était horrible. J'étais tellement frustré que je jetais des chaises ou que je frappais d'autres gamins. Les crises que je faisais n'aidaient pas ma situation. J'ai commencé à me faire harceler. Les gamins m'appelaient « le taré » et me donnaient d'autres surnoms charmants. C'est là que les bagarres ont commencé. En CM2, je m'étais déjà forgé une sacrée réputation. Suffisamment pour que les gamins me laissent enfin tranquille. Donc j'avais de moins en moins d'éclats de colère. J'ai pensé que moins j'en disais, mieux ce serait, et quand je parlais, je devais rester parfaitement calme, quoi qu'il arrive, pour ne pas perdre mes mots.

— Et ta fratrie et tes cousins ? Ils ne te menaient pas la vie dure, si ?

— Non.

Un sourire étira mes lèvres.

— En fait, j'étais un genre de légende, pour eux.

J'ouvris la bonde pour enlever une partie de l'eau, puis le robinet d'eau chaude afin de faire monter la température.

— Ah oui ? fit-elle d'un air légèrement amusé qui me réchauffa plus que l'eau ne pourrait jamais le faire.

— Oui. Mon cousin Oran et moi étions plus proches, à l'époque. C'est ce qui rend cette affaire avec Wellington si compliquée. Oran était responsable de ces armes et maintenant, je me demande si elles ont véritablement été volées ou s'il a conclu un accord dans notre dos.

— Tu crois sincèrement qu'il pourrait faire une telle chose ?

Je soupirai profondément.

— Je le soupçonnais déjà d'avoir joué un rôle dans la mort de son père.

— Oh, Keir. C'est horrible.

— Oui.

Cette unique syllabe était saturée du poids de mes inquiétudes.

— Qu'est-ce que tu vas faire ?

— Quand on rentrera, j'irai parler à mon père. C'est à lui, plus qu'à quiconque, de décider de la manière de procéder. Je ne voulais rien dire à moins d'en être certain, mais maintenant que les armes ont refait surface, mon instinct sait que quelque chose cloche.

Le calme s'insinua autour de nous jusqu'à ce qu'elle reprenne la parole.

— Que va-t-on faire pour la fille ?

Je pris la main de Rowan et entrelaçai nos doigts.

— Nous allons la sortir de là, lui assurai-je doucement.

— Quand je la vois, je vois ma sœur. Je sais qu'elles ne sont pas pareilles, mais j'en ai l'impression. Comme si c'était ma chance de faire ce qu'il faut. De la sauver.

Merde, comment n'avais-je pas fait le rapprochement ?

J'apprenais à quel point la mort de sa sœur l'avait affectée, mais je n'avais pas pensé à la manière dont elle pourrait associer les deux. C'était la raison pour laquelle elle avait été si déterminée à aider cette femme, même en prenant le risque de se mettre elle-même en danger.

— On va la sortir de là, je te le promets.

Je n'avais pas à lui faire de tels serments quand la fille n'était peut-être déjà plus en vie, maintenant, et pourtant, je ne pus m'en empêcher. Ce besoin incrusté d'offrir le monde à Rowan était une pulsion que j'étais incapable de contenir.

Elle leva nos mains et démêla nos doigts pour regarder les miens de plus près. Elle observa le tatouage identique au sien sur mon annulaire. Elle toucha doucement le dessin.

— Pourquoi as-tu fait ça ? C'est un genre de tradition familiale ?

— Pas que je sache.

— Ça va rendre le divorce horriblement compliqué.

— Heureusement que je n'ai pas l'intention de divorcer.

Mes mots restèrent suspendus dans l'air comme de la vapeur.

Elle remua pour se tourner et me regarder.

— Tu n'as pas fait ça que sur le court terme ?

Je levai la main.

— Ça ressemble à du court terme, pour toi ?

— Mais tu me connais à peine.

— J'en sais suffisamment.

L'électricité réchauffa l'air autour de nous alors que les yeux de Rowan s'abaissaient vers mes lèvres. Lentement, elle fit pivoter tout son corps jusqu'à ce que sa poitrine soit collée à mon torse. Ma verge fut instantanément dure comme de la pierre.

Je posai les mains sur sa taille et cambrai les hanches pour appuyer mon sexe contre son ventre, une faim vorace en exigeant plus d'elle. Lorsque ses lèvres rencontrèrent les miennes, j'eus le vertige tant j'étais soulagé. Je dévorai son baiser, comme un homme remontant à la surface pour respirer après avoir été bousculé par une vague.

J'avais essayé d'être patient. Je lui avais donné le temps d'encaisser et ne l'avais pas touchée explicitement – dans la douche et quand son corps était allongé auprès du mien, dans notre lit. J'avais fait tout ce que j'avais pu pour être respectable, mais ce puits était à sec. Sa petite offrande était tout le réconfort dont j'avais besoin pour réclamer ce qui était à moi.

Cependant, l'eau était un horrible lubrifiant et mon ami serait sur les nerfs si j'inondais sa maison. Je m'obligeai donc à briser notre connexion et nous relevai.

Néanmoins, elle m'enivrait trop pour que je récupère des serviettes. Mes lèvres furent immédiatement attirées vers les siennes et nos pieds nous guidèrent aveuglément jusqu'au lit.

Rowan me sourit pendant notre baiser.

— On est trempés, Keir. On va mouiller le lit.

— Il séchera, grommelai-je en l'allongeant sur le dos et en lui écartant les jambes. Merde, tu es belle.

27

Rowan

Je n'avais pas vu de rasoir depuis des jours, alors je n'en avais certainement pas utilisé. Je commençai à paniquer quand Keir m'allongea.

S'il vit quelque chose qu'il n'aimait pas, ça ne se remarqua nullement. Sa bouche se retrouva sur moi en un instant, léchant et suçant mon sexe avec tant de dévouement que mon cerveau court-circuita.

— Tu dis que tu me connais… murmurai-je distraitement. Alors tu sais… que je suis déboussolée.

— Ne le sommes-nous pas tous ?

Il fit doucement glisser ses dents du bas sur mes replis intimes avant de mordiller mon clitoris avec une délicatesse exquise.

— Si seulement tu savais toutes les choses dépravées que j'ai envie de te faire, tu comprendrais.

J'ouvris les yeux et mon regard se heurta au sien.

— Montre-moi, soufflai-je.

Ses pupilles se dilatèrent jusqu'à ce qu'il ne reste qu'un fin cercle turquoise.

— Je ne suis pas sûr que tu sois prête pour ça. Tu aimes sentir que tu as le contrôle, Rowan. Je veux t'en priver.

Mon cœur se mit à effectuer une danse frénétique dépourvue de rythme.

— Montre-moi, répétai-je plus fermement.

Bien que sa proposition me terrifie, je le voulais plus que tout.

— Ne bouge pas.

Ses mots caressèrent ma peau avec leur sombre promesse.

Il partit quelques minutes et son absence raviva mon impatience jusqu'à ce qu'elle atteigne de folles proportions. Quand il revint, il tenait un cordon jaune dans une main et ce qui ressemblait à une spatule et une paire de ciseaux dans l'autre. Ma nervosité me comprima les poumons, mais tout comme le jour où j'avais rencontré Keir, je n'avais pas peur. Je savais qu'il ne me ferait pas de mal.

— Viens ici.

Il posa les ciseaux sur la commode et me regarda m'approcher avec un éclat prédateur dans les yeux.

— Cette corde de nylon n'est pas idéale, alors on devra faire attention à ne pas te brûler. Lève les bras.

Sa voix devint aussi irrégulière que du granit fraîchement taillé.

Avec des mains habiles, il coupa des bouts de cordon entre ses doigts, jusqu'à ce qu'il soit satisfait de leur longueur. Il était relativement neuf, mais tout de même plus abrasif qu'une cordelette soyeuse le serait. Je préférais plus ou moins que ça soit ainsi. Cette étrange connexion qui se formait entre nous était brute et fruste. Il était donc approprié que les liens physiques le soient également.

Keir se positionna derrière moi et passa la corde autour de mes côtes, la sécurisant d'une manière ou d'une autre derrière mon dos.

— Tourne-toi sur la gauche.

Je décrivis un petit cercle. Chaque terminaison nerveuse dans mon corps était focalisée sur son contact, alors qu'il guidait la corde sous ma poitrine. Une fois que j'eus effectué un tour complet, il l'attacha derrière mon dos, puis m'encouragea à continuer mes mouvements pour passer la corde juste au-dessus de ma poitrine, cette fois-ci.

Tout ce processus me parut intime et érotique. Même sans la dynamique du pouvoir qui faisait grimper l'intensité de cette expérience partagée, la vulnérabilité émotionnelle me ferait marquer une pause, si ce n'était pas Keir, mais quelqu'un d'autre, devant moi. Avec lui, je n'étais ni embarrassée ni indécise. Comment le pouvais-je quand il me regardait avec une concentration si ardente ? Le désir fondu qui tourbillonnait dans ces profondeurs turquoise me donnait l'impression d'être inestimable. D'être l'incarnation de *Mona Lisa*.

J'effectuai d'autres tours complets et la corde fut enroulée autour de mon corps de différentes façons, chaque fois, jusqu'à ce que ma poitrine devienne un zigzag de cordon jaune, sauf au niveau de mes seins. Ils étaient gonflés sous cette oppression, comme des roses sortant d'un vase et d'un centre de table qu'on admirait.

Être ainsi exposée faisait douloureusement pointer mes tétons. Le grondement de plaisir que je ressentais grâce à la texture râpeuse de la corde fut encore plus surprenant. Elle était abrasive. Je n'aurais probablement pas dû aimer, mais c'était le cas. J'adorais. Le soupçon de brûlure faisait monter une chaleur au plus profond de mon ventre.

— Qu'est-ce que ça te fait ? demanda Keir en marquant une pause pour me regarder dans les yeux.

J'étais si essoufflée par cette sensation que j'eus du mal à parler.

— Bien… c'est bien.

Il fredonna son approbation, puis enroula le haut de mes bras pour les coller à mes flancs. Chacun de ses mouvements techniques était rapide et confiant, ce qui me rendait à la fois infiniment curieuse et jalouse. Ce n'était pas la première fois qu'il maniait une corde. Je détestais l'imaginer faire quoi que ce soit d'aussi intime avec quelqu'un d'autre.

— Tu t'en sors si bien, Rowan.

Il passa devant moi et admira son travail. Chaque millimètre de ma peau rougit grâce à ses louanges.

— Allonge-toi sur le lit.

Je m'exécutai, de façon assez maladroite, comme l'action de mes bras était limitée. Une fois que je fus en place, mon souffle se coupa dans ma gorge quand je le vis s'agenouiller devant moi.

— Pose tes mains sur tes chevilles.

Ce mouvement m'ouvrit devant lui. Il en profita totalement et me scruta sans vergogne. Une main brûlante glissa sur mon mollet.

— Ce que nous nous apprêtons à faire est une question de confiance. Tu as le contrôle si tu me fais confiance pour respecter tes limites et prendre soin de toi.

— Et toi, qu'est-ce que tu obtiens ? demandai-je curieusement.

— Je te l'ai dit. Ta confiance.

Il commença à attacher ma main autour de ma cheville, évitant mon bandage mouillé, puis il en fit de même de l'autre côté jusqu'à ce que je sois complètement immobilisée.

Si une crise cardiaque pouvait être provoquée par un pur effort physique, mon organe ronronnant était dangereusement proche de cette frontière. J'inspirai lentement par la bouche.

Le grondement guttural de Keir, lorsqu'il approuva, effleura mes oreilles et me réchauffa de l'intérieur.

— Tu es magnifique, petit agneau.

Il s'assit et admira son travail avant de se lever du lit et de revenir avec la spatule. Il observa le petit bout de plastique noir et le fit rouler entre ses mains.

— Encore une fois, ce n'est pas l'idéal, mais elle remplira sa fonction.

— Qui est… ? soufflai-je.

Un éclat malicieux illumina son regard. Il ne répondit pas. Pas verbalement. Au lieu de ça, il retourna l'ustensile et tint la partie spatule pour poser le manche arrondi au milieu de ma poitrine, entre la corde entremêlée. Lentement, il le baissa, le fit passer sur mon sein droit et tourna autour du téton pointu dans une spirale qui se rapprochait de plus en plus du pic.

Je ne pouvais l'expliquer, mais le fait qu'il utilise un objet, plutôt que ses mains, était encore plus électrifiant. Une nervosité incertaine amplifiait l'impatience.

Je me cambrai du mieux que je le pus dans ma prison, le suppliant faiblement de soulager la douleur dans mes tétons. Il comprit. Il posa la main sur ma poitrine et l'enveloppa totalement en épargnant le téton. Il retira ensuite sa main et ses doigts ceinturèrent mon téton à la dernière seconde. Il le tira si vivement que j'eus des étoiles devant les yeux.

Un ronronnement s'échappa entre mes lèvres. Je n'avais jamais émis un bruit aussi licencieux de toute ma vie.

Keir vint lécher mon téton et apaisa la peau tendue avec sa langue.

— Quand on rentrera, on essaiera les pinces à tétons.

Ses dents effleurèrent la chair sensible et envoyèrent un autre éclat de désir vers mon clitoris palpitant.

Un liquide suintait depuis mon orifice.

— J'ai besoin de plus, Keir. *S'il te plaît.*

Ses lèvres se tordirent, trahissant sa satisfaction, alors qu'il ramenait le manche de la spatule vers le milieu et l'abaissait jusqu'à ce qu'il atteigne le sommet de mes replis intimes. J'arrêtai totalement de respirer quand il descendit encore davantage ce bout de plastique froid.

— Je vais te donner tout ce dont tu as besoin, Rowan. Tu me fais confiance pour ça ?

Je hochai impatiemment la tête, sans hésitation.

— Tu es si bonne, mon petit agneau.

Le manche de la spatule était collé à mon entrée. Le voir me caresser avec un objet qui n'était pas fait pour ce but paraissait si tabou et érotique. Je n'avais jamais rien connu de tel. Quand il commença à se masturber, je crus que j'allais perdre la tête à cause du désir.

Était-il possible de jouir sans que mon clitoris soit touché une seule fois ? La vue de son bras tatoué, de son muscle se contractant à chaque va-et-vient sur son épaisse longueur, était sur le point de tester cette théorie. J'étais si dangereusement proche de l'orgasme que j'avais du mal à le croire.

Mes muscles internes se crispèrent furieusement. Je m'exclamai.

— Keir, *je t'en prie* ! lâchai-je en gémissant.

Le manche fut alors en moi. L'objet était inconnu et pourtant satisfaisant, car il apaisait le désir douloureux que je devais combler. Keir me baisa avec la spatule en plastique, son autre main caressant les côtés de mon clitoris. Il se servit de mon corps de la plus délicieuse des manières et j'étais impuissante, je ne pouvais l'arrêter. Non pas que j'en avais envie.

L'impuissance me permettait d'abandonner mes objections et de recevoir simplement le plaisir qu'il me procurait.

Il m'emmena au bord de la jouissance, avant de se focaliser sur ma poitrine douloureuse et d'accorder un peu de temps à mon sexe pour qu'il se calme. Il se baissa ensuite pour lécher mon entrée. Il me taquina une nouvelle fois jusqu'à ce que cela devienne atroce, mais il arrêta quand mes jambes commencèrent à tressaillir et à trembler.

— *Non* ! S'il te plaît, il faut que je jouisse.

— Et tu vas le faire… avec ma queue en toi.

Il aligna enfin son corps avec le mien et attendit que nos regards soient rivés l'un sur l'autre avant de s'enfoncer profondément dans mon conduit sensible.

Quelque chose d'intense se passait entre nous et ça n'avait rien à voir avec la manière délicieuse dont sa verge me comblait. C'était quelque chose d'intangible. De significatif.

— Merde, tu me serres si bien.

Il maintint son corps vers le bas pour que chaque coup de reins de plus en plus urgent le fasse entrer en contact avec mon clitoris.

Je fus de retour au bord de ce gouffre en un instant et des larmes coulèrent au coin de mes yeux, par anticipation de la jouissance.

— *Oui*, Keir. Oui, *comme ça*.

— Pompe ma queue, Rowan, m'ordonna-t-il. Montre-moi que ce corps est à moi.

Un cri franchit mes lèvres.

Mon corps s'embrasa et chaque cellule s'emplit d'une lumière radieuse.

— C'est ma Rowan. Ma *femme*. Tu es à moi, Rowan Byrne. Tout. À. Moi.

Il grogna ces derniers mots à travers ses dents serrées alors que son corps se recroquevillait. À la dernière seconde, il se retira et se masturba tandis que des jets de semence chaude décoraient ma poitrine et mon ventre. Je luttai pour rester consciente à travers ce brouillard orgasmique, fascinée par cette démonstration de possession et de dévotion. Je ne me rappelais pas avoir déjà été si intensément désirée.

Tandis que nos respirations tremblantes comblaient le silence, Keir se pencha en avant et déposa un baiser révérencieux sur chacune de mes rotules. Il passa ensuite doucement un doigt dans la semence sur mon ventre. Son regard se riva brièvement sur le mien, puis il baissa la main et fit rouler son doigt à l'intérieur de mon entrée. Pour me marquer.

Comme si je ne lui appartenais pas déjà de toutes les manières qui comptaient.

Je ne savais pas vraiment comment c'était arrivé, mais c'était vrai. Keir Byrne avait capturé ce qui restait de mon cœur et le maintenait captif dans sa paume. Et plus effrayant encore, je souhaitais qu'il le possède.

🔥

— Je meurs de faim et si je ne bois pas bientôt un café, j'aurai une migraine tout à l'heure.

J'enfilai une chemise propre et fouillai dans ma valise. Nous avions rapidement pris une douche, replacé mes bandages, et désormais, nous nous approchions de la fin de matinée.

— Devrait-on prendre le petit déjeuner ou trouver un endroit où aller déjeuner ?

— Les deux me vont, mais après ça…

Je marquai une pause, ne sachant pas vraiment ce qu'il allait penser de ce que je comptais dire ensuite.

— Je crois qu'il est temps pour nous de rentrer. Je sais que tu n'es pas fan de Stetson, mais j'ai l'impression de lui devoir une excuse et, plus important, cette femme a désespérément besoin de notre aide. Nous devons gérer tout ça. Nous ne pouvons pas nous cacher éternellement.

Et j'avais intentionnellement ignoré le fait que je loupais les cours. Je ne pouvais m'inquiéter de tout en même temps.

Keir apparut dans le cadre de la porte de la chambre.

— Techniquement, c'est possible. Je pourrais nous faire disparaître tous les deux, mais je sais que ce n'est pas ce que nous souhaitons, ni l'un ni l'autre.

Il se rapprocha et ouvrit une petite boîte de pommade.

— Ta main, murmura-t-il.

Il recouvrit mon tatouage de baume, mais j'aurais juré que c'était mon cœur, qu'il guérissait.

— Je vais faire ce qu'il faut pour que nous prenions l'avion demain.

Je hochai la tête, ma gorge incroyablement serrée.

— Merci.

Comme si j'avais besoin de plus de preuves que je

tombais sous le charme de Keir Byrne. Il réveillait des sentiments dont j'avais même ignoré la possibilité. J'avais cru que mes sentiments pour Stetson étaient de l'amour – peut-être pas un amour profondément romantique, mais tout de même une forme d'affection. Désormais, je ne pouvais imaginer comment c'était possible alors que mes sentiments pour lui étaient des versions effacées et pastel des teintes vibrantes que je développais pour Keir.

Il était bien plus que je ne l'aurais jamais imaginé. Passionné. Loyal. Et même tendre quand il voulait l'être. Mais qu'est-ce que cela signifierait pour ma famille et moi ? Il était toujours un criminel.

Est-ce vraiment ainsi que tu le vois ? Parce que je crois qu'il est bien plus que ça.

Bon sang, même Ivy semblait déçue de moi.

Bien sûr que non, Vi. Mais il a beau être vaillant, sous la surface, ça n'efface pas l'horrible vérité de sa profession et les dangers associés.

Stetson n'est pas un criminel et tu as quand même fini en danger. Parfois, les monstres les plus effrayants se cachent au grand jour.

Elle avait raison.

Ce monde était dessiné en teintes de gris. Tout ce que je pouvais faire, c'était regarder mes priorités et décider jusqu'où j'étais prête à m'enfoncer dans l'obscurité.

Pour Keir, je pourrais effacer toute cette hiérarchie.

28

Rowan

À LA PREMIÈRE HEURE, LE LENDEMAIN MATIN, NOUS PRÎMES un avion pour chez nous. Je passai tout le trajet à me mordre les cuticules jusqu'à ce que mes doigts saignent. Que dirait mon père quand je le verrais ?

Nous avions échangé de brefs messages ces derniers jours, mais voir mes parents en personne serait différent. Leur regard me ferait-il comprendre leur déception et le chagrin, que des mots écrits laissaient tacites ? Si les émotions étaient présentes, je les découvrirais dans leurs yeux. Ils ne pourraient me les cacher, car je les connaissais trop bien.

Faire du mal aux gens que j'aimais était la plus grande peur de ma vie.

Je savais à quel point il était facile de causer une dévastation totale dans la légèreté d'un simple moment imprudent furtif.

Keir insista pour me raccompagner jusqu'à la porte de la résidence de mes parents, plutôt que de me déposer devant. Dans une inversion presque ironique de la tradition, Keir m'aida à monter les marches et donna la main de son épouse au père de cette dernière. J'étais probablement plus nerveuse de cette tournure que si cela avait été le contraire.

— Rowan, chérie. Je suis ravi que tu sois à la maison.

Papa m'enveloppa dans une étreinte, soulagé.

Du coin de l'œil, je vis le regard de Keir se river sur celui de mon père. Leur conversation silencieuse saturait l'air de testostérone et de tension.

Je reculai pour attirer l'attention de mon père, espérant neutraliser la situation.

— Je suis désolée de te faire du souci, papa.

— Je suis seulement content que tu sois en sécurité. C'est tout ce qui compte.

Il aperçut ma main bandée et fronça les sourcils.

— Que s'est-il passé ?

— Un accident tout bête.

N'ayant pas envie de l'expliquer, je chassai son inquiétude d'un geste de la main.

Keir intervint avec une distraction bienvenue.

— Je dois assister à une réunion, mais je reviendrai dès que j'aurai terminé. Nous devons discuter de beaucoup de choses.

Mon père le dévisagea, alors que je restais plantée à ses côtés, puis il finit par tendre la main pour serrer la sienne. Keir l'accepta, hocha légèrement la tête dans ma direction, puis nous laissa seuls.

Mes genoux faillirent céder sous l'effet du soulagement à l'idée que ce soit fini. Le premier grand obstacle.

Papa avait dû ressentir la même chose. Il laissa échapper un soupir chargé de lassitude.

— Je veux que tu saches, chérie, que nous allons arranger ça. Dès que je sais que tu es en sécurité, je ferai tout ce qui est en mon pouvoir pour t'aider à couper les ponts avec les Byrne.

Ma main droite s'enroula de façon protectrice autour de la gauche, pour empêcher papa de voir le tatouage.

Bien essayé, ma sœur. Tu n'aimes pas l'idée d'effacer Keir de ta vie. Admets-le.

Je grimaçai intérieurement.

— C'est ce que tu veux ? lui demandai-je en ayant l'air plus petite que je ne l'aurais souhaité.

Papa se figea pour me scruter.

— N'est-ce pas ce que tu veux ?

J'eus soudain du mal à croiser son regard.

— J'imagine que je ne sais pas ce que je veux. Je sais que tu n'aimes pas Keir…

— Le problème n'est pas que je ne l'*aime* pas. Il fait simplement partie d'un monde différent du nôtre.

— Je sais, mais j'ai appris à le connaître ces dernières semaines, et… il est différent de ce à quoi je m'attendais.

Papa se raidit avant de passer une main sur sa calvitie.

— Il m'a assuré que tu étais partante pour le mariage, mais je ne pense pas que c'est ce qu'il voulait vraiment dire. Es-tu en train de me dire que tu *souhaites rester* mariée avec lui ?

Oh, mon Dieu. Pourquoi était-ce si difficile ?

Je me mordillai la lèvre inférieure et tentai de trouver les bons mots.

— J'imagine que ce que je dis, c'est que je ne souhaite pas *ne plus être mariée* avec lui, mais je sais à quel point ce serait navrant pour maman et toi…

Papa se rapprocha et fronça les sourcils. Il parcourut mon visage du regard avec la précision d'un laser.

— Il y a quelque chose de différent, chez toi, dit-il doucement.

Je haussai une épaule.

— Il s'est passé beaucoup de choses, récemment.

Ses traits s'adoucirent.

— Peut-être plus que je ne l'avais réalisé, murmura-t-il avant de placer les mains sur mes bras et de plonger ses yeux dans les miens. Je ne le déteste pas, Ro. Tout ce que j'ai toujours voulu, c'est que tu sois heureuse, et s'il te rend heureuse, par une étrange ironie du sort, je ne m'en plaindrai pas.

— Mais pour ton image ? La prochaine élection n'est que dans un an.

Il leva une main pour m'interrompre.

— Laisse-moi m'inquiéter de ça. Tu as toujours assumé plus de responsabilités que tu ne l'aurais dû depuis…

Il baissa brièvement les yeux vers le sol.

— Enfin, tu sais.

— À vrai dire, je voulais te parler de ça, aussi.

Il m'attira contre son flanc.

— Nous pouvons le faire plus tard. Je devrais prendre des nouvelles de ta mère.

Il déposa un baiser aimant sur mon front.

— Je suis content que tu aies pu rentrer à la maison aujourd'hui.

L'émotion fit trembler sa voix. Papa n'était pas du genre à avoir la gorge nouée et je fus donc immédiatement alertée.

— Maman va bien ? demandai-je en réalisant subitement qu'il était étrange qu'elle ne soit pas présente pour mon retour.

Le sourire que papa me lança en guise de réponse fut teinté de tristesse. Il fut comme un poing qui passait entre mes côtes et serrait mon cœur usé.

— Tu sais à quel point cette journée est difficile pour elle, mais elle sera comme neuve, demain. Comme je l'ai dit, ça l'aide de savoir que tu es ici.

Il se tourna vers le couloir qui menait à la suite parentale, me laissant ébahie et étourdie.

Aujourd'hui.

Mon Dieu, j'avais perdu la notion du temps.

Je sortis mon portable et touchai l'écran. Je vis la date qui me fusillait honteusement du regard. Le 13 octobre. L'anniversaire de la mort d'Ivy.

Comment avais-je pu l'oublier ? Maman s'enfermait toujours dans sa chambre et passait la journée à pleurer. J'avais évité mon téléphone, mais je savais que nous nous approchions de la mi-octobre. Comment avais-je pu oublier ce que cela signifiait ?

Il s'est passé beaucoup de choses, Ro, dit une douce voix qui se fit entendre dans mon crâne. *Ne sois pas si dure avec toi-même.*

Je fermai mes yeux qui me brûlaient à présent.

Je suis vraiment désolée, Vi. Ça n'arrivera plus jamais. Jamais.

Déterminée, j'avançai vers le tiroir de la cuisine où les clés de la voiture familiale étaient rangées. En chemin, mon regard se posa sur l'armoire à liqueurs. Je saisis les clés de la voiture avant d'attraper une petite bouteille de tequila de luxe, puis je me pressai de franchir la porte d'entrée. Oui, c'était imprudent. Oui, je mettais ma vie en danger. Et oui, je détestais quand les héroïnes de roman faisaient des conneries de ce type, mais je le fis tout de même.

C'était pour Ivy.

J'étais allée sur sa tombe le jour de l'anniversaire de son décès chaque année et je ne comptais pas l'abandonner maintenant. Pas quand j'étais la raison pour laquelle elle était morte.

Quand j'étais petite, mon père m'emmenait la voir. Le cimetière se trouvait en périphérie de la ville, donc ce n'était pas le genre de trajets qu'on entreprenait souvent. Pourtant, papa préférait vraisemblablement le faire plutôt que de subir les cris tourmentés de ma mère. C'était le seul jour de l'année où elle s'autorisait à s'effondrer et, mis à part la disparition d'Ivy, écouter ses geignements était la chose la plus terrifiante que j'avais jamais endurée. J'aurais beau avoir sept ou soixante-dix-sept ans, ces bruits hanteraient toujours mes cauchemars. Entendre un parent s'effondrer de cette façon perturbait un enfant. Je n'étais pas une exception.

Très tôt, je m'étais donné pour mission de faire tout ce que je pouvais afin d'être la fille parfaite. Afin de m'assurer qu'ils ne ressentaient que de la joie, trois cent soixante-quatre jours par an.

Le 13 octobre, cependant, était l'unique jour où le chagrin était inévitable pour nous tous.

J'effectuai le trajet en silence. Pas de musique. Rien que ma culpabilité et moi, comme il se devait.

Je conduisais rarement, il me paraissait donc étrange de me retrouver derrière le volant. J'avais obtenu mon permis spécifiquement dans ce but. Je n'en avais pas besoin en ville, mais je voulais que rien ne m'empêche d'aller voir ma sœur.

La journée était étonnamment ensoleillée pour cet automne en Nouvelle-Angleterre. J'en étais ravie. J'aimais visualiser Ivy en train de se complaire au soleil. Elle était enterrée sur un flanc de colline. Ce n'était pas une grande colline, rien qu'une légère pente. Maman et papa avaient acheté un caveau pour nous quatre, à l'époque. Je doutais qu'ils aient autant pensé à leur propre mort, mais avec le décès d'Ivy, il était logique d'acquérir une concession pour permettre à la famille d'être réunie. Par conséquent, sa pierre tombale était facile à trouver, car un halo d'herbe vierge l'entourait.

Ivy Ophelia Alexander
5 août 2000 – 13 octobre 2006
Aimée d'un amour incommensurable
Regrettée dans un chagrin inimaginable

LA PIERRE ÉTAIT un bloc de marbre blanc joliment taillé. L'atmosphère était sinistrement paisible dans le cimetière. Certaines personnes ne les supportaient pas, car ils leur rappelaient leur propre mortalité. Je ne pouvais qu'imaginer que ces personnes n'avaient jamais perdu un être cher.

Pour moi, le cimetière était source de réconfort. Quand je m'asseyais, les jambes croisées, sur l'herbe à côté de la tombe d'Ivy, j'aurais juré que je la sentais ici, avec moi. Elle était constamment présente dans mes pensées, mais c'était différent. Les moments où je rendais visite à ma sœur au cimetière étaient de précieuses bulles de temps, hors d'atteinte. J'en chérissais chacune.

Celle-ci, cependant, était plus difficile à supporter que les autres. La culpabilité que j'avais ressentie tant d'années auparavant refit surface en même temps que la vengeance, cette fois-ci.

J'aplatis ma paume contre le sol et les larmes me montèrent aux yeux.

— Je suis là, Vi. Et j'ai tant de choses à te dire.

En théorie, si l'esprit d'Ivy était cette douce voix dans ma tête, elle voyait la même chose que moi et je n'aurais pas besoin de lui raconter ma vie. Une part de moi pensait sincèrement que c'était la vérité. Que ma sœur était toujours là, avec moi. Mais au cas où je serais totalement folle, je récitais toujours les récents événements à voix haute quand je lui rendais visite pour envisager toute possibilité.

Généralement, je commençais où je m'étais arrêtée lors de ma précédente visite. Celle-ci était différente. Rien de ce qui avait eu lieu avant l'arrivée de Keir ne semblait pertinent. Tout ce qui comptait s'était produit depuis qu'il était venu pour la première fois dans la cuisine de mes parents.

Je détaillai minutieusement chaque événement, tout en sirotant de la tequila dans la bouteille. Je lui parlai de ce que Keir me faisait ressentir, de la fille dans le grenier qui me faisait penser à elle. J'expliquai mes émotions confuses à propos de Stetson et comme je me sentais mal à l'idée de le blesser.

— Tu sais que je ne veux blesser personne. Tout ce que je veux, c'est rendre les gens heureux. Mais pour la première fois, Vi, j'ai commencé à me demander ce que *je* voulais. Et la réponse n'était pas aussi claire que je l'aurais cru. Ou peut-être que la réponse *est* claire, mais que j'ai choisi de l'ignorer. Dans tous les cas, la seule chose dont je peux être sûre, c'est que mon chemin ne m'a pas emmenée où je souhaitais aller. Alors, où est-ce que j'en suis, Vi ?

J'écartai largement les mains et le liquide déborda de la bouteille que je serrais dans mon poing.

Je la regardai et remarquai que le niveau était plus bas que je ne m'y serais attendue. En avais-je renversé ou avais-je tant bu que ça ? M'en préoccupais-je, quelle que soit la réponse ?

Je levai les yeux vers les arbres, au loin, et eus le vertige à cause de ce mouvement.

Je ne tins que jusqu'à midi avant de me mettre à gesticuler tant j'avais envie de retourner avec Rowan. Son père était à la maison avec elle et j'avais confiance dans le fait que sa sécurité rapprochée pouvait gérer, le temps d'une matinée. Personne ne savait que nous étions de retour en ville. Pourtant, le besoin d'être près d'elle enfonçait profondément ses griffes et ne me relâchait plus.

Lorsque je cédai enfin et retournai chez les Alexander, un Evan exténué m'ouvrit la porte. J'espérais que Rowan et lui ne s'étaient pas disputés. Je me disais que le tabasser freinerait les progrès que j'avais commencé à faire avec ma nouvelle femme.

Rowan n'était nulle part en vue et je décidai donc de saisir l'occasion pour discuter en privé avec son père.

— Rowan m'a parlé de sa sœur, dis-je en choisissant de ne pas passer par quatre chemins.

Il était inutile de tourner autour du pot.

— J'ignorais qu'elle avait une jumelle.

Il interrompit brièvement son mouvement alors qu'il était en train de fermer la porte à clé.

— Ce n'est pas facile d'en parler. Je suis surpris qu'elle ait mentionné Ivy.

Sa voix était chargée d'une profonde lassitude.

— Elle ne l'a pas vraiment mentionnée, elle a plutôt craqué.

Je voulais qu'il sache que Rowan souffrait. Il était grandement temps qu'il se confronte à ce fait.

Alexander posa une main sur la console de l'entrée pour se retenir.

— Que s'est-il passé ?

— Trouver cette fille, chez les Wellington, a visiblement fait remonter son chagrin et ses peurs à la surface. A-t-elle eu beaucoup de mal à le supporter, quand c'est arrivé ?

— Rowan est une dure à cuire. Nous l'entendions pleurer la nuit, mais autrement, elle a géré avec une véritable force.

Voilà ce que je craignais.

La colère me picota sous ma peau.

— Aucun enfant de six ans n'est aussi fort, *Evan*. Lui en avez-vous parlé ? Pour voir comment elle s'adaptait ?

Il plissa les yeux.

— En parler n'était pas facile. J'ai perdu une fille, aussi, vous savez, me lança-t-il. De plus, Rowan s'est très bien adaptée. Elle a grandi et est devenue une incroyable jeune femme.

— Non, elle s'est fourrée dans un moule pour répondre à vos attentes et a désespérément tenté de ne pas vous décevoir. Ce n'est pas du tout la même chose, bordel.

Mon ton devenait hostile. Je pris une lente inspiration pour me calmer.

— Dites-moi que vous l'avez au moins envoyée chez un thérapeute spécialiste du deuil.

Son regard de défi fut son unique réponse.

— Seigneur, Alexander. Ne me dites pas que vous ignorez la douleur avec laquelle votre fille vit chaque jour. Pourquoi pensez-vous qu'elle sortait avec le fils Wellington ? Parce qu'elle aimait ce trouduc ? Aucune chance. Elle le faisait pour *vous*. Elle est si déboussolée qu'elle ne sait même pas qui elle est. Elle ne s'autorise à être que la personne qu'elle pense devoir être.

C'était cruel, mais quelqu'un devait arrêter d'enjoliver la vérité.

Son corps entier tressaillit.

— C'est impossible. J'aurais su…

— Ah oui ? Ou voyiez-vous seulement ce que vous vouliez voir ? Quand vous étiez totalement focalisé sur vos ambitions, je veux dire.

Il leva les yeux.

Je m'attendais à ressentir le transpercement de son regard furieux, mais je ne vis que de la contrition dans ses iris marron éplorés. Il me scruta un moment et inclina la tête.

— Vous tenez à elle, n'est-ce pas ?

L'émerveillement dans sa voix m'agaça. Je levai la main pour dévoiler l'anneau tatoué autour de mon doigt.

— Je ne me marie pas sans réfléchir avec n'importe qui, peu importe ce que vous pensez de moi, grognai-je. J'ignore ce que vous imaginiez, mais je prends mes serments au sérieux.

Ses épaules se voûtèrent davantage, jusqu'à ce qu'il recommence à ressembler à la coquille vide de l'homme que j'avais rencontré la première fois.

— J'ai fait de mon mieux, vous savez. Ça n'était pas facile, me dit-il doucement.

Je comprenais que les premières semaines et les premiers mois avaient dû être un enfer, mais quinze ans s'étaient écoulés depuis. J'avais du mal à ignorer le fait qu'il n'avait jamais regardé sa fille avec assez de profondeur, pendant toutes ces années, pour voir à quel point elle souffrait.

— Ce n'est pas à moi que vous devez une explication, dis-je sinistrement.

Alexander leva les yeux pour me dévisager et hocha une fois la tête.

— Vous allez l'emmener, maintenant ?

— Oui.

Il acquiesça à nouveau.

— Je suppose qu'elle est dans sa chambre.

Il n'avait pas besoin d'en dire plus. Notre conversation était terminée.

Je passai à côté de lui pour monter l'escalier quatre à quatre. Sur ma gauche, sur le palier, je voyais l'intérieur d'un grand bureau d'homme. Sur ma droite, il y avait une salle de bains et deux portes fermées. Choisissant au hasard, j'ouvris la porte sur la gauche et découvris une chambre de petite fille, peinte en vert et laissée parfaitement intacte comme s'ils attendaient son retour.

Mon estomac en fut révulsé.

Mon Dieu, il n'était pas étonnant qu'ils ne soient pas passés à autre chose. Leur perte était constamment là, telle une plaie béante qui leur rappelait leur douleur chaque jour. Et face à ce mémorial morbide devait se trouver la chambre de Rowan. Elle était obligée de voir ce sanctuaire abandonné pour toujours, chaque fois qu'elle venait dans cette maison.

Secouant la tête, je fermai la porte et traversai le petit couloir. Je frappai doucement, puis ouvris quand elle ne me répondit pas. Sa chambre était gris pâle. Elle était propre. Elle n'avait pas été réaménagée non plus et contrairement à toutes les chambres d'adolescentes, la sienne n'avait pas de tableau de liège sur lequel seraient punaisés des photos avec des amis, des tickets de métro et des posters de groupe. La chambre était une coquille vide, tout comme la fille qui l'avait occupée.

Plus maintenant.

J'allais trouver un moyen d'insuffler tant de vie en elle que ce chagrin ne pourrait plus s'y attarder.

Je fermai la porte derrière moi et redescendis avant de

découvrir Alexander la tête entre les mains au bar de la cuisine.

— Elle n'est pas dans sa chambre. Où pourrait-elle être ?

Il leva brusquement la tête et fronça les sourcils.

— Elle n'est pas là ? J'ignore où elle...

Il ferma les paupières en prenant visiblement conscience d'une chose, ce qui envoya un éclat d'appréhension dans ma colonne vertébrale.

— Qu'y a-t-il ?

— Aujourd'hui, c'est l'anniversaire de la mort d'Ivy.

Quand il ouvrit les yeux, ils étaient vitreux et injectés de sang.

— Elle va au cimetière tous les ans, en ce jour. J'avais complètement oublié...

Il marqua une pause et croisa mon regard, comme s'il réentendait mes accusations pour la première fois. Il hocha la tête et pinça vivement les lèvres tout en commençant à accepter ses erreurs.

— Je peux vous y emmener.

— Non. Je vais y aller, rétorquai-je.

L'époque où il jouait au protecteur était terminée.

— Dites-moi seulement où je peux la trouver.

⸙

CE FICHU cimetière était presque à une heure en dehors de la ville, bien que je réussisse à faire le trajet en moins de quarante-cinq minutes. J'avais zigzagué comme un fou au milieu de la circulation. Je m'étais probablement pris une douzaine de doigts d'honneur, mais je ne m'en étais pas suffisamment inquiété pour regarder dans le rétroviseur.

Je remarquai alors la berline bleu marine des Alexander stationnée sur une petite allée du cimetière et ce fut à ce moment-là que mon cœur calma son rythme erratique. Non loin du véhicule, une unique silhouette aux cheveux auburn était assise dans ce verger de tombes en marbre.

Je me garai derrière sa voiture. Elle avait dû m'entendre approcher, mais elle ne regarda pas dans ma direction. Elle observait plutôt le sol et une bouteille d'alcool était posée sur ses genoux.

— Tu es là pour m'en faire tout un pataquès ?

Elle n'avait pas l'air totalement ivre, ce qui me soulageait, mais je n'avais aucun doute sur le fait que de l'alcool palpitait dans ses veines.

— Pourquoi, tu veux que je le fasse ?

— Tu le devrais probablement. Je le mérite.

Je glissai les mains dans mes poches et restai debout, face à elle.

— Et pourquoi ça ?

— Parce que je suis un être humain horrible et égoïste.

Elle croisa mon regard et une honte pure me dévisagea. Elle but une gorgée au goulot de sa bouteille avant de se redresser.

— Vous, monsieur Keir Byrne, vous êtes marié à une meurtrière. Je parie que vous ne vous attendiez pas à ça, hein ?

Elle leva les mains et les écarta, comme pour me défier d'être choqué.

Je contournai lentement la tombe.

— Curieusement, j'en doute beaucoup, petit agneau.

— C'est pourtant vrai. Ta femme a tué sa propre jumelle. Nous n'avions retiré les petites roues de nos vélos que deux semaines plus tôt. J'ai été prétentieuse. Je suis descendue du trottoir et je l'ai mise au défi d'en faire de même. Elle était *tellement* stressée. Je savais qu'elle n'avait pas envie de le faire, mais je n'ai pas arrêté de me moquer d'elle et de lui dire qu'elle serait un bébé si elle ne le faisait pas. Je n'avais peut-être que six ans, mais j'étais plus maline que ça. Je savais que nous n'avions pas nos casques et que c'était dangereux, mais je l'ai quand même fait. À la seconde où son pneu avant s'est posé sur la route, le vélo s'est écrasé sur le sol. Elle est devenue immobile et sa tête était contre le trottoir. J'avais tellement peur. J'ai couru dans la rue pour aller chercher maman, qui était assise sur les marches de l'entrée, mais lorsqu'on a rejoint Ivy, c'était trop tard. Elle est morte seule, dans la rue, tout ça à cause de moi.

Je savais que nous avions enfin retiré les dernières couches. Voilà ce qui hantait réellement Rowan. La plaie suppurante qui lui dévorait le cœur.

Elle avait porté ce fardeau comme un nœud coulant autour de son cou depuis ses six ans.

Mes doigts se crispèrent à cause de l'envie d'écraser mon poing dans le visage de son père. J'aurais parié chaque centime en ma possession sur le fait qu'Alexander ignorait que sa fille s'en voulait.

Aussi furieux que je sois, je devais ravaler mes

émotions. C'était à propos de Rowan, pas de moi. Quand je ne fis aucun commentaire, elle poursuivit.

— C'est la raison pour laquelle je ne pouvais laisser cette fille seule, dans le grenier. J'avais déjà été responsable de la mort d'une personne. Je n'aurais pas pu me supporter si ça se reproduisait.

Sa voix devint plus aiguë sur le dernier mot.

Je tendis la main et la posai sur son menton, levant son visage vers le mien.

— Et tu crois que je suis un genre de saint ? demandai-je sans émotion.

Rowan était au-delà des cajoleries. Si je voulais avoir une quelconque chance de l'atteindre, je sentais que le seul moyen serait la simple force de ma volonté.

Je fis un pas en avant, elle en fit un en arrière.

— J'ai tué des gens et pas par accident. J'ai mis fin à des vies, intentionnellement et sans un soupçon de culpabilité.

Nous fîmes un autre pas en même temps.

— Tu crois que moi ou n'importe qui d'autre, nous te mépriserions pour un accident qui est arrivé quand tu étais enfant ?

Son dos heurta enfin un grand mémorial constitué d'un obélisque.

— Arrête tout de suite, bordel, dis-je en me penchant au-dessus d'elle, telle une autorité menaçante et imposante.

Son visage se froissa.

— Tu ne le vois pas ? C'est ça que je crains, chuchota-t-elle. D'arrêter, enfin. Aujourd'hui, pour la première fois en seize ans, j'ai oublié. Avant que papa me le rappelle, je ne m'étais pas rendu compte que c'était l'anniversaire de sa mort.

— La vie continue, Rowan. C'est une bonne chose. Ta sœur voudrait que tu continues et ça signifie que tu dois vivre ta vie. *Ta* vie. Pas la vie que tes parents veulent pour toi, selon toi.

— Mais je leur dois bien ça.

— Conneries.

Je plaçai ma main autour de sa gorge et la collai brutalement contre la pierre.

Le choc lui fit écarquiller les yeux. Je serrai mes doigts. Pas assez pour laisser une marque, mais suffisamment pour minimiser son arrivée d'air. Elle posa les mains sur mon poignet, mais ne lutta pas.

— C'est ce que tu veux ? rétorquai-je. Ce que tu crois mériter ? La mort ?

Ses mains se resserrèrent autour des miennes.

— Si c'est le cas, je peux te la donner. Encore quelques minutes et tout serait terminé.

Ses narines se dilatèrent et la panique envahit ses yeux écarquillés.

Mon regard froid se riva sur le sien et je vis une myriade d'émotions défiler derrière ses grands iris noisette. Je vis le moment précis où son chagrin céda la place au désespoir et à un désir enragé de vivre.

Chaque muscle dans son corps se crispa, en préparation d'un combat. Mais je relâchai plutôt ma prise et approchai mon visage à quelques centimètres du sien.

— Tu veux vivre, Rowan, alors fais-le, grognai-je. Vis ta vie d'une telle manière qu'Ivy aurait été fière de toi.

Elle respira péniblement et son regard devint frénétique comme si elle me voyait pour la première fois. Elle se jeta sur moi, s'accrocha à mon corps et m'embrassa comme si mes poumons contenaient le dernier atome d'oxygène sur terre.

J'insinuai une main sous son legging, vers son centre glissant et enflé.

— Keir ! s'exclama-t-elle. Nous sommes dans un cimetière.

Elle inclina les hanches pour m'offrir un meilleur accès, ce qui éroda son objection.

Deux doigts trouvèrent le chemin pour plonger en elle.

— Ils sont morts. Ils seront heureux de voir un peu d'action.

Le désir rendait ma voix rocailleuse et mes mots devinrent sévères et frustes.

Rowan s'en moquait. Ses yeux roulèrent à l'arrière de leurs orbites tandis qu'elle laissait le plaisir la traverser. J'effleurai son lobe d'oreille avec mes dents avant de l'embrasser dans le cou.

— Tu es incroyable, petit agneau. Tu es si mouillée pour moi. Ton petit sexe est si cupide.

Je sentis ses muscles se serrer autour de mes doigts. Ma verge s'appuya davantage contre ma braguette, ce qui me rappela qu'elle aimerait vraiment beaucoup que ce soit elle, qui décrive des va-et-vient en Rowan.

Néanmoins, mon épouse était bien trop vorace pour ça. En un rien de temps, ses lèvres s'ouvrirent sur un halètement silencieux alors que son corps était saisi de tremblements extatiques. Son orgasme la traversa comme une tempête qui ravagerait les plaines. Je dus l'aider à supporter son poids pour qu'elle reste debout pendant que son corps récupérait.

Je retirai ma main de son legging et levai mes doigts vers mes lèvres, mais je ne les suçai pas avant qu'elle ouvre les yeux. Son goût eut un effet étrange et enivrant sur mon corps. Il envoya un flot d'endorphines dans mon système sanguin et réveilla un besoin primitif de la mettre enceinte pour qu'elle ait notre enfant. De la revendiquer de toutes les manières possibles.

— Il est temps de penser à ce que tu veux, Rowan, dis-je d'une voix rauque à travers mon brouillard de désir. Et non pas à ce qu'on attend de ta part ou à ce que tu crois devoir vouloir. Il est temps de trouver ce qui t'aide à te sentir bien, et de le saisir. La vie est beaucoup trop courte pour que tu te contentes de moins que ça.

Rowan hocha lentement la tête et une lueur de lucidité illumina son regard.

— Bien. Maintenant, je vais te ramener à la maison avant d'être arrêtée parce que je t'ai baisée sur la tombe de quelqu'un.

Elle réprima un sourire.

— Il ne le faudrait pas.

Soudain, ses pas vacillèrent.

— Keir, je ne suis pas certaine que je devrais conduire.

— Je suis convaincu que tu ne le devrais pas.

Je la poussai, une main dans son dos.

— Je vais demander à quelqu'un de récupérer la voiture. Tu viens avec moi.

Apaisée, elle continua, mais marqua une nouvelle pause quand j'eus ouvert la portière côté passager.

— Où m'emmènes-tu ?

— À la maison. Tu vis avec moi, maintenant.

Elle acquiesça, mais ses sourcils restèrent fermement froncés. J'eus l'impression qu'elle n'était pas convaincue et cela m'irritait, sous ma peau. Elle n'avait toujours pas saisi que j'étais dans sa vie pour de bon.

Rowan était à moi et j'allais le lui prouver tous les jours, si nécessaire, jusqu'à ce qu'elle le comprenne totalement.

Keir

Cette nuit-là, pendant que Rowan dormait, je restai allongé sur le lit et réfléchis à ce que j'allais faire ensuite. J'avais deux énormes problèmes – la trahison d'Oran et le danger encouru par ma femme.

Damyon n'avait pas gagné son surnom sans raison. Cet homme était littéralement une ombre – il n'avait pas de nom de famille, pas de business concret ni de liens personnels. Il arrivait de nulle part et se faisait une réputation de barbare en l'espace de quelques semaines.

Lorsque j'avais entendu les premiers bruissements le

concernant, je m'étais presque demandé s'il était une légende urbaine. Comment un homme pouvait-il avoir de la notoriété en si peu de temps, tout en conservant son anonymat ? Comment était-il encore en vie, sans aucune organisation pour le soutenir ? Je me disais que la création de son personnage avait été une tactique pour nous terrifier et que l'histoire changeait au fur et à mesure. Et puis je l'avais vu de mes propres yeux.

Environ six mois auparavant, un mois après que les rumeurs eurent commencé à circuler. J'étais allé assisté à l'un des combats de Torin. La localisation de nos soirées de combats était régulièrement modifiée pour réduire le risque de fermeture de l'établissement. C'était un véritable emmerdement, mais l'argent gagné était phénoménal.

Ce soir-là, nous étions dans un entrepôt de Brooklyn. Nous préférions les sous-sols pour avoir davantage d'intimité, mais cet endroit se trouvait près d'un chantier naval, sur une bande de terre isolée et étrange. Sachant désormais ce que j'avais appris sur les liens entre Damyon et Wellington, cela expliquait probablement son apparition, ce jour-là.

Le combat de Tor était le dernier de la soirée et le seul qui m'intéressait, alors j'étais arrivé tard. Tous ceux qui étaient venus assister aux autres bagarres étaient déjà à l'intérieur. J'étais sur le point d'entrer quand j'avais entendu un bruit bizarre sur le côté du bâtiment. Un miaulement, comme celui d'un animal blessé.

Ce n'était probablement rien, mais j'avais décidé d'aller y jeter un coup d'œil, car Tor était généralement responsable de ces événements, mais il était sans doute occupé à se préparer pour son combat. Si pour une raison quelconque les flics avaient cerné l'entrepôt, je voulais prévenir tout le monde et tirer la sonnette d'alarme. Je m'étais discrètement approché du coin du bâtiment et j'avais écouté. À nouveau, j'avais entendu une complainte aiguë.

Lentement, j'avais jeté un coup d'œil derrière le panneau de métal.

Trois hommes se tenaient au-dessus d'un quatrième qui était allongé sur le sol. Il bougeait, mais d'une manière incohérente et maladive. Je ne les avais observés qu'une poignée de secondes avant que l'un des trois se retourne directement vers moi et me regarde comme s'il savait étonnamment que j'étais là. Je ne m'étais pas dérobé. Je n'avais pas l'habitude de reculer. C'était ainsi que je m'étais retrouvé à fixer les yeux bleus glacials les plus froids et les plus impitoyables que j'avais jamais vus, ainsi que la cicatrice dont j'avais tant entendu parler, qui courait de sa tempe jusqu'à ses lèvres.

Finalement, les deux autres hommes avaient également regardé dans ma direction. J'avais rivé mon regard sur chacun d'entre eux, avant d'observer brièvement l'homme à terre et de me tourner enfin nonchalamment pour m'en aller. Je les avais laissés tranquilles et ils en avaient manifestement fait de même avec moi. Rien n'avait jamais découlé de cette rencontre. Le lendemain matin, cependant, quand les nôtres s'étaient rendus à l'entrepôt pour s'assurer qu'aucune preuve ne menait à nous, ils avaient trouvé l'homme qui gesticulait sur le sol, la veille. Sa langue avait été coupée et enfoncée au fond de sa gorge et au moins la moitié de ses os avaient été brisés.

Nous n'étions pas tendres, avec nos ennemis. Ce serait un mensonge d'affirmer le contraire. Néanmoins, il fallait une cruauté particulière pour provoquer ce genre de dégâts en public. Je m'étais rendu compte ce jour-là que les rumeurs étaient vraies.

Damyon était un psychopathe et il était presque intouchable, car j'en savais si peu sur lui. Et désormais, il souhaitait peut-être la mort de Rowan. J'ignorais quoi faire à ce sujet ou même par où commencer. Pour le moment, le mieux que je puisse faire était de faire connaître ma relation avec elle et espérer que cela éloignerait les loups.

D'un autre côté, la situation avec Oran était beaucoup plus concrète. Je savais ce qu'il fallait faire, mais je détestais l'idée. Toutefois, il était logique de m'occuper d'abord de lui. S'il avait effectivement un lien avec Damyon, il avait peut-être des informations qui m'aideraient à atteindre cet homme.

Que Dieu nous vienne en aide à tous les deux si Oran ne souhaitait pas parler.

Je ferais tout ce qu'il faudrait afin de protéger Rowan et ma famille, mais je détestais penser à ce que cela pourrait signifier.

Je roulai sur le côté et regardai ma femme endormie. Elle me tournait le dos, m'offrant une vue parfaite sur le lierre tatoué le long de sa colonne vertébrale. Elle était si forte. Néanmoins, même les arbres les plus solides avaient besoin de fondations robustes pour leurs racines. Je voulais les lui donner et la voir prospérer. Je découperais le cœur de tout homme constituant une menace pour elle, même s'il appartenait à ma famille.

◊

J'EMMENAI une nouvelle fois Rowan chez ses parents, le lendemain matin, pour qu'elle ne reste pas seule pendant que j'allais retrouver ma famille. Son père devait travailler, mais il s'était arrangé pour que ses gardes du corps demeurent à la maison avec Rowan et sa mère. J'aurais préféré la laisser entre les mains de l'un de mes cousins, mais j'avais besoin de leur présence pour cette conversation. Il était temps de les inclure dans la boucle et de décider ce que nous allions faire concernant Oran.

Le *Moxy* était brièvement fermé pour être nettoyé, tous les jours, de six à dix heures du matin. J'avais planifié le rendez-vous pour neuf heures et j'étais arrivé dix minutes plus tôt. Torin était déjà à l'intérieur, assis au bar, et faisait défiler l'écran de son téléphone.

— Merci d'être venu, dis-je en m'approchant. Je sais que c'est probablement tôt, pour toi.

— Je ne me suis pas battu, hier soir, donc je ne suis pas sorti tard.

Sa définition de « tard » était relative. La plupart du temps, il inversait le jour et la nuit. J'ignorais si c'était à cause de ça ou de sa personnalité, tout simplement, mais ce mec semblait perpétuellement de mauvaise humeur. Il était fiable et loyal – je n'avais aucun problème avec lui –, mais je ne le comprenais pas totalement non plus. J'avais l'impression qu'il aimait que ça se passe ainsi. Il avait toujours été un genre de solitaire.

— Tu montes bientôt sur le ring ?

J'aurais cru qu'à vingt-huit ans, il en aurait fini avec ces conneries, mais à cause de son aigreur, il restait dans la partie. C'était son choix.

— Rien de prévu, pour l'instant. On va faire une démonstration avec un nouveau gars venu de Cuba, ce soir. Je me suis dit que j'allais voir ce qu'il avait dans le ventre. S'il me convient, j'organiserai peut-être un match avec lui.

— Dis-le-moi, si tu le fais. Je viendrai te voir.

— Ne l'encouragez pas, monsieur, intervint Stormy avec son petit accent sudiste quand elle contourna le bar. Il n'a aucune raison de faire ça. Il va finir par se blesser, voilà tout.

Les commissures de mes lèvres tressaillirent vers le haut.

— Rien de tel qu'une petite douleur pour qu'un homme se sente en vie.

Torin grogna.

Stormy posa sur le comptoir les verres empilés qu'elle portait et leva les yeux au ciel.

— Si tu as besoin de sentir que tu es en vie, va faire du saut à l'élastique ou cours un marathon. Il est inutile de risquer des lésions au cerveau pour un peu d'adrénaline.

Je frottai mes articulations contre la tête de Torin.

— Il n'y a aucun risque là-dedans, Stormy.

— Va te faire foutre, me lança-t-il ironiquement.

Et si je ne me trompais pas, il m'avait peut-être même adressé un petit sourire narquois.

La porte d'entrée s'ouvrit brutalement, laissant entrer Conner, mon père et ma grand-mère dans un rayon aveuglant de lumière.

Mais que faisait Nana Byrne ici, bon sang ? Je fusillai mon père du regard.

Il leva les mains d'un air agacé.

— Ne commence pas. Elle a un rendez-vous chez le médecin dans une heure. Tu voulais qu'on se voie ? C'était le seul moyen pour que ça fonctionne.

Seigneur.

Nana continua d'avancer vers le bar en s'appuyant lourdement sur son déambulateur.

Stormy sourit.

— Je serai ravie d'être en compagnie de Nana pendant que vous discutez, les garçons.

— C'est adorable de ta part, ma fille, dit Nana. Mais pour l'instant, balance-moi un shot de whisky, puis j'écouterai quel est l'état actuel de nos affaires.

— Man', il est neuf heures du matin, s'emporta mon père. Et nous sommes sur le point d'aller au cabinet de ton cardiologue. Tu veux vraiment t'y pointer en puant le whisky ?

Elle le regarda d'un air renfrogné.

— Et qu'est-ce qu'il va me faire, Jimmy Byrne ? Me mettre au coin ? J'ai quatre-vingt-cinq ans, et je vais boire un petit verre si j'en ai envie.

Elle se retourna et hocha la tête en direction de

Stormy, qui réprima un sourire et lui versa une dose respectable de whisky.

Nana avala le liquide cul sec comme s'il s'agissait de jus de pomme, puis se retourna.

— Très bien. Commençons.

Personne n'était prêt à la contredire. Je hochai la tête en direction de Stormy, lui indiquant de se faire discrète, et nous choisîmes une table suffisamment grande pour accueillir notre groupe avant de tirer nos chaises.

— On n'attend pas Oran ? demanda Conner.

Mon père me regarda impatiemment, sa curiosité maintenant piquée. Les réunions familiales impliquaient généralement les chefs de chaque branche de la famille. Des trois frères Byrne originels, Brody était décédé et Tully, qui était le moins engagé des trois, participait rarement, désormais. Torin, bien qu'il soit le cadet de Tully, avait assumé la responsabilité de cette branche. Conner était devenu le représentant de l'unique sœur Byrne, Mirren, tandis que mon père et moi travaillions souvent ensemble, comme il n'était pas encore prêt à me passer le flambeau. La lignée de Brody était donc absente lors de notre réunion.

— Je n'ai pas invité Oran, parce qu'il est le sujet de notre réunion et, pour la même raison, je ne pensais pas qu'il était sage d'appeler Shae.

En tant que seule femme Byrne lourdement impliquée dans les affaires familiales, elle était aussi la sœur cadette d'Oran.

Mon père s'enfonça sur sa chaise et plissa les yeux.

— De quoi s'agit-il exactement, fils ?

Quatre paires d'yeux bleus me transpercèrent.

— Mes inquiétudes ont commencé le jour de la mort d'oncle Brody, expliquai-je.

Mon père grogna.

— Tu ne vas pas recommencer avec ces conneries.

Mes poils se hérissèrent et dans une démonstration de colère qui ne me ressemblait pas, j'écrasai mon poing sur la table.

— Je n'aime pas plus que toi cette idée, mais il faut qu'elle soit évoquée et tu vas m'écouter, bordel.

La tension envahit la pièce tel un flot déchaîné.

Je pris calmement une lente inspiration et racontai à ma famille tout ce que j'avais appris ces dernières semaines. Oran avait été la seule personne qui savait où Brody se trouvait le soir de sa mort. Je parlai de la femme avec qui je l'avais vu et de la disparition de cette dernière. Et finalement, les armes volées qui étaient réapparues dans les mains de Russes.

Je n'aurais pas dû être surpris quand Nana fut la première à répondre, ses lèvres ridées fermement pincées.

— Ce sont des accusations très sérieuses, Keir.

— Je suis d'accord, c'est la raison pour laquelle je souhaitais qu'on en discute en famille avant de prendre une quelconque décision.

— Oui, et c'est exactement ce qui devrait être fait.

Elle acquiesça et croisa les bras.

— Oran fait partie de la famille, comme nous tous, poursuivit-elle, et il devrait avoir l'opportunité de s'expliquer. Tu n'en voudrais pas moins, si tu étais à sa place.

— J'avais prévu de le lui proposer, lui dis-je. Mais je crois que nous devrions tous être sur la même longueur d'onde quant à la manière de l'aborder.

— Le plus tôt sera le mieux, dit Torin avec une certaine nervosité dans son ton habituellement sec. S'il y a bien une raison pour que nous soyons inquiets, je ne voudrais pas qu'il ait vent de nos suspicions.

— Je suis d'accord, intervint Conner. Je dis que nous devrions le faire ce matin. Nous l'attendons à l'étage. C'est notre meilleure chance d'obtenir des réponses honnêtes.

Mon père fronça les sourcils.

— Je ne peux pas me joindre à vous, mais j'imagine qu'il vaut mieux que vous gériez la situation tous les trois. Il est votre cousin, ajouta-t-il à contrecœur.

Il n'était pas facile pour mon père de laisser tomber. Si Nana n'avait pas été là, j'ignorais ce qu'il aurait fait.

— Qu'allons-nous dire à Shae quand elle nous demandera pourquoi elle n'a pas été informée de la situation avec son frère ? s'enquit Conner. C'est moi qui dois travailler avec elle et je n'ai pas envie de devoir passer les six prochaines semaines à surveiller mes arrières dans mon propre bureau.

J'y avais réfléchi et j'avais une réponse à lui fournir.

— Papa lui a demandé de jouer à la baby-sitter avec Devlin, le mec envoyé de Dublin.

— Quel mec de Dublin ? me défia Conner en se redressant sur sa chaise.

J'échangeai un regard avec mon père.

— Personne ne t'en a informé ?

Conner était rentré de sa lune de miel, quelques jours

plus tôt, et passait la majeure partie de son temps avec sa femme.

Mon père haussa les épaules.

— Ça ne valait pas le coup de déranger les tourtereaux en lune de miel.

Je lui expliquai brièvement.

— Ce n'est pas très pertinent, pour le moment, mais le mec est arrivé de nulle part. Il a dit qu'il était envoyé de Dublin pour se renseigner sur les problèmes avec les Albanais.

Conner ricana.

— Ils sont résolus depuis des semaines.

— Exactement. C'est la raison pour laquelle on a demandé à Shae de le surveiller. Juste au cas où.

— Au cas où quoi ? questionna Conner en nous regardant tour à tour, mon père et moi.

Papa haussa une nouvelle fois les épaules.

— Qui sait ? Les gars du vieux continent font les choses un peu différemment. Nous sommes presque totalement affranchis, mais de vieilles rivalités demeurent vivaces.

— Exactement ce dont on a besoin, marmonna Conner.

Torin grogna.

Nana sourit.

— Comme au bon vieux temps. C'était un véritable plaisir, vous autres.

Elle se leva et mit un terme à notre réunion.

— Maintenant, va parler à ton cousin et arrange ça. Je

n'ai jamais toléré que mes garçons se battent et je ne compte pas commencer aujourd'hui.

Elle cogna son déambulateur contre les chaises les plus proches et se fraya un chemin jusqu'à la porte.

Papa la regarda et secoua la tête, abattu.

— Appelle-moi quand ce sera terminé, ajouta-t-il discrètement.

Je relevai le menton. Nana n'avait peut-être pas été perturbée par ce qu'elle venait d'apprendre, mais je n'étais pas si optimiste. J'avais aussi évité intentionnellement de mentionner les liens entre Oran et Rowan, car je n'avais pas envie de discuter des éventuelles implications devant Nana. C'était une vieille femme solide, mais cela lui ferait mal au cœur de savoir ce que j'avais prévu de faire si Oran tentait de dissimuler des informations. Je n'avais jamais cru à cette histoire de fils prodigue. Les gens étaient soit des amis, soit des ennemis, et une fois que la frontière était franchie, il n'y avait plus de retour en arrière possible.

♦

ORAN AVAIT un bureau face au mien, au-dessus du *Moxy*, bien qu'il soit peu impliqué dans le club en question. Comme son père avant lui, il était devenu le visage de notre organisation. Si mon père était le cerveau, oncle Brody en avait été le visage. Il faisait du relationnel avec des personnalités puissantes de tous les milieux. Oran avait suivi ses pas et s'était assuré d'avoir accès à chaque personne qui avait un tant soit peu d'importance.

Cette configuration m'avait toujours convenu. Je n'avais certainement pas envie de parler avec quiconque et encore moins de me montrer amical. Cependant, comme la majeure partie de mon temps était accaparée par la gestion du club de strip-tease et que Conner dirigeait *Le Bastion*, la supervision de l'empire familial dans son ensemble était lentement passée de mon père à Oran. Je n'avais pas imaginé que ce délire autocratique monterait à la tête de mon cousin, mais je m'étais apparemment trompé.

Tous les trois, nous allâmes nous mettre à l'aise dans le grand bureau d'angle. Conner était assis sur le canapé en cuir tandis que Torin et moi avions opté pour des fauteuils. Nous étions restés silencieux en montant, mais Conner entama la conversation une fois que nous fûmes installés.

— On dirait que j'ai manqué certaines choses pendant ma lune de miel. J'ai entendu dire que tu avais réussi à caser un mariage pendant mon absence.

Conner exigea une explication avec son regard.

J'inclinai le menton, discernant la petite critique sous-entendue.

— Je suis ravi que tu l'évoques, parce que nous devons également en discuter.

— Je savais qu'oncle Jimmy voulait se rapprocher du gouverneur. C'est la dernière info que j'ai eue.

— C'était le cas, mais ça ne faisait pas partie des raisons pour lesquelles j'ai épousé Rowan. C'est compliqué. Mais si nous avons été si vite, c'est parce qu'elle est en danger. Damyon est lié, d'une manière ou d'une autre, à un ami de sa famille. Rowan a découvert que cet ami retenait une femme enchaînée, chez lui. Damyon et lui sont maintenant au courant qu'elle a vu cette femme.

— Seigneur, elle va avoir une cible de la taille du Rhode Island dans le dos.

Tor grogna son approbation.

— J'en ai conscience, rétorquai-je. Comme je l'ai dit, ces quelques semaines ont été compliquées.

Conner resta silencieux une seconde, mais à en juger par la manière dont son regard était rivé sur moi, il n'en avait pas fini.

— Le mariage… c'est audacieux. Ça ne doit pas être n'importe quelle fille pour que tu lui accordes ce genre de protection.

Il insistait pour avoir d'autres informations. Ça ne me dérangeait pas. Je n'avais nullement besoin de cacher ce que je ressentais pour Rowan.

— Elle est à moi et maintenant, tout le monde le sait, dis-je en le fixant dans les yeux.

Conner sourit.

— Bah ça alors ! Félicitations, mec.

Il se tourna vers Torin et le gratifia d'un petit sourire.

— On dirait que tu es le suivant.

— Oh, hors de question.

Conner et moi nous esclaffâmes, mais notre rire mourut rapidement quand la réalité de notre situation actuelle s'infiltra une nouvelle fois dans nos esprits. Nous ne savions pas vraiment quand Oran arriverait, mais la chance fut de notre côté. Moins de dix minutes plus tard, notre cousin se pointa dans l'embrasure de la porte de son bureau et son regard d'acier croisa le nôtre.

— N'est-ce pas une réunion de famille sympathique ? À quoi dois-je ce plaisir ?

Sa voix était teintée de méfiance, ce qui était justifié. Nous ne venions pas à l'improviste sans qu'il y ait une raison. Une sérieuse raison.

Je me levai lorsqu'Oran avança pour s'asseoir derrière son bureau. Mon langage corporel resta nonchalant, mais j'étais grandement conscient que mon revolver était dans mon holster, chargé et prêt. Les hommes n'étaient rien d'autre que des animaux, quand ils étaient acculés. Je n'avais pas envie de penser que mon cousin serait capable de nous tirer dessus, mais il était dos au mur. Au sens figuré et au sens propre.

— Nous aimerions te parler de certains problèmes que nous avons relevés.

— Je vois. Et de quoi s'agit-il ?

— Très récemment, j'ai aperçu deux SIG 550 s en possession d'une personne qui n'aurait pas dû les avoir.

— Qui ? demanda-t-il alors que son regard se durcissait.

— Des hommes travaillant pour Damyon. L'Ombre.

Je ne lui donnai pas davantage d'informations. Je trouvais que mes interrogatoires étaient plus productifs quand je laissais mon sujet remuer sous l'effet de la gêne.

— Les armes auraient-elles pu avoir une autre source ? questionna-t-il sans être excessivement nerveux.

— Il y a peu de chance. Tu le sais. Pas des fusils militaires comme les nôtres.

Il se frotta distraitement le menton.

— J'imagine qu'ils auraient pu être derrière ce vol, mais comment auraient-ils pu être au courant de la livraison ?

La pièce était silencieuse. Nos regards ressemblaient à trois paires de dagues mortelles dirigées vers Oran.

— C'est ce que nous aimerions savoir, dis-je enfin.

Il sortit de ses pensées et nous dévisagea, l'un après l'autre.

— Vous ne croyez pas sérieusement que j'avais quelque chose à voir avec ça ?

— À toi de nous le dire. C'est toi qui as insisté pour que le trafic d'armes continue. Tu as géré le marché. Tu étais le seul à connaître tous les détails.

— C'est dément, putain, grogna-t-il en nous montrant ses dents. Vous ne pouvez pas croire que je trahirais ma famille ainsi.

— Je n'en sais rien, Oran. Peut-être que la trahison, c'est facile pour toi. Je t'ai vu parler à de multiples reprises avec cette jeune serveuse, au rez-de-chaussée, comme si vous vous connaissiez bien. *Très* bien. Je n'aurais pas cru que tu manquerais ainsi de respect à ta femme, non plus. Nos pères nous ont mieux éduqués. Et pourtant, étrangement, elle a disparu peu de temps après que je vous ai remarqués tous les deux. Elle n'est pas venue travailler, un jour. Mais j'imagine que tu ne sais rien à propos de ça, non plus.

Oran me pointa du doigt, la fureur luisant dans ses yeux.

— J'essayais de l'aider. Et je ne sais rien à propos de sa disparition.

Son déni catégorique faisait bouillonner ma colère.

— Alors comment expliques-tu que tu étais le seul à savoir que ton père avait décidé de passer au *Moxy*, la nuit où il est mort ? lui rétorquai-je. Ça ne faisait pas partie de sa routine. Tu t'attends à ce que nous croyions à une coïncidence ?

Oran bondit et écrasa ses mains sur le bureau en se levant. En une même seconde, Torin, Conner et moi brandîmes nos armes.

— Je n'ai *PAS* organisé l'assassinat de mon père. Le perdre m'a *détruit* et si je dois prendre une balle pour le prouver, alors *appuyez sur cette foutue détente*.

Le regard d'Oran s'était embrasé.

Les secondes s'écoulèrent. Cinq. Dix. Quinze.

Je baissai lentement mon arme, bien que mes cousins gardaient la leur en l'air.

— Alors comment expliques-tu tout ça, Oran ? Parce que nous avons besoin de putains de réponse.

Sa fureur vacilla et s'effaça pour laisser place à ce qui ressemblait à de la peur. Il aplatit les mains sur le bureau et se pencha comme s'il était las du poids de son fardeau.

— Je n'ai rien dit, parce que je n'ai jamais pu obtenir de preuve et je détestais formuler des accusations que je ne pouvais étayer. Pas de telles accusations.

Il leva lentement la tête jusqu'à ce que son regard tourmenté croise le mien.

— Caitlin le savait. C'est elle qui a passé un coup de fil à papa pour lui demander de faire un saut au club, de ma part. J'avais une horrible migraine et je lui ai demandé de l'appeler pendant que je m'allongeais.

La pièce explosa dans un silence assourdissant.

Caitlin ? La douce, la réservée ? Essayait-il de tout lui mettre sur le dos ? Je jetai un coup d'œil à mes cousins, de chaque côté, et m'efforçai de comprendre ce qu'il se passait, mais leur visage montrait qu'ils étaient tout aussi confus que moi.

— Qu'est-ce que tu sous-entends, exactement ? demandai-je.

Conner baissa son arme, mais fit un pas menaçant vers l'avant.

— Tu es en train de balancer ta femme aux loups pour sauver ta peau ?

— Tous les trois, vous me pensez vraiment capable d'une telle chose ? ricana Oran en rivant son regard sur chacun de nous.

Mes poils se hérissèrent.

— Tu serais obligé d'en arriver à la même conclusion que nous si tu étais à notre place. Maintenant, dis-nous ce que tu as à nous dire, bordel.

Il prit une profonde inspiration lasse, et ses épaules se voûtèrent.

— Quelque chose clochait, après la mort de papa. Je n'arrivais pas à me débarrasser de ce sentiment de malaise, à l'idée que ce soit une sacrée coïncidence, mais j'ignorais comment l'expliquer autrement. Et puis les armes ont été volées.

Il passa une main dans ses cheveux.

— Mes notes, à propos de l'échange, étaient dans mon

bureau, à la maison. Je pensais que c'était plus sûr qu'ici, au club. Personne d'autre n'était au courant de la livraison. Je n'en avais même pas parlé à nos gars, alors que je l'aurais fait habituellement, mais la mort de papa m'avait rendu paranoïaque. Le lendemain, les armes avaient disparu. Une autre coïncidence déroutante – quel manque de chance que quelqu'un tombe par hasard sur la livraison et la vole ? Encore une fois, je n'avais aucune preuve directe impliquant Caitlin ou qui que ce soit d'autre. Comment étais-je censé accuser ma femme de cette connerie sans un soupçon de preuve ? Nous ne sommes peut-être pas des amours d'enfance, mais elle est ma putain d'épouse. Je ne savais pas quoi faire, à part commencer à la surveiller comme un faucon.

— Tu verrouilles la porte de ton bureau, chez toi ? demandai-je.

Oran grimaça.

— Non. J'ai envisagé de la fermer à clé, quand les armes ont disparu, mais je me suis dit que ça allait éveiller ses soupçons.

— Et tu as été incapable de trouver quoi que ce soit sur elle, depuis ?

— J'ai fouillé notre maison de fond en comble, j'ai cherché dans son téléphone et je l'ai même suivie quand je le pouvais. Elle est si irréprochable que j'ai même remis ma propre santé mentale en question.

— Elle était au *Moxy*, intervint Tor d'une voix impassible.

Nous rivâmes nos regards sur lui.

— Je n'en ai rien pensé, mais je l'ai vue se disputer avec cette fille.

— Cette fille ? demandai-je.

Torin baissa finalement son arme.

— Ouais, Darina, la serveuse qui a disparu. Caitlin lui a parlé, à l'arrière du club, un jour. J'ai trouvé que c'était bizarre, mais ça ne me regardait pas.

Un cocktail d'émotions s'agita sous ma peau – l'incrédulité, la méfiance et le soulagement. Cela pourrait-il être notre réponse ? La douce Caitlin était-elle coupable de ces crimes impardonnables contre notre famille ?

— Elle a dit que tu travaillais avec son frère, dis-je à Oran en me rappelant ma conversation avec elle, dans le jardin de Paddy et Nana.

Le visage d'Oran se froissa dédaigneusement.

— Sérieusement ? Flynn est un salopard avec un ego suffisamment gros pour faire couler le *Titanic*. Je reste à l'écart à tout prix.

Merde alors.

Je n'avais jamais pensé à Flynn Donovan.

— Pourrait-il se servir d'elle ? La manipuler pour qu'elle lui donne des informations ?

Je n'étais pas certain de l'influence qu'il pourrait avoir, mais cela éclaircirait beaucoup de choses.

— C'est la seule explication logique, répondit gravement Oran.

Avant la réunion, je m'étais mentalement préparé à ne pas être balayé par son déni, juste parce qu'Oran était mon cousin. J'avais renfermé toute émotion et tenté de le voir comme n'importe quel homme que je soupçonnerais de nous entuber. Même en me servant de mon filtre le plus impartial, chaque fibre de mon être était d'accord avec lui. Il disait la vérité. Oran n'avait pas trahi la famille.

J'étais si soulagé.

Je glissai mon arme dans son holster, pressant mes cousins d'en faire de même. Tous les quatre, nous nous assîmes pour encaisser les répercussions de cette nouvelle information. Je fus le premier à formuler mes pensées.

— Flynn aurait-il pu vraiment croire qu'il s'en sortirait ?

Toute cette histoire m'interloquait.

— Qu'aurait-il pu espérer accomplir ?

Conner secoua la tête, incrédule.

— La famille Donovan est tombée en ruine il y a plusieurs années. Au point où ils en sont, on ne peut pas la ranimer.

— J'en ai assez de me demander pourquoi, dit Oran avec un calme mortel. La question, c'est qu'allons-nous faire à ce propos ?

Je regardai Conner.

— Tu as toujours ce stock de sérum de vérité que tu as acheté quand on avait besoin d'informations de la part des Albanais ?

Il hocha la tête.

— Quand j'ai vu à quel point il fonctionnait, j'ai fait des réserves.

Bien.

— Alors, je dis que nous devrions aller chez toi, Oran, pour obtenir des réponses.

Je soutins son regard tourmenté et mon cœur se serra.

— Je suis désolé d'avoir douté de toi. J'espère que tu comprends.

Ses yeux gris se durcirent pour devenir de l'acier.

— C'est ça, le truc. Je comprends, parce que la piste menait directement à ma porte. C'est bien ça, le pire. Je crois qu'elle m'a piégé pour que je porte le chapeau.

C'était tordu.

Comment avait-elle pu prêter serment, se tenir aux côtés d'Oran, le laisser pénétrer son corps, tout en le condamnant à mort ?

C'était terriblement insensible. Je n'imaginais même pas ce que mon cousin devait ressentir.

— Allez, finissons-en. Cette connerie se terminera aujourd'hui.

La sécurité me laissa entrer quand j'arrivai chez mes parents. Je jetai un coup d'œil au rez-de-chaussée et ne vis pas ma mère. Je décidai donc d'aller me détendre dans ma chambre. Lorsque je parvins sur le palier, je remarquai immédiatement que la porte de la chambre d'Ivy était légèrement ouverte. Elle était toujours fermée. Toujours.

Je n'étais pas entrée dans cette chambre depuis des années. Je n'aimais pas la vague de souvenirs qui me heurtait quand j'y allais, mais je sus instinctivement que maman s'y trouvait et que j'avais besoin de la suivre.

Chacun de mes pas paraissait plus lourd que le précédent, mais finalement, j'atteignis la porte. J'avais eu raison. Maman était à l'intérieur, assise sur le lit, l'ours rose d'Ivy serré contre sa poitrine. Pendant toutes ces années, depuis la mort de ma sœur, je n'avais jamais vu ma mère entrer dans cette pièce. J'avais toujours trouvé bizarre qu'elle insiste pour que rien n'y change, étant donné que personne ne voyait cette chambre. Toutefois, quand mon regard croisa le sien, je sus que je m'étais trompée. Ma mère était chez elle, ici. C'était son portail vers la fille qu'elle avait perdue.

Je m'attendais presque à ce qu'elle bondisse et me chasse de là, mais ça n'arriva pas. Elle me sourit plutôt et tapota le lit à côté d'elle. J'avais l'impression d'avancer dans un autre espace-temps, mais j'entrai dans la pièce ombragée et la rejoignis.

— Tu vas bien ? demandai-je doucement.

— Oui, ma puce. Je réfléchis, c'est tout. Je le fais souvent, dernièrement.

— Ah oui ?

J'ignorais si c'était une bonne chose ou non. Maman et moi n'avions jamais été particulièrement proches – j'étais plutôt une fille à papa – et nous n'ouvrions certainement pas nos cœurs pendant nos conversations, alors je ne savais pas où elle voulait en venir.

— Je crois qu'il est temps de changer. Ça semble probablement fou que je n'aie jamais touché à cette pièce, mais… j'en étais incapable. Ce n'est toujours pas facile, mais même si Ivy était présente, elle ne voudrait pas que sa chambre soit si enfantine. Je pensais que nous pourrions rafraîchir un peu l'ensemble, la rénover un peu. Nous pourrions créer une chambre d'amis inspirée par Ivy.

Elle me regarda avec tant d'espoir que ma poitrine se comprima.

— Tu crois… que tu voudrais travailler là-dessus… avec moi ? Je me disais qu'on pourrait le faire ensemble.

Je dus déglutir deux fois avant de réussir à faire passer des mots au-delà de la boule que j'avais dans la gorge.

— Oui, maman. Je trouve ça génial.

Elle hocha la tête avant de baisser les yeux et de renifler légèrement. Elle me regarda ensuite et sourit. Elle leva une main et dompta une de mes mèches rebelles.

— Tu n'es pas maquillée, aujourd'hui.

— Non… Je ne portais pas de maquillage quand Keir et moi sommes partis et c'était assez sympa. De laisser ma peau respirer.

Son regard s'adoucit.

— J'en suis ravie. Tu es parfaite comme tu es.

Un torrent d'émotions déchira ma poitrine, mais avant qu'il puisse me submerger, maman se leva et sourit.

— Tu as pris un petit déjeuner ? Je pourrais nous préparer des œufs.

— J'ai déjà mangé un petit quelque chose, mais merci.

— D'accord, je vais me faire à manger.

Elle me toucha encore une fois légèrement les cheveux avant de se retourner. Je la suivis hors de la pièce et marquai une pause en la voyant disparaître en bas de l'escalier. Perdre Ivy l'avait brisée. Bien que j'aie eu du mal, moi aussi, ma connexion avec ma jumelle me donnait toujours l'impression de conserver une partie de ma sœur. Maman me rappelait l'un des enfants perdus dans Peter Pan, celui qui ne trouvait jamais ses billes. Elle faisait de son mieux, mais cette perte l'avait laissée à la dérive et elle n'avait jamais retrouvé son chemin.

Soupirant lourdement, je traversai le couloir jusqu'à ma chambre. J'avais besoin d'être seule, une minute, pour encaisser.

Je m'allongeai sur mon lit et observai distraitement le lustre au-dessus de moi. J'avais dû m'assoupir, car mon portable vibra ensuite dans ma poche et me réveilla en sursaut.

Stetson : On peut discuter ?

Une culpabilité poisseuse tomba dru sur moi.

Je l'avais évité et ce n'était pas mon genre. J'aimais évoquer directement les choses, mais je n'avais aucune idée de la manière d'expliquer ce qu'il s'était produit. Stetson et moi, nous étions ensemble depuis un an et nous nous connaissions depuis bien plus longtemps. Nous n'étions pas aussi amoureux que je l'avais cru, mais cela ne signifiait pas pour autant que mes actes n'avaient pas été une sévère trahison. Bien que ce soit difficile, l'aider à tourner la page était le moins que je puisse faire.

Moi : Bien sûr. Mais je suis chez mes parents.

Stetson : Je suis chez papa. Tu pourrais passer ?

Keir me tuerait si je mettais encore un pied hors de cette maison. J'avais beau me sentir coupable, je n'envisageai même pas cette option.

Moi : Je ne peux pas. Tu pourrais plutôt venir ici ? Je suis désolée. C'est compliqué.

Stetson : Oui, j'arrive bientôt.

Visiblement, ma journée serait emplie de conversations gênantes. Quelle joie !

Je pris une profonde inspiration et tentai de me concentrer sur le fait qu'au moins, ce serait terminé sous peu.

Oran, Conner, Torin et moi nous entassâmes dans ma voiture pour aller confronter Caitlin. Nous nous arrêtâmes brièvement au *Bastion* en chemin pour récupérer ce dont nous avions besoin, puis nous arrivâmes devant l'immeuble où se trouvait l'appartement d'Oran juste avant midi.

J'avais envoyé un message à Rowan pour prendre de ses nouvelles quand j'avais attendu que Conner fasse un saut au *Bastion*. Elle m'avait assuré que tout allait bien. Je détestais devoir m'inquiéter à son propos, mais m'occuper de Caitlin m'aidait. Au moins, j'avançais vers une solution, d'un côté. Une fois que ce serait terminé, mes cousins et moi trouverions un moyen de gérer Wellington et Damyon.

— Tu es prêt ? demandai-je doucement à Oran alors que nous approchions de l'ascenseur.

— Ne t'en fais pas pour moi.

Il était resté silencieux pendant le trajet et rien d'autre qu'une détermination résolue ne marquait son visage, mais je savais que cela devait être difficile.

— Tu n'es pas obligé de faire ça, tu sais. On peut s'en occuper sans toi.

— Si elle répond à qui que ce soit, ce sera à moi. C'est mon père, qu'elle m'a volé.

Ce n'était que justice.

Nous ne dîmes plus un mot en montant à l'étage ou même quand nous entrâmes dans l'appartement. Caitlin nous salua dans le salon et son sourire tremblota à cause des regards acerbes qu'elle reçut en retour.

— Que se passe-t-il ? demanda-t-elle d'une voix hésitante.

— Pourquoi n'irais-tu pas t'asseoir ? dit Oran en désignant le canapé d'un signe de tête. Il faut qu'on parle.

Le regard de la jeune femme dériva vers nous avant qu'elle obéisse. Torin, Conner et moi, nous nous positionnâmes le long des murs de la pièce.

— Vous me faites peur.

Personne ne prononça un mot.

Oran avança lentement vers son épouse.

— Depuis combien de temps prévois-tu ça, Caitlin ?

Sa voix était tel le grondement menaçant d'une panthère furieuse.

Elle fronça les sourcils.

— Quoi ?

— Notre mariage faisait partie de ton plan pour nous faire tomber, ou t'es-tu simplement servie de cette opportunité à ton avantage ?

— Pour vous faire tomber ? Oran, je ne sais pas de quoi tu parles.

Elle le suivit intensément du regard, avec ses yeux écarquillés, tandis qu'il commençait à faire les cent pas.

— Tu as passé cet appel à mon père, cette nuit-là. Toi et moi, nous étions les seuls à savoir qu'il serait là-bas.

Sa mâchoire se décrocha, comme si elle était prête à le contredire, mais il continua.

— Je ne voulais pas le croire, mais quand les armes ont disparu, je savais que quelque chose n'allait pas. Nous avions une taupe, au mieux, et un putain de *traître* au pire. Tu as fait du bon boulot, en laissant croire que c'était moi. Tu as berné mes cousins.

Il tendit la main derrière son dos et sortit un neuf millimètres noir. Faisant un pas en avant, il posa nonchalamment le canon contre la tempe de son épouse.

Le corps de Caitlin trembla quand il fut traversé d'un sanglot et que les larmes lui montèrent aux yeux.

— S'il te plaît, Oran. Je n'ai rien voulu de tout ça. *S'il te plaît*, il ne m'a pas laissé le choix.

— Flynn ?

Elle hocha la tête dans un mouvement saccadé.

Oran baissa l'arme et continua de la dévisager avec un calme impitoyable.

— Il vaudrait mieux que tu pries pour que ce soit la vérité.

Il jeta un coup d'œil à Conner, qui s'éloigna du mur et les rejoignit avec une petite boîte noire dans les mains.

— Qu-Qu'est-ce que c'est ? bégaya-t-elle.

Conner posa la boîte sur la table basse et sortit une seringue ainsi qu'un petit flacon en verre.

— Oran, que fait-il ? S'il te plaît, chéri. Tu me fais peur.

Sa patience arrivant à ses limites, il prit brusquement le menton de Caitlin et lui pinça les joues entre son pouce et ses autres doigts.

— Tu devrais avoir peur, Caitlin. Tu t'apprêtes à répondre à toutes nos questions et si je juge que tu es un tant soit peu coupable, je te tuerai moi-même.

Trois longues secondes passèrent dans un silence incisif avant que Caitlin se dégage de sa poigne et s'éloigne de lui.

— *Je t'interdis de me toucher*, rétorqua-t-elle avec un regard enflammé. Vous tous, vous êtes des putains de lâches. Vous méritez tout ce qui vous arrive et même pire.

Oran se jeta sur elle, lui saisit le poignet, puis agrippa sa gorge. Torin et moi, nous nous précipitâmes vers eux pour coincer les bras de la femme derrière son dos. Elle lutta contre nous tel un animal féroce.

Seigneur.

Une part de moi avait toujours été convaincue qu'il y avait eu un malentendu. Elle n'aurait pas pu être responsable. Mais il était maintenant impossible de réfuter la haine vicieuse qui jaillissait de ses yeux. Sa déception avait été si extrême que je me demandai s'il n'y avait pas deux Caitlin, car je n'avais jamais rencontré la femme qui se trouvait devant nous.

Une fois que Torin et moi, nous l'eûmes maîtrisée, Oran la relâcha et l'autorisa à respirer. Elle toussa et siffla. Son corps vibrait de haine et de fureur quand elle releva enfin les yeux vers son mari.

— Je te dirai *que dal*. Je me fous de savoir ce que tu m'injectes.

Conner tapota la seringue remplie.

— Pourquoi ne pas tester cette théorie, hein ?

Je la tins fermement avec Torin tandis que Conner plongeait l'aiguille dans son bras. Elle grimaça et pinça les lèvres. Nous avions déjà vu cette drogue agir. Nous savions donc que ce n'était qu'une question de temps. Quinze minutes plus tard, ses yeux roulèrent à l'arrière de ses orbites et ses paupières se fermèrent. Son corps tout entier faillit se liquéfier jusqu'à ce que nous soyons obligés de l'installer sur le canapé.

— Caitlin, tu m'entends ? demanda Oran.

— Oui.

Ce simple mot fut sinistrement inexpressif.

— As-tu dit à quelqu'un où Brody Byrne se trouverait, le soir de sa mort ?

Aucun de nous ne respira, alors que nous attendions sa réponse.

— Ouiii ! lança-t-elle. L'occasion était trop parfaite pour qu'on la laisse passer. Flynn était tout excité quand je l'ai appelé.

La fierté illumina son visage.

Un muscle tressaillit dans la mâchoire d'Oran. Ce fut le seul signe qui montra que ce qu'elle venait de lâcher l'avait dérangé.

— Pourquoi Flynn voulait-il la mort de Brody ?

— Parce qu'il a tué papa, bien sûr.

Sa voix devenait de plus en plus enfantine, ce qui était perturbant.

— Et pour affaiblir les Byrne. Si les Byrne sont faibles, les Donovan peuvent s'élever, dit-elle en levant les bras.

Oran secoua lentement la tête.

— Et les armes ? Flynn a pris les armes ?

— Il en avait besoin.

— Pourquoi ?

— Pour l'homme à la cicatrice.

Je lui accordai désormais toute mon attention. Cela confirmait que Flynn était relié à Damyon.

— Comment s'appelait-il ? poursuivit Oran qui voulait probablement vérifier que nous parlions du même homme à la cicatrice.

Caitlin haussa les épaules.

— Je sais pas. Flynn l'a jamais dit et il me laissait pas me joindre à lui pendant les rendez-vous.

Avant qu'Oran puisse continuer, je levai la main.

— Comment savais-tu qu'il avait une cicatrice, Caitlin ?

Ses lèvres se tordirent au niveau des commissures.

— Parce que j'ai jeté un coup d'œil en douce, une fois. Flynn ne voulait pas me dire grand-chose et j'étais curieuse.

Ses yeux restaient fermés, mais sa main se tendit, comme si elle touchait quelque chose qui se trouvait devant elle.

— Il ne ressemblait à personne que je connaissais. C'était comme un Jack Frost incarné, taillé dans de la glace pure.

— Sais-tu autre chose à propos de lui ? Où le trouver, par exemple ? insistai-je.

Caitlin secoua la tête.

— Il n'est personne. Juste une ombre et les ombres ne peuvent pas être trouvées.

Je me rassis contre le coussin du canapé et la déception fut comme un rocher sur mon torse.

— Et Darina, la jeune serveuse du *Moxy* ? dit Oran en continuant son interrogatoire. Tu avais quelque chose à voir avec sa disparition ?

— Ta garce de copine ? répondit-elle en ricanant. Je me suis débarrassée d'elle.

— Pourquoi ? Quelle importance, pour toi ?

— Tu n'avais pas le droit, dit-elle tandis qu'un sourire taquinait ses lèvres.

— De te tromper ? C'est assez hypocrite, venant d'une traîtresse.

— Non.

Ses yeux dilatés s'ouvrirent lentement pour se river sur ceux de son époux.

— Pas le droit au bonheur.

Le vide dans sa voix me glaça le sang.

Oran, en revanche, était inatteignable. Comme si rien de ce qu'elle disait ne pouvait l'affecter.

— Tout ce que tu as fait, c'est te condamner, répondit-il avec une voix tout aussi dépourvue d'émotions. Parce que je n'ai jamais touché cette fille.

Caitlin haussa mollement les épaules et ferma une nouvelle fois les yeux.

Oran jeta un coup d'œil au reste de la pièce, l'espace d'une seconde, puis il alla dans la cuisine et revint avec un téléphone à la main.

— C'est ton seul portable, Caitlin ?

Un sourire perfide fendit le visage de la femme.

— Non.

— Où caches-tu l'autre ?

— Dans ma boîte de tampons.

Elle gloussa à moitié, réjouie par sa propre intelligence.

Oran disparut une minute, puis réapparut avec un deuxième appareil. Il releva la tête de son épouse.

— Ouvre les yeux.

Elle obéit. Il balaya l'écran du pouce une fois que la reconnaissance faciale eut déverrouillé le téléphone.

Il tapota plusieurs fois avant de faire lentement défiler l'écran et son front se froissa furieusement.

— C'est quoi ce *bordel* ? Non, mais c'est quoi ça ? Un genre de connerie à la *Game of Thrones* ? Non, mais tu te fous de moi ?

Oran lança un regard incrédule et dégoûté à son épouse.

— Dis-moi que tu n'es pas amoureuse de ton frère.

— Évidemment que j'aime mon frère, répondit-elle avec une innocence mielleuse.

— Tu l'as baisé ?

Chacun de ses mots suintait de dédain.

— Non, rétorqua-t-elle alors qu'un soupçon d'émotion remontait à la surface.

— Tu en as envie ?

Elle ouvrit finalement les yeux et le défia d'un regard noir semi-lucide.

— Plus que je n'ai jamais voulu te baiser.

Seigneur. Je secouai la tête.

— Tor, va trouver de quoi l'attacher. Oran, tu crois qu'on peut envoyer un message et lui faire croire que Caitlin veut le retrouver ?

Nous devions nous concentrer, bien que ses problèmes mentaux soient assez perturbants. S'engager sur cette route en ce moment ne nous aiderait pas.

Oran grimaça et recommença à faire défiler l'écran.

— On pourrait trouver où Flynn vit et aller le voir, mais monter une embuscade en terrain neutre nous donnerait plus d'avantages. On dirait qu'ils se sont rencontrés, à l'occasion, alors ça pourrait fonctionner.

Il envoya un SMS et patienta.

Le portable vibra.

— Il dit qu'il a une réunion dans une heure et il demande si elle peut attendre ce soir.

Je contemplai Caitlin et attirai son visage vers le mien.

— Caitlin, regarde-moi, dis-je doucement.

Elle ouvrit les yeux.

— Tu aimes Flynn, n'est-ce pas ?

Elle hocha la tête.

— Tout ce que tu as toujours voulu, c'est être avec lui… le rendre fier ?

Des larmes s'accumulèrent sur ses cils.

— Oui, souffla-t-elle.

— Je parie que ça signifie que tu t'inquiètes pour lui, n'est-ce pas ?

Elle acquiesça une nouvelle fois.

— Tu l'as même suivi parce que tu voulais être proche. Tu voulais le protéger. C'est comme ça que tu as vu l'homme à la cicatrice, je ne me trompe pas ?

Mon cœur tambourinait dans ma poitrine.

— Les hommes avec qui il travaille sont si dangereux, chuchota-t-elle.

— Où les retrouve-t-il, Caitlin ?

— À l'entrepôt.

— Il faut que tu me dises où il est.

Une larme se libéra et coula le long de sa joue.

— Sur la trentième, en face de High Line.

Je regardai Tor, qui se tenait désormais derrière elle.

— Attache-la.

Il mordit un morceau du scotch pour le couper et le plaça sur sa bouche. Il commença ensuite à lui scotcher les mains.

Je me retournai vers Oran.

— Une heure, ça ne nous donne pas beaucoup de temps, mais nous avons l'élément de surprise.

— Allons chercher ce salopard.

◊

Je n'avais jamais vu une opération d'une telle ampleur se mettre en place si rapidement. Nous convoquâmes chaque homme disponible et chacun fut affecté à un poste particulier dans ou autour de l'entrepôt. Heureusement, seul un hangar se trouvait sur la trentième, en face de High Line. Nous savions donc que nous étions au bon endroit.

Il était décrépit et semblait abandonné. C'était donc le cliché parfait pour un voyou comme Flynn. L'intérieur était rempli d'étagères poussiéreuses croulant encore sous la marchandise. C'était une excellente couverture. Une partie du bâtiment, près d'un garage, montrait des signes d'activité récente – des traces sur le sol jonché de poussières et plusieurs caisses plus neuves que tout le reste, dans ce bâtiment. Nous fûmes six à nous positionner à l'intérieur, hors de portée de vue. Nous n'eûmes que quelques minutes à attendre avant que la porte sur le côté s'ouvre et que Flynn entre.

Ce stupide salaud était seul. Pas étonnant que les Donovan aient cessé d'exister. Aucune personne ne survivait dans notre monde si elle n'avait pas quelqu'un pour surveiller ses arrières – c'était la raison pour laquelle les familles demeuraient soudées et que les hommes comme le Russe étaient si rares. Le pouvoir se trouvait dans le nombre.

Sachant que Flynn allait rencontrer quelqu'un, nous nous étions tous mis d'accord pour ne rien faire jusqu'à ce que les deux parties soient présentes et que nous puissions évaluer la situation. Nous restâmes assis en silence tandis que Flynn était collé à son téléphone.

Une demi-heure s'écoula et alors que je commençais à croire que le rendez-vous était tombé à l'eau, on frappa sur la porte en métal. Flynn se hâta d'aller ouvrir. Quand le Russe à la cicatrice sur le visage entra avec deux hommes à ses côtés, je n'arrivai pas à croire à notre chance.

Une certitude sereine glaça le sang dans mes veines.

C'était notre chance – nous pouvions faire d'une pierre deux coups. Je ne comptais pas gâcher cette occasion.

— Monsieur Donovan, dit calmement Damyon avec son accent russe. Merci d'avoir accepté de me rencontrer, encore une fois.

— Bien sûr, vous savez que je suis toujours ravi de…

Damyon leva la main.

— Avant que vous poursuiviez, vous devriez savoir que nous ne sommes pas seuls.

Flynn se raidit et observa les alentours.

— Je vous en prie, joignez-vous à nous, messieurs.

Merde. Merde, merde, merde. Les choses n'étaient pas censées dégénérer ainsi.

Oran et moi échangeâmes un coup d'œil méfiant, puis nous sortîmes de l'ombre. Nous étions toujours en supériorité numérique et je serais maudit si je montrais un quelconque soupçon de peur à un homme tel que le Russe, que nous ayons l'avantage ou non.

— Mais qu'est-ce que vous foutez ici ? cracha Flynn dont le visage se tordait sous l'effet de la colère.

— Si quelqu'un ici doit répondre à des questions, c'est

toi, Donovan, alors, ferme-la jusqu'à ce qu'on t'adresse la parole.

L'ordre d'Oran transperça la pièce avec un calme mortel. Il se tourna ensuite vers Damyon.

— Je suis surpris que quelqu'un de votre réputation traite volontiers avec ce genre d'incapable.

L'homme leva les paumes dans un geste conciliant.

— Habituellement, je ne le ferais pas. Mais, voyez-vous, je ne suis pas venu en ville pour les affaires et je ne prévois nullement de rester sur le long terme.

Un silence choqué fit écho dans l'atmosphère.

— Ah oui ? intervins-je. Parce qu'on dirait que vous nouez des liens, entre Flynn et le temps que vous passez chez les Wellington.

Damyon haussa un sourcil. Visiblement, nous avions également réussi à la surprendre.

— Dites-moi, Keir. Étiez-vous intéressé par mes activités ou par celles de mon associé, quand vous surveilliez la maison ?

Il avait intentionnellement utilisé mon prénom, comme pour démontrer sa connaissance et son pouvoir.

— Celles de votre associé. Vous n'étiez qu'une malheureuse coïncidence.

Flynn commença à remuer.

— Mais de quoi vous parlez ?

— Ton ami russe travaille avec Lawrence Wellington, le magnat du transport. Apparemment, ces deux-là sont engagés ensemble dans le trafic d'êtres humains, expliquai-je.

— Pas exactement, me corrigea Damyon. Nous avons

un arrangement mutuellement bénéfique, pour le moment.

— Vous êtes en train de me dire que vous ne lui avez pas fourni la femme qu'il a enchaînée dans sa maison.

Une volute de colère se fraya un chemin jusqu'à ma voix.

— Lawrence est trop focalisé sur les gains financiers pour prendre la peine de s'occuper d'un toutou. En revanche, son fils…

L'adrénaline surgit dans mes veines et envoya mon cœur sur orbite.

Stetson ? Le putain d'avorton ? C'était à cause de lui qu'il y avait une fille dans le grenier ? Certainement pas. Si c'était le cas, alors il était infiniment plus dangereux que je ne l'aurais imaginé.

Je serrai les poings pour m'empêcher de sortir mon revolver. Un besoin écrasant de partir d'ici tambourinait dans ma tête et exigeait que je fasse tout ce qui était nécessaire pour rejoindre Rowan.

— Oui, continua Damyon. Moi aussi, j'étais un peu surpris. Mais je n'aurais pas dû. Le jeune Stetson entre parfaitement dans le moule – il est pourri gâté et pourtant négligé, c'est un vilain mélange.

Il émit un bruit désapprobateur.

— Mais ce n'est pas la raison de ma présence. Je me suis rendu compte que les objets que j'ai achetés à M. Donovan ne lui appartenaient pas et ce n'était donc pas à lui de les distribuer. Comme je l'ai dit précédemment, je ne suis en ville que temporairement et je n'ai aucun intérêt à me faire des ennemis.

Il baissa le menton dans un salut digne d'un gentleman.

— Je vous prie d'accepter cette journée comme une preuve sincère de mes excuses.

Avec un mouvement du poignet, il fit exploser un éclat de lumière et un bruit sourd. L'effet fut si intense que je n'eus aucun autre choix que de fermer les yeux, de me couvrir les oreilles et de tomber à terre dans l'espoir d'éviter de possibles coups de feu. Cet assaut sensoriel ne dura pas longtemps, bien que la fumée qui envahissait la pièce persiste.

— Mais c'était quoi ce *bordel* ?

Les mots d'Oran furent presque inaudibles à cause du sifflement dans mes oreilles.

— Une putain de grenade assourdissante ? criai-je. Mais qui se balade avec ce genre de choses dans la poche ?

Désorientés et nous étouffant avec la fumée, nous regardâmes les alentours, mais Damyon et ses hommes étaient partis. Au début, je crus que Flynn s'était enfui avec eux, puis je remarquai un corps sur le sol. Le frère de Caitlin était allongé dans une mare de son propre sang, sa gorge tranchée. Le Russe l'avait tué avant de s'échapper. Une excuse ?

Mais c'était quoi ce délire ?

Je courus vers la porte, espérant que nos hommes positionnés dehors auraient réussi à l'arrêter. Ce ne fut pas le cas. Et pire, ceux que nous voyions étaient bâillonnés et attachés.

— Il devait avoir une armée d'hommes avec lui, songeai-je à voix haute.

Nous avions cru qu'il travaillait seul, mais nous nous étions manifestement trompés.

— Oui, mais il n'a fait de mal à personne, à part à Flynn. Qu'est-ce que ça veut dire, tout ça ? demanda Oran qui se tenait à mes côtés.

Nous étions tous les deux décontenancés.

— Je n'en ai aucune idée.

Je sortis mon portable et mon cœur s'arrêta. Rowan m'avait envoyé un message quelques minutes plus tôt. Son ex était en route pour venir lui parler et elle ignorait que c'était un sociopathe.

— *Putain* !

Ce juron explosa dans ma gorge ravagée par la fumée. Je bondis vers l'avant. Toutefois, une paire de mains me tira en arrière.

— Où vas-tu ? aboya Oran. Il pourrait encore être là.

Je ne réfléchis même pas. J'enfonçai mon poing dans son plexus solaire avant même de me rendre compte de ce que j'avais fait.

— Je m'en cogne. Rowan a des ennuis et si tu te mets encore sur ma route, je te briserai ta putain de mâchoire.

Cette fois-ci, personne n'essaya de m'arrêter.

33

Rowan

J'attendis Stetson au rez-de-chaussée et fis les cent pas d'un bout à l'autre du salon. La nervosité faisait monter l'adrénaline dans mes veines. Mon ex ignorait peut-être les activités de son père, ça ne rendait pas notre conversation moins intimidante. À vrai dire, si Stetson était au courant, il pourrait au moins comprendre mon point de vue. Mais j'allais devoir expliquer à l'homme avec qui je sortais depuis un an pourquoi je lui avais brisé le cœur sans aucune raison manifeste.

Tandis que je creusais mon chemin sur le parquet,

j'envoyai un message à Keir pour lui faire savoir ce qu'il se passait. Je n'avais pas l'habitude de tenir quelqu'un informé de mes activités. Stetson et moi n'avions jamais eu une telle relation. Mais je savais que Keir voudrait être au courant et j'aimais penser que cela avait de l'importance pour lui. Que j'avais de l'importance.

Je suis tellement heureuse pour toi, Ro. Tu mérites de connaître une vie joyeuse.

La présence d'Ivy était comme un baume apaisant pour ma nervosité.

Je passai devant le miroir, près de l'entrée, que j'évitais habituellement, et je souris légèrement à mon reflet. Ivy *était* là avec moi. J'avais toujours eu l'impression que mon visage me rappelait ce que j'avais perdu, mais soudain, je me rendis compte que c'était également un don rare. Mon ADN même me permettait de la garder pour toujours auprès de moi.

J'inclinai la tête vers le bas et scrutai les racines blondes qui commençaient à apparaître sur ma raie. Que ressentirais-je en les laissant pousser ? En laissant toute la souffrance, la culpabilité et la responsabilité pousser jusqu'à ce qu'elles ne m'aillent plus et que je puisse recommencer de zéro avec un nouveau style ? Un nouveau moi ?

Ça me semble horriblement interminable. Les coupes bicolores, c'est tellement has been. Et si on allait chez le coiffeur et qu'on décolorait le tout pour revenir au blond ?

Je gloussai. *Je vais y réfléchir.*

La sonnette retentit et m'arracha à mes pensées légères pour me faire replonger dans une cuve de peur huileuse.

Je m'attendais à ce que le garde du corps posté devant la porte laisse entrer Stetson. Quand ce ne fut pas le cas, je me hâtai vers la porte et l'ouvris. Stetson se tenait de l'autre côté, avec un air solennel qui ne lui ressemblait pas.

— Salut, entre.

Je reculai pour lui permettre d'entrer, puis je jetai un coup d'œil dehors et fus surprise de découvrir que le garde du corps était inopinément absent. Était-il parti faire une course ou avait-il été appelé ailleurs ? Je l'aurais bien demandé à ma mère, mais elle était au deuxième étage, dans la bibliothèque, et vaquait à ses occupations habituelles.

Je fermai la porte et conduisis Stetson jusqu'au salon.

— Stetson, je suis vraiment, vraiment désolée pour tout. Je n'ai jamais voulu te faire de mal.

Je m'assis au bord d'un fauteuil club, mes mains fermement jointes – en partie à cause de l'inquiétude, mais aussi pour cacher mon tatouage.

Stetson ne s'assit pas. Il resta debout à quelques mètres de là, les bras croisés. Il se frotta la mâchoire d'une main.

— Tu sais, Rowan, c'est ça, le truc. Tes actes ne m'ont pas seulement blessé. Tu m'as fait passer pour un mec pathétique devant toute la ville.

L'éclat malicieux dans son regard me choqua.

Je bondis.

— Si tu veux bien me laisser t'expliquer…

J'ignorais comment j'allais lui expliquer quoi que ce soit, exactement, mais je n'en eus même pas l'occasion.

— *Assieds-toi.*

Ses paroles étaient comme des lames tranchantes qui me coupèrent les genoux.

Quelque chose clochait. J'avais l'impression qu'un inconnu se trouvait dans mon salon. Des semaines plus tôt, quand j'avais découvert Keir dans la maison, je n'avais pas ressenti un soupçon de peur. J'ignorais si j'avais changé drastiquement depuis ou si une intuition innée avait tenu cette émotion à l'écart, mais dans les deux cas, cette situation était différente.

La peur remonta dans ma colonne vertébrale et envoya des vagues de malaise qui vinrent me taquiner le bout des doigts.

— Tu aurais fait une épouse parfaite, songea Stetson. Pas de questions. Pas d'opinion. Assez jolie et intelligente, mais peu exigeante. Et le meilleur dans tout ça ? Tu étais totalement dépourvue de sentiments. Je n'avais pas besoin de gérer toutes tes vexations à cause de la moindre chose, comme avec tant de femmes.

Il sourit narquoisement et rit dans sa barbe.

— Dommage que ça n'ait pas marché. Mais j'aurais pu trouver quelqu'un d'autre. Il y a toujours quelqu'un, qui est prêt à jouer le rôle désiré quand on paie suffisamment.

Mes lèvres restèrent scellées, car j'avais peur de prononcer un mot. C'était de la folie. J'avais refoulé mes émotions pour me protéger, mais le calme de Stetson était une pure décadence. Une incapacité à comprendre les émotions. Ce genre de déconnexion était imprévisible. Terrifiant.

Il émit un bruit désapprobateur avant de poursuivre son monologue.

— Mais ensuite, il a fallu que tu commences à avoir une conscience, dit-il lentement en se rapprochant. *J'ai entendu quelqu'un pleurer, Stetson.*

Il imita ce que je lui avais dit quelques semaines auparavant et se moqua de moi avec une voix aiguë et malheureuse.

Le choc me transperça.

Il savait que je l'avais trouvée, ce qui signifiait… qu'il était au courant pour la fille. Il le savait depuis tout ce temps.

Une nausée poisseuse me retourna l'estomac et se mua en masse pesante quand une peur sincère s'installa. J'avais pris des vessies pour des lanternes et désormais, j'étais bloquée sur un terrain glissant tandis que l'air devenait étouffant sous le grincement de ma mort imminente.

— Comment as-tu pu ?

Je fus incapable d'en dire plus et encore, je chuchotai. L'horreur avait embrouillé mes pensées.

— Tu aurais dû laisser tomber, Rowan.

Ses mots étaient doux, teintés de remords, ce qui ne me prépara nullement à son attaque soudaine. Il tendit la main et la serra autour de ma gorge avant de me relever.

— *Tu aurais dû laisser tomber* ! hurla-t-il à mon visage tandis que ses traits se déformaient sous l'effet de la rage.

C'était un psychopathe. Il était au courant pour la fille et s'en moquait. Comment avais-je pu être si aveugle ?

Tu n'étais pas dans le bon état d'esprit, Ro. Ne t'en veux pas. Pas encore une fois.

Les mots d'Ivy, ainsi que le picotement dans mes poumons, me firent monter les larmes aux yeux.

— Je suis désolée, dis-je d'une voix rocailleuse.

Je serrai sa main qui était autour de ma gorge et mes ongles courts tentaient de s'y accrocher. Je n'étais même pas certaine de savoir pourquoi j'étais désolée, mais je devais essayer de le calmer.

— Être désolée ne change rien, Rowan. Quand papa m'a dit que tu avais découvert mon petit secret, j'ai juré que tu ne serais pas assez stupide pour en faire toute une histoire. Pas ma Rowan. Elle sait rester à sa place. Sauf que tu as commencé à t'éloigner. Ce n'était pas l'idéal, mais bon. J'aurais pu faire avec. Mais non, il a fallu que tu fasses quelque chose d'*extrêmement* idiot. Tout le monde dans cette foutue ville a vu les photos de toi en train de faire le tapin avec ce voyou. Ça me faisait passer pour quoi, à ton avis ?

Je tentai de secouer la tête.

— Pas toi, moi.

J'avais envie de lui dire que les gens penseraient simplement que j'étais devenue folle, pas lui, mais je n'avais pas assez d'air. De petits points noirs dansaient dans ma vision périphérique. L'étourdissement embrumait mon esprit.

J'étais sur le point de m'évanouir, mais quand j'entendis les pas de ma mère en train d'approcher, un nouvel élan d'adrénaline me donna la stimulation dont j'avais besoin pour rester en alerte.

— Stetson ! Que se passe-t-il !? Lâche-la ! cria-t-elle à l'autre bout de la pièce.

Je profitai de cette distraction pour plonger mon genou dans son entrejambe, puis pour le repousser. Je toussai en gonflant mes poumons d'air et titubai de l'autre côté de la table basse. Toutefois, avant que je puisse atteindre ma mère, je perçus le déclic terrifiant du chien d'une arme.

— Fais encore un pas. Je te défie de le faire, dit-il d'une voix rauque alors qu'il était toujours plié en deux avec un bras autour de son ventre.

Je n'avais jamais entendu de mots plus glaçants. Il le pensait. Il allait me tuer à l'endroit même où je me trouvais.

Je n'avais pas envie de mourir. Keir m'avait aidée à m'en rendre compte et, désormais, je sentais cette vérité jusque dans mes os. Par le passé, mourir aurait voulu dire être à nouveau avec ma sœur. Nous aurions été réunies et sauves. Comment aurais-je pu le craindre ? Mais désormais... Je n'étais pas encore prête à me lancer sur cette route.

Depuis que j'avais rencontré Keir, mon monde avait changé et, pour la première fois, j'avais commencé à ressentir un véritable bonheur. Je n'avais pas envie de le perdre. Je n'avais pas envie de perdre Keir.

Un mois auparavant, je l'aurais peut-être provoqué. J'aurais avancé jusqu'au revolver et j'aurais défié Stetson de faire ce qu'il pouvait faire de pire. Maintenant que les choses étaient différentes, chacun de mes muscles resta parfaitement immobile.

— Que s'est-il passé ? demanda maman d'une petite voix terrifiée. Pourquoi fais-tu ça, Stetson ?

Elle n'était pas au courant des propensions de sa

famille. Je n'en étais pas surprise. Papa avait sûrement voulu lui éviter de s'inquiéter.

— Ce n'est rien, maman, lui assurai-je. Reste où tu es. On va régler ça.

Stetson grimaça.

— J'ai bien peur qu'il n'y ait rien à régler, Rowan. Ce qui est fait est fait. Il ne reste que la punition. Tu n'as pas le droit de t'en aller sans que tes actions aient quelques répercussions. Pas quand tu es devenue si imprévisible, à présent.

Il leva l'arme, puis la dirigea vers ma mère. Le coup de feu explosa à mes oreilles à la seconde où le canon fut pointé dans sa direction.

Je criai et me précipitai vers elle comme si je pouvais aller plus vite que la balle.

Le corps de ma mère tressaillit et elle s'effondra par terre. Il lui avait tiré dessus, sur le côté. Une couleur pourpre s'étirait sur son chemisier et son visage était froissé par la douleur.

Je m'agenouillai à côté d'elle et appuyai ma main sur la blessure.

— Ne bouge pas, maman. Ne bouge pas. Je vais aller te chercher de l'aide.

Mon cœur vibrait quasiment dans ma poitrine tant il battait frénétiquement.

Ça ne peut pas arriver. Pas encore. Je ne peux pas aussi perdre maman.

La panique et le désespoir s'enflammèrent comme du kérosène et ma fureur les embrasa. Toutefois, avant que je puisse réagir à ces émotions, une main empoigna mes cheveux et me releva.

— Tu ne vas rien faire d'autre qu'apprendre où est ta place, me rétorqua Stetson devant mon visage. J'ai entendu dire que les petites Américaines partaient au prix fort, dans certains pays, et il se trouve que je connais quelqu'un dans ce domaine. Il est temps de conclure un marché.

Un sourire malveillant assombrit son visage avant qu'il m'entraîne vers l'entrée.

Mes yeux firent de leur mieux pour continuer de regarder ma mère, allongée sur le sol. Elle allait se vider de son sang, aussi seule qu'Ivy, tout cela à cause de moi.

Quelque chose craqua dans mon esprit. Ma politesse. Mon humanité.

Tout ce qui faisait de moi ce que j'étais s'effaça jusqu'à ce qu'il ne reste rien d'autre qu'une rage primaire.

Un cri fut arraché à ma gorge et il fut si féroce et si déchaîné que je ne reconnus pas ma propre voix. Je balançai mon corps et écrasai mes deux mains sur son avant-bras, faisant tomber l'arme par terre. Elle glissa à quelques mètres, mais je lui prêtai très peu attention. J'étais focalisée uniquement sur Stetson.

Il me tira les cheveux en vain. Dans mon état animal, je ne ressentais aucune douleur.

Dévoilant mes dents, je me retournai et lui assénai un coup dans les côtes de toutes mes forces, puis je tendis la main vers un bougeoir en céramique aussi épais que mon poing et je pris de l'élan pour le jeter contre son crâne.

Finalement, il fut obligé de me lâcher dans un effort pour se protéger.

— C'est quoi ce *délire* ? grogna Stetson à travers ses dents serrées.

Je ne marquai aucune pause. J'attrapai ensuite une lampe et la lui lançai afin d'avoir assez de temps pour plonger sur le revolver.

Ce ne fut pas suffisant.

Il esquiva la lampe tout en bondissant également sur l'arme abandonnée. Je la touchai en premier, mais il arriva juste derrière moi. Je m'agrippai au métal froid et ses deux mains s'enroulèrent autour de la mienne.

— Il est enclenché, Rowan. Tu vas nous tirer dessus.

— Bien, grondai-je. Tant que tu meurs, je me fiche de savoir ce qui m'arrive.

Nous luttâmes en grognant et en respirant péniblement. Nous combattîmes pour prendre le contrôle de l'arme. Malgré la force supplémentaire que me procurait ma rage, je ne pourrais rivaliser contre sa taille si notre bagarre s'éternisait. Je dus trouver un moyen d'y mettre un terme.

Allez, Ro ! m'encouragea Ivy. *Tu ne dois pas être fairplay, autrement ce salopard va gagner.*

Hors. De. Question.

Je baissai la tête jusqu'à ce que mes dents se referment autour de son avant-bras. Stetson cria tandis que je mordais sa peau et sa chair, et qu'un goût métallique inondait ma langue. À la seconde où sa concentration vacilla, je nous fis basculer en priant que ce soit suffisant, et j'appuyai sur la détente.

Je n'avais jamais conduit si vite de ma vie. J'appelai Rowan trois fois sur la route. Pas de réponse. Quand je me garai devant la propriété de ses parents, mon cœur était prêt à exploser hors de ma poitrine.

Malgré ma panique, je remarquai que l'extérieur de la maison avait le même aspect que ce matin, quand j'avais déposé Rowan, sauf que le garde du corps qu'Alexander avait posté devant était absent. Normalement, les hommes l'accompagnaient, mais en raison des récents événements, il avait ordonné à l'un d'eux de rester et de surveiller la demeure.

Quand je montai les marches jusqu'à la porte d'entrée, je découvris la cause de l'absence du garde du corps. Il était allongé, immobile, dans la pente en béton clôturée qui menait au sous-sol.

Merde. J'avais eu raison de m'inquiéter.

Mon arme à la main, j'ouvris la porte et remerciai Dieu qu'elle soit déverrouillée. Je gardai le dos collé contre la façade en pierre et attendis de déterminer s'il était sûr d'entrer. Je fus accueilli par un silence insondable.

Une peur comme je n'en avais jamais connu recouvrit mes entrailles d'une couche aussi épaisse que du goudron.

Mon pouls tambourina dans mes oreilles.

Je pris une profonde inspiration et fis volte-face en franchissant la porte de la maison. Je me retrouvai alors face à une scène tout droit sortie d'un film de Quentin Tarantino. Des morceaux de porcelaine brisés et des gouttes de sang étaient éparpillés sur le sol. Pour couronner le tout, Stetson était assis contre le mur, face à l'entrée, et son épaule gauche saignait. La blessure n'était pas mortelle, mais il n'avait pas bougé parce que Rowan était assise à trois mètres de lui et le pointait avec une arme.

Les yeux de mon épouse étaient incroyablement écarquillés et son visage était blanc comme celui d'un fantôme, mais sa main ne tremblait nullement. Elle ne l'avait pas tué, mais elle le ferait en un clin d'œil. C'était écrit sur chaque millimètre de son être.

Je fus si soulagée qu'elle ne l'ait pas fait. Je n'avais pas envie que ce souvenir entache sa conscience.

— Rowan, chérie. Je suis là, dis-je doucement pour ne pas la faire sursauter.

Elle avait dû entendre la porte, mais elle semblait dans un genre de transe. Un état de choc, très probablement. Tandis que l'une de ses mains tenait l'arme, l'autre était appuyée fermement sur le ventre de sa mère, déjà taché d'une quantité de sang alarmante.

Maintenant mon arme rivée sur Stetson également, je sortis mon portable et appelai le 911.

— Une femme s'est fait tirer dessus, après une entrée par effraction. Elle a besoin d'une ambulance, immédiatement. 113 East sur la quatre-vingt-dixième.

Je ne restai pas en ligne. Ils allaient envoyer de l'aide et je n'avais pas le temps pour les questions stupides.

Le regard de Rowan vacilla enfin vers le mien, ce qui la fit haleter et tituber. Elle baissa le revolver, sa main soudainement prise de tremblements. Elle avait tout juste tenu le coup.

— Keir, ma maman.

— Je sais, petit agneau. Les secours sont en route, lui assurai-je en m'agenouillant à côté d'elle et en l'embrassant sur le sommet du crâne.

Elle ne quitta jamais Stetson des yeux.

— Je ne suis pas partie. Je ne la laisserais pas.

Cette innocence puérile dans sa voix laissa une ouverture béante dans mon cœur.

— Tu t'en es si bien sortie.

Stetson grogna.

— Seigneur, vous êtes dégueu, tous les deux. Elle n'est pas si bonne que ça, mec.

Je me levai lentement et reportai mon attention sur l'homme qui avait été au centre de tous nos soucis.

— Tu as un sacré courage pour un homme qui a un flingue pointé sur lui.

— Les flics sont en route. Qu'est-ce que tu vas faire ? lança-t-il avec une défiance narquoise.

Il s'attendait à ce que son papounet le débarrasse de tous problèmes légaux. Seulement, le genre d'ennuis qu'il avait causés en me mettant les nerfs en pelote ne présupposait la présence d'aucun avocat.

Une vile satisfaction creusa un sourire maléfique sur mon visage.

— Où veux-tu en venir ?

Je levai l'arme et lui tirai dans l'entrejambe. Un homme comme lui n'en méritait pas moins.

Un éclat de contentement égaya mon humeur quand j'entendis ses geignements de douleur. Ce perpétuel perdant se recroquevilla et tenta de protéger ce qu'il restait de ses bijoux de famille. Je réduisis la distance entre nous et m'accroupis à côté de sa figure grimaçante.

— Je t'informe que tu as cruellement mal évalué la situation et ça me procure une grande joie, expliquai-je doucement alors que ma voix devenait un ronronnement sinistre. Ce n'est que le début de tes souffrances.

Comme si elles avaient été invoquées par le destin, deux silhouettes nous rejoignirent dans la pièce, projetant une ombre menaçante sur mon nouveau jouet.

— Merde, mec. J'ai cru qu'on n'allait jamais te rattraper.

Oran et l'un des plus jeunes gars de l'entrepôt se tenaient dans l'embrasure de la porte et jaugeaient la scène.

— On a eu l'impression que tu aurais besoin de renfort, même si visiblement, tu as la situation sous contrôle.

— Oui et non. Les flics sont en route et celui-ci est à moi.

Je fis un signe de la main vers un Stetson pleurnichant et tendis mon arme à Oran.

— Dégage-le d'ici pour moi. Je m'occuperai de lui plus tard.

Ils ne tressaillirent même pas. Oran donna un coup de pied dans la tête de Stetson pour l'assommer, puis il souleva son corps inerte et le passa sur son épaule comme un pompier le ferait. Les deux hommes ne restèrent pas plus de cinq minutes dans la maison.

Je fus enfin capable de rejoindre Rowan, par terre. Merci, mon Dieu.

Sa mère respirait encore, mais elle était inconsciente. Elle avait besoin d'une opération immédiate, mais même dans ce cas, je n'étais pas convaincu qu'elle s'en sortirait. J'attirai Rowan contre moi, m'assurant qu'elle maintienne la pression sur la blessure de sa mère. Son corps tremblait de façon incontrôlable, entre mes bras, tandis que des voitures, toutes sirènes hurlantes, contournaient le coin de la rue et s'arrêtaient devant la propriété. Quand les secouristes affluèrent à l'intérieur, j'éloignai Rowan de sa mère et la pris dans mes bras.

— Keir, je ne peux pas l'abandonner.

Sa voix devenait aiguë à cause de sa panique grandissante.

Je l'obligeai à me regarder.

— Tu ne l'abandonnes pas, tu laisses ces gens faire leur travail, dis-je d'un ton apaisant, mais ferme.

— Je dois rester avec elle. Elle sera seule, si je ne reste pas.

Des larmes lourdes et épaisses s'accumulèrent sur ces cils avant de retomber sur ses joues.

— Je suis sur le point d'appeler ton père. Il la retrouvera à l'hôpital, donc elle ne sera pas seule.

— Mais je peux monter dans l'ambulance avec elle. Jusqu'à ce qu'il la rejoigne.

Je secouai la tête.

— Non, chérie. Tu vas les gêner. La meilleure chose que tu puisses faire pour elle, maintenant, c'est de laisser les médecins l'aider.

Elle ferma les yeux, frustrée, mais elle hocha ensuite la tête avec de brefs mouvements saccadés.

Je demandai à l'équipe médicale dans quel hôpital ils l'emmèneraient et je leur parlai de l'homme qui avait été blessé, devant la maison. Je l'avais oublié et j'ignorais s'il était mort ou vivant, non pas que cela m'importe.

Une fois que ce fut réglé, j'ouvris mon portable et composai le numéro d'Alexander.

— Keir ? répondit-il d'une voix inquiète.

— Il s'est passé quelque chose. Il faut que vous restiez calme.

— Que s'est-il passé ?

— Stetson est venu chez vous. L'un de vos gardes du corps est inconscient et votre femme s'est fait tirer dessus. Une ambulance est ici. Rowan va bien, mais vous pourrez retrouver les ambulanciers au Presbyterian de New York.

Il lui fallut quelques longues secondes avant qu'il reprenne la parole.

— Tirer dessus ? demanda-t-il d'une faible voix.

— Je crois qu'elle ira bien, l'encourageai-je.

C'était peut-être inconvenant, mais il devait conserver son sang-froid.

— Ils s'apprêtent à l'emmener, là.

— D'accord, très bien. Et Rowan ?

— Elle va bien. Je vais la garder avec moi.

— D'accord. Merci.

Il raccrocha quand quelques agents de police entrèrent dans la maison et nous foncèrent dessus.

— Vous pensez pouvoir sortir et nous raconter ce qu'il s'est passé ?

J'avançai.

— Brièvement, ensuite je l'emmènerai loin d'ici. Si vous avez besoin d'une déposition plus détaillée, nous pourrons venir au commissariat un autre jour.

— Et qui êtes-vous, exactement ? demanda un flic en me regardant.

— Je suis son *mari*, dis-je d'une voix basse et menaçante. C'est tout ce que vous devez savoir.

L'homme pinça les lèvres, mais hocha la tête.

— Très bien. Sortons.

J'expliquai en amont que Stetson retenait une femme captive et s'était introduit dans la maison du gouverneur pour empêcher Rowan de le dire à qui que ce soit. Ainsi, tout ce qu'elle avait à faire, c'était de raconter les événements du jour, bien que je l'interrompe avant la fin et précise que Stetson s'était échappé juste avant mon arrivée. J'avais envisagé de leur dire que l'assaillant était inconnu, mais je décidai que lier Stetson au coup de feu serait une bonne justification pour sa disparition.

Lorsque nous eûmes évoqué les informations de base, les tremblements avaient pris le contrôle du corps de Rowan. Son état de choc s'était résolument implanté. Il fallait que je la réchauffe et lui donne à manger.

— C'est tout ce qu'on vous dira, aujourd'hui, mais ça devrait être suffisant pour fouiller la maison des Wellington, n'est-ce pas ?

Les deux agents échangèrent un coup d'œil.

— Oui, vous avez dit que la femme était au deuxième étage ?

Rowan acquiesça.

— Oui.

— Vous venez de quel commissariat, déjà ? demandai-je.

— Le dix-neuvième. Pourquoi ?

— Je voulais être sûr.

J'inclinai la tête et me levai, en aidant Rowan à en faire de même.

— Vous avez mon numéro, si vous avez besoin de nous joindre.

Je n'attendis pas qu'ils répondent. Ma patience avait atteint ses limites. Si je n'éloignais pas Rowan d'ici rapidement, j'allais devenir fou.

La faire monter dans ma voiture suffit à apaiser la tension qui nouait mes épaules. Merci, mon Dieu, la circulation coopéra. Il nous fallut quinze minutes pour rentrer chez moi. Je profitai de ce temps-là pour appeler Conner et lui ordonner de s'assurer que nos mecs infiltrés dans la police suivent le dossier de la fille chez les Wellington.

Rowan restait assise, immobile, sur le siège passager. Elle n'émettait aucun bruit. Elle ne clignait presque pas des yeux.

La voir ainsi me détruisait, car je savais à quel point elle était forte. Ma dure à cuire aurait pu tolérer n'importe quoi, mais voir sa mère se faire tirer dessus de cette manière était insupportable.

Ce putain de Stetson allait souffrir.

Une fois chez moi, je guidai Rowan directement vers la salle de bains et nous déshabillai. Nous étions sur le point d'entrer dans la douche quand elle s'arrêta subitement et se tourna vers moi.

— Ma mère ! Je dois prendre des nouvelles de ma mère.

Le brouillard dans lequel elle était commençait à se disperser, ce qui lui permettait de réfléchir.

Je pris son visage entre mes mains et déposai un baiser sur son front.

— Ton père est avec elle et il nous appellera dès qu'il y

aura du changement. On ne peut rien faire, pour l'instant, alors on va te nettoyer et te réchauffer.

Je regardai avec assurance ses yeux vert et doré.

— Elle est en sécurité. Tout ira bien, pour elle.

Ce fut à cet instant que la situation la heurta. Toutes les émotions s'écrasèrent sur elle sans crier gare, arrachant un sanglot à ses poumons tremblants. De lourds sanglots cathartiques traversèrent son corps.

Je l'attirai contre moi et la pris dans mes bras, avant de nous décaler sous le jet chaud de la douche. Nous restâmes ainsi une demi-heure. Elle s'accrocha à moi et pleura pendant que je lui chuchotais des mots doux pour la rassurer. J'aurais aimé pouvoir faire plus.

Je me rendis alors compte qu'il n'y avait rien que je ne ferais pas pour Rowan.

Elle était devenue ma femme sur un coup de tête et par nécessité, mais elle avait conquis mon cœur avec la pureté du sien. Pour moi, elle existait dans un endroit sans règles et sans raison, car sans elle, rien d'autre n'avait d'importance.

J'avais toujours cru que me lier à quelqu'un de cette manière serait synonyme de faiblesse, mais c'était l'opposé de ce que je ressentais quand je pensais à elle. Avoir Rowan dans ma vie me donnait un but, je pouvais conquérir le monde. Elle n'avait qu'à le demander.

APRÈS AVOIR PRIS UNE DOUCHE ET MANGÉ – CAR KEIR insistait pour que je mange –, j'étais épuisée comme jamais je ne l'avais été. Je m'allongeai pour reposer mes yeux quelques minutes, mais je me réveillai paniquée le lendemain matin.

— Je n'arrive pas à croire que j'ai dormi si longtemps, me réprimandai-je.

Je sautillai sur une jambe tout en essayant d'enfiler un jean. J'avais sauté du lit à la seconde où j'avais réalisé ce qu'il s'était passé et j'avais couru vers le dressing.

— Je dois aller à l'hôpital et prendre des nouvelles de ma mère. Comment ai-je pu les laisser seuls, là-bas ?

Deux grandes mains se posèrent gentiment de chaque côté de mon visage, m'obligeant à rester immobile.

— Ta mère va bien. Elle a survécu à l'opération et elle se repose. Je t'aurais réveillée s'il avait fallu que tu y ailles.

Il parla avec ce calme surnaturel pour lequel il était si doué et m'hypnotisa presque avec le son de sa voix.

Je hochai la tête, hébétée.

— Mais il faut que je la voie.

— Et nous irons la voir. D'abord, tu vas manger, et ensuite, on ira.

J'acquiesçai une nouvelle fois, mais il ne me relâcha pas. Son regard parcourut paresseusement mon visage et ce fut presque aussi réel qu'un contact physique.

— Tu as été si courageuse, hier.

Ses mots furent comme une couverture chaude autour de mon cœur, tout comme lorsque ses baisers réchauffaient ma peau.

— J'étais terrifiée, chuchotai-je en me rappelant l'éclat perturbé dans les yeux de Stetson. Il n'était pas du tout la personne que je croyais.

— Il est parti, maintenant, alors tu n'auras plus jamais à t'inquiéter à cause de lui.

— Parti ?

Elle se crispa.

— Je l'ai tué ?

J'avais été si préoccupée pour maman que je n'avais même pas songé à ce qui était arrivé à Stetson. Que se passerait-il si je l'avais tué ? Serais-je poursuivie en justice ? Ce n'était que de la légitime défense, mais on pourrait tout de même retenir des charges contre moi. Et que ressentirais-je en apprenant que j'avais mis fin à sa vie ?

Un brouillard d'émotions s'épaissit dans ma poitrine jusqu'à ce que Keir secoue la tête.

— Arrête, Rowan. Tu ne l'as pas tué. Je te le promets.

Il tenta de me guider loin du dressing.

— Allons manger quelque chose pour que tu puisses aller voir ta mère.

Je restais sur mes positions.

— Mais il est parti ?

Qu'est-ce que cela signifiait ?

Lorsque le regard de Keir se riva une fois encore sur le mien, il m'autorisa à voir au-delà de son masque vengeur impitoyable. Je vis alors un archange blond et aux yeux bleus, prêt à infliger la colère de Dieu.

Je frissonnai de la tête aux pieds.

J'évaluai rapidement la situation avant de parler, pour déterminer ce que je ressentais après le sous-entendu de Keir. Je découvris que j'étais ravie qu'il puisse gérer ce problème. Stetson et son père auraient manipulé le système judiciaire de toutes les façons possibles. J'aurais passé des années à regarder par-dessus mon épaule. Et après avoir constaté à quel point il était devenu fou, j'étais certaine qu'aucune thérapie et aucune punition ne le soignerait. Il valait mieux mettre fin à son existence sans valeur avant qu'il fasse du mal à quelqu'un d'autre.

— Un petit déjeuner, ça me va.

Un sourire taquina les commissures des lèvres de Keir.

La demi-heure suivante, j'appris la folie qu'il avait affrontée la veille – la femme de son cousin qui les avait trahis et le meurtre inattendu du frère de cette dernière par le mystérieux Russe. J'avais l'impression d'écouter un synopsis de film, plutôt que le récit de sa journée.

— C'est tellement démentiel. Et je me sens si mal pour Oran. Que va-t-il arriver à Caitlin ?

— Pour ce que j'en sais, ça n'a pas encore été décidé.

— Et la fille, dans le grenier ? Est-ce qu'on sait si la police l'a sortie de là ?

Je grimaçai mentalement, craignant sa réponse. Je ne l'avais pas vue depuis des jours et si les Wellington savaient que j'étais montée, je n'aurais pas été surprise qu'ils la déplacent.

— Les flics l'ont fait sortir hier soir et ils ont mis Lawrence en garde à vue par la même occasion.

La montagne d'inquiétude que je portais sur mes épaules s'émietta en poussière.

— Oh, merci, mon *Dieu*.

— Elle a confirmé qu'elle avait été amenée dans un conteneur, sur un bateau, mais il n'y a aucun moyen de prouver que c'était celui de Wellington ou même qu'il était impliqué d'une quelconque façon. Pour l'instant, j'ai l'impression qu'il va être accusé de complicité pour les meurtres de Stetson, mais rien de majeur, comme il n'est pas le principal coupable. Ce n'est pas l'idéal, mais c'est déjà quelque chose.

Oui, heureusement que Keir s'est occupé de Stetson, parce que ce ne sont que des conneries. Il devrait peut-être s'occuper de Lawrence, également.

— Ivy ! lançai-je avant de regarder Keir avec les yeux écarquillés. Elle déteste imaginer que M. Wellington s'en sorte.

Il but une gorgée de café et me jeta un coup d'œil au-dessus du bord de sa tasse.

— Je ne sais pas vraiment si ces petites conversations que vous avez toutes les deux sont mignonnes ou déconcertantes.

Je me serais sentie insultée si son regard n'était pas amusé.

— J'imagine que ça n'a aucune importance. Tu m'as épousée et maintenant, tu es coincé avec moi, répliquai-je d'un air particulièrement narquois.

Keir prit mon café dans ma main et le posa sur la table avant de m'attirer sur ses genoux. L'oxygène fut chassé de mes poumons dans un souffle, tout d'abord à cause du mouvement soudain, mais aussi à cause de la faim qui brûlait dans ses yeux. Nos visages n'étaient qu'à quelques centimètres. Son corps immense m'enveloppait de chaleur, à la fois à l'intérieur et à l'extérieur.

— Je savais exactement dans quoi je m'engageais depuis notre première conversation. Je ne connaissais peut-être pas les détails, mais je savais que rien ne serait morne ou ordinaire, avec toi. Je l'ai choisi, je *t'*ai choisie et je le referais en un clin d'œil.

Je n'arrivais pas à respirer. Chaque émotion chaude et gluante que je pouvais éprouver inonda si complètement ma poitrine que je n'avais plus de place pour l'air.

Si tu n'embrasses pas cet homme dans la seconde, je le ferai.

Elle n'eut pas besoin de me le dire deux fois. J'écrasai

mes lèvres contre les siennes. Une part de moi avait l'impression que ce n'était pas bien, de ressentir autant de paix et de bonheur après une telle tragédie, mais je ne pouvais m'en empêcher. Être avec Keir était comme une injection d'euphorie liquide dans mon cœur et je devenais rapidement accro.

— Si tu veux voir ta mère, tu dois arrêter, sinon je vais te déshabiller et te mettre dans mon lit.

Il me massa les fesses de ses mains musclées tandis que ses mots étaient prononcés péniblement et lourdement, et que son membre s'appuyait contre ma cuisse.

Je souris et reposai mon front contre le sien.

— Merci, Keir, dis-je d'une petite voix.

— Tu me remercies parce que je veux te baiser ?

— Non, répondis-je en riant avant de me calmer. Merci de m'avoir aidée quand j'en avais besoin. De ne pas m'avoir abandonnée et de m'avoir acceptée comme je suis. Peut-être que j'avais surtout peur de le faire moi-même.

Nous restâmes assis, immobiles, pendant un long moment. Je m'apprêtais à reculer pour voir ce qu'il pensait quand il bondit en me serrant fermement dans ses bras.

— C'est bon. Je vais te baiser.

Je rejetai la tête en arrière et ris alors qu'il marchait vers la chambre.

— Mais ma mère ?

— Elle peut attendre. Je n'en ai que pour cinq minutes.

Il me jeta sur le lit et me dévora de son regard embrasé.

— Peut-être dix.

Il prit trente minutes. Je ne m'en plaignis pas.

JE DÉTESTAIS LES HÔPITAUX. J'étais à l'hôpital pour la première fois quand papa m'avait annoncé qu'Ivy était partie. Franchir ses portes vitrées coulissantes me fit l'effet d'un parpaing sur ma poitrine. Je dus prendre de lentes et légères inspirations pour éviter d'hyperventiler.

Avoir Keir à mes côtés m'épaulait de bien des façons. Non seulement j'empoignais mortellement sa main, mais c'était lui qui parlait pour qu'on nous aide à localiser maman dans le service des soins intensifs. Elle était stable, mais ils ne voulaient pas la transférer avant qu'elle reprenne des forces.

Papa était avec elle, quand nous trouvâmes enfin sa chambre. Je fus soulagée qu'il n'ait pas l'air en aussi mauvais état que je l'avais imaginé. Il était fatigué et maman était pâle, mais autrement, ils étaient tous les deux dans une forme convenable.

— Bonjour, Ro ! Je suis si content que tu ailles bien.

Papa m'attira contre son torse et m'étreignit presque au point de me faire suffoquer.

Mon sourire menaça de fendre mon visage en deux.

— Je vais encore mieux que ça. J'espère que ta nuit n'a pas été trop terrible.

Je reculai pour croiser ses prunelles avant d'enlacer gentiment ma mère.

— C'est difficile de dormir, par ici, mais ça ne m'a pas dérangé, tant que ta mère était stable.

L'intéressée me fit un clin d'œil groggy.

— Il est penché au-dessus de mon lit depuis qu'ils

m'ont réveillée.Son regard parcourut mon visage, comme si elle voulait le graver dans sa mémoire, puis elle observa Keir au fond de la pièce.

— Merci, Keir. Merci *beaucoup*.

— C'était Rowan. Je n'étais que la cavalerie qui arrive une fois que la fête est finie, dit-il doucement.

Papa tendit la main et serra la sienne.

— Vous avez fait bien plus que ça pour nous et vous le savez.

Le regard de Keir dériva jusqu'à mes yeux.

— Je dois dire que ça en valait la peine.

Quelque chose d'insondable et de pourtant profond se lut dans les yeux de mon père.

— Eh bien, maintenant que vous êtes ici tous les deux, je peux faire un saut à la cafétéria. Keir, vous voulez bien marcher avec moi ?

— J'en serais ravi.

Je les regardai s'éloigner, priant pour qu'ils puissent rester seuls, tous les deux, puis je m'assis au bord du lit de ma mère.

— Tu souffres beaucoup ?

— Pas du tout, mais je suis sûre que ça changera une fois que mes médicaments ne feront plus effet.

Son discours était lent, mais elle était suffisamment consciente pour parler et j'avais besoin de vider mon sac à propos de certaines choses. Pendant tant de temps, déjà, un fossé nous avait séparés et je détestais l'idée de laisser encore un jour de plus s'écouler sans que j'essaie de régler ça.

— J'avais tellement peur de te perdre.

Ma voix devint fluette et s'accrochait à ma gorge lorsqu'elle la franchissait.

— Je t'aime tellement et je ne te le dis pas assez. Je suis vraiment désolée.

Elle fit rouler sa tête d'un côté, puis de l'autre.

— Quand j'ai vu Stetson pointer cette arme, sur toi, j'ai réalisé à quel point j'ai été bête.

— Tu n'as pas été bête, maman…

Elle leva une main.

— Je ne pouvais pas changer le fait qu'Ivy était partie, mais si je t'ai perdue à cause de mon chagrin, c'était ma faute. Je ne l'ai pas remarqué avant ce moment-là. J'aurais pu te perdre avant d'avoir eu réellement la chance d'apprendre à connaître la femme que tu es devenue.

Des larmes coulèrent sur ses joues, mais elle sourit et, pour une fois, son sourire rayonna jusqu'à ses yeux gris-vert. Ivy et moi avions toutes les deux hérité de ses yeux.

— Je t'aime tellement, ma petite fille.

Cette fois-ci, je me penchai et l'étreignis avec plus de force qu'auparavant. Je ne pouvais m'en empêcher, car ce que je m'apprêtais à dire pourrait la pousser à me percevoir différemment et je détesterais que cela soit le cas alors que nous venions tout juste de nous retrouver.

— Maman ? Je dois te dire quelque chose, annonçai-je contre ses cheveux, incapable de la regarder dans les yeux. Ça me ronge depuis toutes ces années et avant que nous puissions passer à autre chose, je crois que tu dois savoir ce qui est arrivé ce jour-là. Le jour où Ivy est morte.

Je reculai et mon regard se posa sur mes doigts, qui trituraient ma manche.

— C'était ma faute.

Ces mots ne furent rien d'autre qu'un souffle teinté de culpabilité et pourtant, ils me scindèrent en deux.

— Quoi ?

— J'ai défié Ivy de sauter du trottoir, ce jour-là. Je savais que c'était dangereux, mais je l'ai quand même fait. Je sais que je n'étais qu'une enfant, mais elle serait toujours là si je n'avais pas fait ça. Tout était ma faute.

Enfin. J'avais enfin avoué la vérité. Et d'une certaine manière, c'était un soulagement.

Des larmes purifiantes coulèrent sur mes joues et mon menton trembla quand mon corps fut submergé par l'émotion.

Maman fronça les sourcils.

— Ma puce, rien n'était ta faute.

— Je savais que tu dirais ça, parce que…

— Non, m'interrompit-elle. Je ne pense pas que tu es au courant. Mon cœur, ta sœur a eu une rupture d'anévrisme. Voilà pourquoi elle est tombée du vélo. Elle était morte avant même de toucher le sol.

Mes oreilles commencèrent à siffler tandis que mon cerveau tentait d'encaisser ce qu'elle disait.

— Tu ne te rappelles pas avoir fait un scanner crânien peu de temps après sa mort ? Comme vous étiez jumelles, nous devions te faire examiner, mais ils n'ont rien trouvé. Les médecins ont seulement pu nous dire que c'était un hasard extraordinaire. L'un des mystères de la nature.

Mes lèvres s'ouvrirent et se fermèrent comme si j'étais un poisson échoué sur le rivage.

— Je... Un anévrisme ? Je me souviens... d'une machine bruyante.

— C'est celle-ci.

— Mais je ne savais pas pourquoi je faisais ça.

La douleur tira les traits de son visage déjà pâle.

— Je suis vraiment désolée, Rowan. Tu étais jeune et nous avons essayé de t'expliquer, mais la communication était compliquée, entre ton âge et notre chagrin. Au fil des années, il ne nous est pas venu à l'esprit que tu pourrais t'en vouloir. Je suis terriblement navrée.

Elle s'agrippa à ma main, de toutes ses forces limitées.

— Je...

Un sanglot étrangla mes mots.

— Je ne... Ce n'était pas moi...

— Non, ma puce. Ce n'était pas du tout ta faute.

Je craquai. Chaque émotion que j'avais un jour ressentie concernant la mort d'Ivy se déversa hors de moi dans des sanglots, de lourdes larmes et de la morve. Je baissai la tête contre le bord du matelas de maman alors que je cédais à cette libération cathartique.

— C'est pour ça que je voulais être aussi parfaite pour vous, hoquetai-je une fois que la majeure partie des sanglots s'estompèrent. Si je vous avais pris Ivy, j'avais l'impression de devoir être la fille parfaite, pour vous.

— Rowan, tu es et tu seras toujours parfaite comme tu es.

36

ROWAN AVAIT PLEURÉ. JE LE SUS À LA SECONDE OÙ J'ENTRAI dans la chambre de sa mère, mais le sourire étincelant qu'elle me lança m'assura que ses larmes étaient heureuses. J'attendis que nous soyons seuls dans la voiture, sur le chemin du retour, pour satisfaire ma curiosité et en savoir plus.

— Tu te sens mieux ?

— Je suis toujours sous le choc, dit-elle d'un air hébété.

— Sous le choc ?

J'avais cru qu'elle avait commencé à digérer tout cet

incident avec Stetson, même si cela ne faisait que vingt-quatre heures.

Elle me regarda avec une telle vulnérabilité qu'elle aurait pu avoir six ans à nouveau.

— Pendant seize ans, j'ai cru que j'étais responsable de la mort de ma sœur. Seize *ans*. Et j'ai appris aujourd'hui que ce n'était pas ma faute.

Je le lui avais dit, mais s'il avait fallu qu'elle parle à sa mère pour le croire, alors j'en étais heureux. Tant qu'elle comprenait le message.

— Je suis ravi de l'apprendre.

— Non, tu ne comprends pas. Ce n'était pas ma faute, insista-t-elle. Ivy a eu une rupture d'anévrisme et c'est la raison pour laquelle elle est tombée de son vélo – non pas parce que je l'ai défiée de sauter. Papa et maman ont essayé de me l'expliquer, quand j'étais plus jeune. Je me souviens qu'ils m'ont parlé de sang dans sa tête, mais moi, je ne voyais que le sang dans ses cheveux quand elle a heurté le sol. Je n'ai jamais compris qu'elle avait eu un caillot de sang et je me suis sentie si mal à propos de ce que je pensais avoir fait que je ne leur ai jamais avoué l'avoir défiée de sauter du trottoir.

Merde alors.

J'étais si content qu'elle connaisse la vérité, mais quelle tragédie pour elle de vivre dans l'ignorance pendant si longtemps ! Pas étonnant qu'elle soit sous le choc.

— C'est une très bonne chose.

Rowan sourit.

— C'est vrai. Et toi ? De quoi as-tu discuté avec papa ?

— Il voulait un compte-rendu de ce qu'il s'était passé.

— Que lui as-tu raconté ?

— La même chose qu'aux flics. Il n'a pas besoin d'en savoir plus que ça.

Elle hocha la tête et son regard se riva une nouvelle fois sur la route devant nous tandis que mon portable sonnait dans les haut-parleurs de la voiture. Je choisis automatiquement le mode privé sur le tableau de bord et décrochai directement. Tor m'appelait et Rowan n'avait pas besoin d'entendre chaque détail de notre conversation.

— Oui ?

— J'ai besoin de savoir combien de temps je vais garder le toutou. Je dois lui donner à manger et à boire ?

Il parlait de Stetson. Il voulait savoir combien de temps j'avais prévu de le maintenir en vie.

— J'arrive dans un moment pour voir tout ça par moi-même, mais en attendant, tu peux lui donner un peu d'eau.

— Tu en es sûr ? Il sent déjà la pisse, râla-t-il.

— J'imagine que tu pourrais l'arroser avec le tuyau. Ça ferait d'une pierre deux coups.

— Oh que oui !

Il raccrocha. Je reposai le portable dans la console et laissai un petit sourire étirer mes lèvres. Cette journée s'avérait phénoménale.

— C'était à propos de Stetson, n'est-ce pas ? s'enquit Rowan.

Je lui jetai un coup d'œil en biais.

— Je vais te ramener à la maison, mais je dois sortir un moment. Tu crois que ça ira, si tu restes seule ?

Elle haussa l'un de ses sourcils blonds.

— Je vis seule depuis que j'ai dix-huit ans, tu sais.

— Tu as traversé beaucoup d'épreuves, hier. Ça peut légitimement changer une personne. Le Russe est toujours un point d'interrogation et Wellington pourrait avoir des envies de vendetta. En plus, il existe toujours un certain degré de danger pour les personnes qui me sont proches.

— J'ai passé du temps à réfléchir à tout ça, même avant-hier, et j'ai décidé que la vie avec toi n'est pas si différente d'une vie dans la famille d'un politicien.

Elle le dit de manière si détachée que je faillis m'esclaffer.

— Tu le crois vraiment ? demandai-je d'un air sceptique.

— Eh bien, tu ramènes peut-être un peu plus de danger, mais tu devrais voir certains des barjots que papa a dû affronter. On ne sait jamais quand quelqu'un va péter une durite. Un jour, un mafieux gigantesque et tatoué est entré par effraction dans leur maison et m'a menacée d'un couteau. Tu le crois, ça ?

Son regard luisait d'hilarité.

— Ça alors.

Je parlais d'un ton plus sobre que celui utilisé lors d'un anniversaire célébré par les alcooliques anonymes.

— Eh oui, continua-t-elle d'une voix imperturbable. Alors tu n'as pas à t'inquiéter à l'idée que je reste seule, chez toi.

— Chez nous, la corrigeai-je automatiquement.

Silence.

— Chez nous, répéta-t-elle enfin d'un ton beaucoup plus réservé. Tu es sûr de vouloir faire ça ? Il n'y a plus de danger, maintenant. Personne ne t'en voudrait si tu voulais t'éloigner.

La voix de mon petit agneau était à peine plus forte que le couinement d'une souris.

La voiture derrière moi klaxonna quand j'écrasai les freins et me garai sur le trottoir. Je posai la main derrière la nuque de Rowan et rivai mon regard sur le sien, renforçant notre connexion de toutes les façons possibles.

— Je sais que tu dois guérir beaucoup de vieilles cicatrices et nous ne nous sommes pas lancés sur cette route de la manière la plus conventionnelle, mais s'il y a bien une chose dans ce monde dont je ne veux pas que tu doutes, c'est de moi et de mon engagement envers toi. Je me fiche de savoir ce que tu as fait ou ce que tu n'as pas fait par le passé. Je me contrefous de ce que ton père fait ou de la raison pour laquelle tu as fini dans mon club. Tout ce qui compte, c'est que je t'ai choisie et que je continuerai de te choisir tant que tu me laisseras faire.

Elle battit des paupières pour chasser ses larmes et ses lèvres tremblèrent.

— D'accord.

L'espoir dans sa voix fut écrasant. Je liai nos lèvres dans un baiser passionné qui emplit à la fois ma verge et mon cœur de chaleur.

— Seigneur, tu es si bonne, songeai-je tandis que mes lèvres effleuraient toujours les siennes.

Elle réprima un sourire et baissa les yeux d'un air faussement pudique.

— Je n'en suis pas si sûre. Tu as vu ce que tu avais mis dans ma valise, n'est-ce pas ?

Elle s'exclama alors et ses yeux s'écarquillèrent largement.

— Oh, mon Dieu. C'est bien toi qui as fait mes valises, n'est-ce pas ?

Un rire tonitruant remonta depuis mon torse et combla le silence autour de nous. Il me fallut une minute pour reprendre mon calme et, quand je le fis, Rowan me dévisageait en haussant un sourcil.

— J'imagine que tu fais référence aux jouets et oui, c'est moi qui les ai mis. Je voulais m'assurer que tu avais toutes les affaires essentielles.

Mon sourire déviant rivalisait avec celui d'un méchant de chez Disney.

— Je suis ravie que tu trouves ça drôle, parce que j'ai failli avoir une crise cardiaque.

Je pinçai légèrement son menton entre mon pouce et mon index, puis je réinsérai la voiture dans la circulation.

— Je suis surpris que tu t'inquiètes de ce que quiconque penserait.

— Ce n'est pas ça, me corrigea-t-elle d'un air presque trop confiant. Simplement, je ne voulais pas que quelqu'un d'autre pose ses mains crasseuses sur mes godemichets. C'est dégueu.

Elle épousseta une peluche invisible sur ses genoux.

— En parlant de ta famille. Que pensent-ils de tout ça... toi et moi ? Je n'ai pas de pedigree irlandais.

— Tu plaisantes ? Tu sais que mon père est ravi et je crois que tous les autres sont heureux de se concentrer sur autre chose que sur la trahison de Caitlin.

Un pedigree. Non, mais franchement, les trucs qui sortent de la bouche de mon épouse.

— C'est bon à savoir. Enfin, qu'ils m'acceptent, et non pas que Caitlin vous ait trahis. Ça craint vraiment. Que lui arrivera-t-il ?

Je soupirai profondément.

— C'était à Oran de le déterminer. Il a décidé de la punir d'une manière qui la blesserait terriblement. Elle a été arrêtée pour la mort de son frère. Et bien qu'elle n'ait pas techniquement été celle qui l'a tué, elle a aidé et maintenant, elle devra vivre le reste de sa vie avec cette idée.

Je jetai un coup d'œil à Rowan.

— Comme tu le sais, une telle chose ronge l'âme d'une personne.

— Ça a dû être une décision difficile pour Oran. Je me sens mal pour lui, dit-elle doucement.

— Il n'est pas dans un bon état d'esprit, c'est certain. Mais notre famille s'est unie contre elle et est plus forte que jamais. Il finira par passer outre.

— C'est génial que vous vous souteniez. Avant, je me demandais à quel point les choses auraient été différentes si j'avais eu des cousins pour remplir mon manque.

Son ton était mélancolique, mais quand je jetai un coup d'œil par-dessus mon épaule, je vis qu'un sourire coupable fendait son visage et que son regard vague était tourné vers la vitre. C'était la même chose, chaque fois qu'elle entretenait l'une de ces conversations silencieuses avec sa sœur.

J'ignorais si un thérapeute dirait qu'elles étaient malsaines, mais je m'en moquais. C'était ainsi que Rowan s'adaptait à cette perte. Cette connexion, bien qu'imaginaire, l'apaisait. Parfois, être un peu fou était une bonne chose.

— Dis bonjour à Ivy de ma part.

Le sourire que me lança Rowan en guise de réponse enflamma mon âme.

♦

DEUX JOURS PLUS TARD, le bureau du gouverneur me convoqua. J'étais curieux de savoir comment je serais reçu. La première fois que je m'étais rendu dans son bureau, j'avais été congédié presque sans un mot. Je savais que ce serait différent, mais je ne m'attendais pas à ce qui se produisit.

Evan Alexander me présenta à ses employés comme étant son gendre. Je me moquais éperdument de son opinion de moi, mais je me préoccupais de la manière dont elle affecterait Rowan. À cet égard, j'appréciai réellement son ouverture d'esprit.

Une fois qu'il eut terminé les présentations et que j'eus reçu des nouvelles de la santé de sa femme, nous battîmes en retraite dans son bureau pour échanger en privé. Plutôt que de s'asseoir derrière son grand bureau de fonction, Evan s'installa sur une chaise réservée aux visiteurs, à côté de moi.

— Je voulais vous parler, car je suis très inquiet, dernièrement, comme Stetson est dans la nature.

Son regard hanté dévia vers la fenêtre.

— La police a été incapable de l'arrêter et je déteste ça.

— Ne vous inquiétez pas. Il ne reviendra pas.

Mes mots, prononcés d'une douce voix, étaient intentionnellement menaçants.

J'observai intensément ce gouverneur respectueux de la loi, curieux de savoir comment il allait réagir. S'ériger en défenseur de la morale n'était plus si plaisant quand votre famille était impliquée.

Effectivement, Evan Alexander hocha la tête et son soulagement fut palpable.

— Il y a peu de choses que je ne ferais pas pour votre fille, l'informai-je.

— Je commence à le comprendre et j'en suis ravi. Elle mérite le meilleur.

Je baissai le menton.

— Je suis d'accord et j'ai prévu de le lui donner chaque jour que je vivrai sur cette Terre.

— C'est tout ce que j'ai toujours souhaité pour elle, bien que je n'aie pas réussi à l'aider à accomplir cela.

Il pinça les lèvres.

— J'ai coupé tous les ponts avec Lawrence Wellington, du mieux possible. Les journaux en parleront, mais quelque chose d'autre attirera leur intérêt dans peu de temps. J'espère simplement qu'il paiera pour ses crimes.

— Il y a peu de chance. Les charges contre lui sont minimes, comme vous le savez, et il n'y a aucune preuve qu'il a un quelconque rapport avec la fille. Il peut tout mettre sur le dos de son fils et jouer au père éploré.

— Je sais, répondit-il en me lançant un regard noir. C'est si frustrant de penser que j'ai pu autant me tromper sur leur compte.

— La corruption peut se cacher partout, surtout chez ceux qui sont en position de pouvoir.

Mes propres mains n'étaient pas franchement propres, mais au moins, j'avais un certain sens moral, bien qu'il soit rouillé. Les hommes comme les Wellington n'avaient pas de telles limites pour les guider.

— En parlant de ça...

Alexander se pencha en avant et récupéra un document sur son bureau avant de me le donner.

C'était un communiqué de presse devant être publié plus tard dans la journée et annonçant la nouvelle nomination du maire pour le préfet de police.

Je levai les yeux vers lui.

— Il semblerait que le maire ait changé d'avis.

— Effectivement. Vous n'êtes pas le seul qui sait être persuasif quand il le faut. J'ai fait quelques recherches sur le candidat et j'ai trouvé un homme qui avait été ignoré, malgré son dossier exemplaire. Je me suis dit que, dans cette situation, un compromis serait bénéfique pour tout le monde.

Les commissures de mes lèvres tressaillirent.

— Vous êtes un homme sage, monsieur le gouverneur.

Il se leva et me tendit la main.

— Et reconnaissant. Ne me le faites pas regretter.

— Ma femme m'écorcherait vif.

Il s'offusqua avant d'ajouter :

— Dites à ma petite fille que je lui passe le bonjour.

Je souris pendant tout le trajet jusqu'à mon appartement.

37

Trois semaines plus tard

— COMMENT S'EST PASSÉE TA SÉANCE ?

Maman était en train de lire dans le salon quand j'arrivai chez eux.

Le bureau de ma nouvelle thérapeute était situé non loin de la maison de mes parents. Je demandai donc à mon chauffeur de m'y emmener pour une brève visite. Keir avait insisté pour engager un chauffeur qui resterait d'astreinte pour moi. Je trouvais cela un peu excessif, mais je ne l'avais pas contredit. La vie était trop courte. Si me payer un chauffeur lui permettait d'avoir l'esprit tranquille, je pouvais l'accepter.

— Bien. J'ai bien accroché avec Evie. Elle est jeune, donc j'ai l'impression que nous nous identifions l'une à l'autre. Je pense qu'on formera un bon duo.

— C'est merveilleux ! Comment l'as-tu trouvée ? Je ne saurais même pas par où commencer.

Je rejoignis maman sur le canapé et m'inclinai vers l'endroit où elle était assise, avec une couverture sur les genoux.

— C'est une amie d'une amie. Conner m'a donné son nom. J'imagine qu'elle est reliée d'une manière ou d'une autre à une partie de sa famille italienne. Elle a récemment ouvert son propre cabinet et il est super mignon. J'ai plus l'impression de m'arrêter chez une copine que d'aller en thérapie.

— Si c'est le cas, je pourrais peut-être me renseigner sur elle.

— Je serais ravie de te transmettre les infos quand tu le voudras.

J'appréciais l'enthousiasme de ma mère, mais je n'allais pas retenir mon souffle. Il y avait de grandes chances pour qu'elle ne passe jamais ce coup de fil. Et, pour être honnête, j'avais vu des progrès si remarquables, chez elle, depuis l'incident avec Stetson que, pour une fois, je ne m'inquiétai pas. Maman s'adaptait très bien à la vie, toute seule.

— Tu restes dîner ?

— Non, Keir devrait bientôt venir me prendre. Je voulais juste passer et voir comment tu allais.

Elle rejeta la couverture loin de ses genoux et se leva en ne se crispant que légèrement.

— Je vais merveilleusement bien, d'après le médecin. Inutile de s'inquiéter. Mais je veux que tu montes, pendant que tu es là. J'ai presque oublié que les peintres avaient fini hier.

La joie de maman était contagieuse. Voir son enthousiasme renouvelé pour la vie m'emplissait d'énergie et d'optimisme.

— J'adorerais voir ça, mais je croyais que tu n'étais pas encore censée monter les marches.

— C'est idiot, ricana-t-elle. Mes jambes vont bien. Allez, viens.

J'étais assez prudente, après avoir vu maman se vider de son sang, mais elle gravit une marche à la fois sans difficulté évidente. En haut de l'escalier, la porte menant à l'ancienne chambre d'Ivy était grand ouverte – ce que je n'avais toujours pas l'habitude de voir.

— Oh, maman. C'est parfait.

J'entrai et fus enveloppée de chaleur et de bonheur. Les murs étaient d'un jaune pâle joyeux qui n'était pas désagréable. Nous avions passé une éternité à regarder des nuanciers et à débattre, mais j'étais vraiment heureuse de notre décision.

— Ivy aurait adoré.

— Je le pense aussi, répondit-elle d'une voix émue.

Je glissai un bras autour de ses épaules pour une étreinte et nos têtes se posèrent doucement l'une contre l'autre tandis que nous observions cette nouvelle pièce. Nous passâmes ensuite quelques minutes à discuter de nouveaux rideaux et de l'idée de peindre la tête de lit, avant que je l'aide à redescendre l'escalier.

Une demi-heure plus tard, Keir vint me prendre chez mes parents. Nous étions supposés aller dîner, mais il devait d'abord faire un saut à son bureau. Je décidai de boire un verre au *Moxy* plutôt que de le suivre à l'étage. Mon plan ne le ravissait pas, mais il se radoucit à contrecœur après avoir confirmé que Torin était là.

— Quelqu'un a oublié le sucre dans son thé glacé, lança malicieusement Stormy quand j'avançai vers le bar.

Je jetai un coup d'œil par-dessus mon épaule et vis Keir pousser la porte d'entrée avec plus de force que nécessaire.

— Il en fait juste des tonnes.

Je me retournai et me glissai sur une chaise au bar.

— Je porte du simili cuir et il pense que tous les mecs du bar vont me draguer.

Je lui fis un clin d'œil et Stormy fut pliée de rire.

— Meuf, je dois dire que tu es canon aujourd'hui. Cet homme n'a pas totalement tort.

— Eh bien, merci. Je me sentais un peu coquine, aujourd'hui.

J'avais choisi un legging noir en simili cuir moulant, un pull court, mais large, tombant sur l'une de mes épaules, et des baskets blanches. C'était le mélange parfait entre le chic insouciant et une touche de sexy.

— Mission accomplie. Je voulais m'acheter un legging

de ce genre. Peut-être que je passerai au centre commercial, demain.

Elle sécha avec un torchon le dernier verre et commença à tous les empiler à l'envers.

Je la regardai travailler et réalisai que j'aimais vraiment Stormy. Elle était mignonne, mais pétulante et c'était amusant de lui parler. Elle était le genre de filles avec qui ça ne me dérangerait pas d'être amie, si je savais comment me faire des amis.

Sérieusement, Ro. C'est le moment. Enfile ta culotte de grande fille et demande-le-lui.

N'étais-je pas une poule mouillée ?

Je m'éclaircis la voix.

— Euh, aller au centre commercial, ça a l'air marrant. Tu… euh… voudrais de la compagnie ?

Stormy rayonna.

— J'adorerais avoir de la compagnie. Je ne vis pas en ville depuis longtemps, alors je ne me suis pas fait beaucoup d'amis.

J'aurais aimé que la raison pour laquelle je n'avais pas de copines soit aussi anodine. Mais peu importait le passé, je faisais les choses différemment, à présent.

— D'où viens-tu, à l'origine ? Quelque part dans le Sud, je présume ?

— À la base, je suis originaire de Savannah, mais j'ai vécu à Chicago avant d'emménager ici. Et toi ?

Elle s'appuya contre le bar, toute son attention focalisée sur moi.

— Je suis une fille de la ville, je suis née et j'ai grandi ici. Qu'est-ce qui t'a amenée à Manhattan ?

Elle baissa les yeux avant de prendre un torchon et d'essuyer le comptoir immaculé.

— J'avais simplement besoin d'un changement de décor.

Elle se figea et son regard se riva sur le côté quand elle sourit narquoisement.

— Et franchement, on peut difficilement battre le *Moxy* en matière de décor.

Nous gloussâmes toutes les deux, ce qui attira l'attention de Torin. Il arriva d'un pas tranquille et alluma une cigarette en marchant.

— Tu ne devrais pas l'encourager, Rowan. Elle ne travaillera jamais si elle peut discuter.

— Il est dix-huit heures, lui rétorquai-je.

Je survolai le club presque vide avec insistance.

— Quelques minutes ne vont certainement pas vous mettre en retard pour la soirée.

Tor la fusilla du regard tandis que Stormy ricanait.

— Ne fais pas attention à lui, Rowan. Il aboie plus qu'il ne mord.

Elle soutint le regard de Tor et quelque chose d'étrange passa dans l'air autour de nous, comme si Stormy avait curieusement invoqué l'atmosphère suffocante d'une nuit géorgienne au milieu de notre hiver new-yorkais.

— Je suis certain que tu ne sais pas de quoi tu parles, Storm.

Les mots de Torin étaient désormais fébriles.

Elle haussa l'un de ses sourcils parfaitement épilés et ne céda pas d'un pouce devant lui.

— Si ma mémoire est bonne, j'en sais plus que la plupart des gens.

Ça alors ! Il s'était clairement passé quelque chose entre ces deux-là et il me fallait tous les détails.

Je sortis mon portable.

— C'est quoi ton numéro ? Tu peux m'envoyer ton adresse par SMS et je passerai te prendre demain.

— Passer la prendre ? Pour quoi ? aboya Torin.

Stormy l'ignora et me donna son numéro.

— Pour aller au centre commercial, dis-je d'un air sarcastique en tapant les numéros. Tu veux faire du shopping, toi aussi ?

Il grimaça et s'éloigna, grommelant quelque chose dans sa barbe à propos des femmes et du malheur. J'arrivais à peine à refouler mon rire. Stormy en était au même point que moi.

— Oh, bon sang. Sa tête était impayable, me dit-elle quand son rire fut contenu.

— Il apprendra qu'il ne vaut mieux pas me taper sur les nerfs. Je peux être un peu bagarreuse, parfois.

— Comme je m'en souviens ! Je t'ai vue sur cette scène. Tu as captivé tout le club.

Je souris et une idée bourgeonna.

— Keir n'en était pas si ravi. Mais vous avez des pièces réservées aux danses privées, non ?

Ses yeux marron scintillèrent d'excitation.

— Ce ne serait pas un club de strip-tease qui se respecte si nous n'en avions pas. *Et* elles sont encore fraîchement nettoyées pour la soirée.

Beurk. Je n'allais pas songer à cette dernière partie.

— Rends-moi service. Quand Keir redescend, dis-lui que je suis là-bas et que je l'attends.

— Oui, m'dame. Mais avant…

Elle attrapa une bouteille sur la seconde étagère et servit deux verres.

— Je dirais que ça vaut bien un verre.

Mon sourire n'aurait pu être plus large.

— Cul sec.

Nous trinquâmes avant de claquer nos verres contre le bar en bois et de boire cette tequila explosive. Elle me brûla tout le long de la gorge, d'une manière agréable.

Je glissai mon verre en direction de Stormy et lui fis un clin d'œil.

— Souhaite-moi bonne chance.

— Oh, je crois que tu vas en avoir, de la chance.

Je ne pensais pas avoir ri si librement et si souvent depuis des années. C'était merveilleux.

Après être entrée dans la première des salles privées, je retirai mes chaussures, mes chaussettes et mon legging, ne gardant que ma culotte et mon haut. La pièce était sombre, avec une douce lueur rouge. Un lustre élégant était même accroché au plafond. Le *Moxy* était chic, tout compte fait, alors je n'aurais pas dû être étonnée que ses pièces privées soient plus jolies que je ne m'y étais attendue. Elles étaient simples, mais propres et modernes. Des carreaux de verre brillaient sur les murs et conféraient un certain charme à la petite pièce. Le seul mobilier était un fauteuil en cuir et une barre de pole dance.

Je m'assurai que mon pull expose toute une épaule,

puis je m'appuyai contre la barre. Keir ouvrit la porte moins de deux minutes plus tard. Son corps entier se crispa quand il me vit. Sauf ses yeux. Ces éclats de verre bleu fondirent en deux mares jumelles de liquide azur.

— J'ai besoin de ton aide, lui dis-je à l'autre bout de la pièce tandis que ma voix devenait grave et rauque.

— Ah oui ?

Il croisa les bras.

— Je travaille, là. Je n'ai pas le temps d'aider les jeunes femmes.

Je me mordis la lèvre inférieure et l'observai entre mes cils de la manière la plus pudique et cliché possible. Je commençai à me sentir un peu bête, jusqu'à ce que je voie sa verge se tendre dans son pantalon.

— Et si… Je te récompensais pour le temps que tu m'accordes ?

— De quelle façon ?

Sa voix, si douce et pourtant si entêtante, résonnait à travers le temps et l'espace comme un grondement du tonnerre lointain.

— Je pourrais danser pour toi.

Mon souffle se coupa et projeta ma poitrine vers le ciel. Je rejouais ma première visite au club et même si je connaissais bien mieux Keir, à présent, je ressentais tout de même cette montée d'adrénaline enivrante que j'avais déjà vécue des semaines plus tôt.

Il sortit son portable et le leva jusqu'à son oreille.

— Éteins les caméras dans la salle 1.

Il glissa à nouveau le téléphone dans sa poche et ferma enfin la porte derrière lui

— Je ne te fais aucune promesse.

— Tout ce que je demande, c'est quelques minutes de ton temps.

Mon cœur palpita et vrombit quand il se rapprocha et s'assit dans le fauteuil. Je commençai à me balancer et à rouler des hanches en rythme avec la musique. Bientôt, je fus totalement immergée. Je le taquinais et le séduisais avec chaque mouvement de mon corps.

— Tu es danseuse professionnelle ?

La retenue rendait sa voix si rauque qu'elle était presque méconnaissable.

— Non.

Je jetai un coup d'œil par-dessus mon épaule et le fixai dans les yeux.

— Je ne danse que pour mon mari.

Son regard s'enflamma. Ce fut mon unique avertissement avant qu'il bondisse et m'attire sur ses cuisses pour que je le chevauche. Mon sexe s'appuyait parfaitement contre sa longueur rigide. Si nous restions assis longtemps dans cette position, je laisserais une trace mouillée sur son pantalon, mais je n'arrivais pas à m'en soucier. C'était si bon.

— Répète ça, exigea-t-il sèchement.

J'envisageai de faire l'idiote, mais je me ravisai. C'était effectivement la première fois que j'employais ce terme. Je n'avais pas évité intentionnellement. Pas vraiment. Simplement, je n'avais eu aucune raison de l'utiliser.

À ce qu'on dirait, Keir l'avait remarqué et en désirait encore plus.

— Mon *mari,* soufflai-je tandis que ma bouche n'était qu'à quelques centimètres de la sienne.

Le baiser dont il me gratifia en guise de réponse ne fut qu'une possession sauvage. Il tatoua sa revendication sur mes lèvres et la scella avec un serment d'éternité. Et je lui fis également un serment en lui offrant mon corps et mon âme.

Ce n'était pas un grand sacrifice.

Ils lui avaient appartenu presque à l'instant où nous nous étions rencontrés, quand quelque chose, au plus profond de moi, l'avait reconnu comme étant sûr et familier. Être avec Keir me donnait l'impression de rentrer chez moi et je ne souhaitais plus jamais partir.

ÉPILOGUE

Deux semaines plus tard

— TU AS PRÉVU QUELQUE CHOSE, DEMAIN ?

J'avais passé quelques coups de fil dans mon bureau, à la maison, et quand j'étais sorti, j'avais trouvé Rowan à la table de la salle à manger avec son ordinateur portable. Ce n'était manifestement pas l'endroit le plus confortable pour travailler, mais elle jurait que la vue était plus belle ici que n'importe où dans l'appartement.

— Je vais simplement essayer d'en faire autant que possible sur cette dissertation aujourd'hui et demain. Je suppose que je ne vais pas faire grand-chose pendant le reste des vacances et après Thanksgiving, il ne restera que quelques semaines avant les examens finaux.

Ses cheveux étaient attachés sur sa tête dans un chignon décoiffé et elle portait un pull au moins deux fois trop grand pour elle. Elle n'essayait même pas de s'apprêter et pourtant, elle était si mignonne.

— Si tu crois que tu peux te dégager un peu de temps, une décoratrice va venir demain matin.

— Une décoratrice ?

Je tirai une chaise et la rejoignis autour de la table.

— Oui, on me l'a grandement recommandée. Elle a accepté de nous aider à transformer l'une des chambres supplémentaires en studio de danse.

Rowan écarquilla les yeux.

— Vraiment ? souffla-t-elle.

Je ne pus retenir mon sourire plus longtemps.

— Vraiment, si c'est ce que tu souhaites.

— Je n'ai rien dit, mais j'ai beaucoup réfléchi à ce que j'allais faire après ma remise de diplôme. Au point où j'en suis, ça aurait été idiot de ne pas obtenir mon diplôme, mais nous savons tous les deux que la politique ne me correspond pas.

Elle tira nerveusement sur ses manches.

— J'ai envisagé de reprendre la danse. Je sais que ça fait un moment que je ne me suis pas entraînée, mais j'aime tellement ça. Je pensais que peut-être… Je pourrais même enseigner.

— S'il y a bien une chose dans ce monde dont je suis absolument certain, c'est ta capacité à accomplir tout ce que tu as l'intention de faire.

— Alors, tu ne trouves pas que c'est une idée idiote ?

— Quand il s'agit de danse, avec toi, ce mot est bien la dernière chose qui me vient à l'esprit.

Ma verge palpita, comme si elle approuvait mon opinion.

— À ton avis, pourquoi ai-je envie d'avoir un studio, ici, dans la maison ? Tu penses peut-être que c'est attentionné, mais je t'assure que c'est égoïste, à cent pour cent.

Elle se mordit la lèvre inférieure quand son sourire s'élargit.

— Ça me convient.

Elle ferma son ordinateur portable et me regarda une nouvelle fois avec enthousiasme.

— Tu pensais à quelle chambre ?

— Ça n'a pas beaucoup d'importance pour moi.

— La grise, répliqua-t-elle. Si ça ne te dérange pas, les fenêtres y sont parfaites.

Je baissai la tête une fois pour montrer mon assentiment.

— Alors ce sera la grise. Devrions-nous y jeter un coup d'œil ?

Elle bondit de sa chaise comme une fusée. Nous rejoignîmes la chambre grise et discutâmes des changements qui seraient nécessaires. Le parquet serait la partie la plus conséquente et intensive de la rénovation.

Le reste serait relativement superficiel une fois que les meubles seraient retirés.

— Et ce mur serait parfait pour des miroirs et une barre de danse.

Rowan observa le seul mur dans la pièce sans fenêtre ni porte.

— Normaux ou glacés ?

Elle ne grimaçait plus, quand elle se retrouvait confrontée à un miroir, mais je n'étais pas certain qu'elle soit prête à accepter qu'ils recouvrent tout un mur.

— Normaux.

Elle sourit et son regard s'adoucit quand il croisa le mien.

— Je n'avais pas réalisé à quel point avoir un studio me manquait, jusqu'à maintenant. Je suis tout excitée, Keir. Merci.

Je saisis ses doigts et l'attirai près de moi, prenant de longues secondes pour admirer les pigments verts et dorés qui se battaient pour dominer dans ses yeux.

— Embrasse-moi, lui ordonnai-je d'une douce voix rocailleuse.

Elle se mit sur la pointe des pieds et amena ses lèvres vers les miennes. Révérencieusement. Passionnément. C'était la perfection.

Elle passa les bras au-dessus de mes épaules avant que le baiser s'achève, puis elle ouvrit les paupières afin de me regarder droit dans les yeux.

— Je t'aime, Keir Byrne.

C'était la première fois qu'elle prononçait ces mots. La première fois que l'un de nous les prononçait. Je savais depuis des semaines que j'étais éperdument amoureux d'elle, mais j'avais été réticent à l'idée de le lui dire. Le fait que je lui aie forcé la main dans cette relation, au début, m'avait donné l'envie de l'entendre faire ce prochain pas toute seule, et non pas parce qu'elle ressentait le besoin de me rendre la pareille.

L'entendre enfin prononcer ces trois petits mots me donna l'impression que mes côtes ne pourraient contenir l'expansion rapide de mon cœur. Il s'appuyait contre les confins de ma poitrine et envahissait ma gorge, étranglant ma voix pour qu'elle ne devienne qu'un grognement étouffé et embrouillé.

— Montre-le-moi.

Rowan nous fit tourner dans un grand mouvement et me poussa contre le lit. Là où j'allais, elle suivait et elle chevaucha donc mon corps en approchant ses lèvres des miennes. Je nous installai un peu plus haut sur le lit et arrachai son pull large en le passant au-dessus de sa tête. Elle était nue, dessous, et cela me fit incroyablement bander.

Un vêtement à la fois, nous nous débarrassâmes des barrières entre nous. J'attendis que l'extrémité de mon sexe taquine son entrée avant de serrer mes mains autour de ses hanches pour interrompre son mouvement. Son regard se riva sur le mien.

— Mon amour pour toi, petit agneau, est infini. Je t'aime tant que c'en est douloureux.

Je me cambrai vers le haut tout en la maintenant en place et en plongeant ma verge profondément en elle.

Rowan rejeta la tête en arrière, ses longs cheveux

bicolores tombant au niveau de ses fesses pour m'offrir une belle vue sur sa poitrine parfaite. Mes mains dérivèrent sur ses côtes pour venir saisir les pics arrondis, et je lui pinçai ensuite ses tétons durcis. Si roses et fermes, je les sentais presque sur ma langue.

Mon contact fit revenir son regard sur le mien. Elle posa les mains sur mon torse et commença à se balancer et à rouler des hanches pour glisser le long de mon membre.

— *Je t'aime tant*, soufflai-je à nouveau.

Je laissai ma femme établir le rythme autant que je le pus. Lorsque ma faim insatiable pour elle en exigea plus, je la retournai sur le dos et pris le contrôle. Je m'étais dit que je ne le ferais pas, mais quand il s'agissait de Rowan, mon self-control n'avait jamais été à la hauteur. J'avais besoin d'elle tout comme j'avais besoin d'air dans mes poumons et de sang dans mes veines. Et si nécessaire, je défendrais ces trois éléments avec une sauvagerie égale.

Ma femme. Mon amour. Ma vie.

♦

— Tu n'es pas sorti une seule fois, ce soir, me fit discrètement remarquer Nana après m'avoir fait signe de me joindre à elle.

— Eh bien, je ne trouvais pas ça très juste d'abandonner Rowan pour son premier dîner de famille et pendant Thanksgiving, en plus.

Nana sourit malicieusement et me jeta un coup d'œil en biais.

— Je sais que c'est vrai, confirma-t-elle.

Son ton exagéré montrait clairement qu'elle savait que ce n'était pas l'unique raison.

— Tu ne peux pas laisser cette jeune femme seule dans tout ce chaos. Ça pourrait dépasser la pauvre petite chose.

Nous levâmes tous les deux les yeux vers Rowan qui était assise par terre et faisait une partie étonnamment agitée de jeu de l'oie avec Pippa et Noemie, chacune tenant un gamin remuant sur ses genoux. Elle ne risquait nullement de se sentir dépassée.

Je lançai un coup d'œil ironique à Nana.

Elle gonfla sa poitrine et roula joyeusement des mécaniques.

— Je ne t'en veux pas le moins du monde. En fait, je suis très contente que vous soyez heureux ensemble. J'aimerais que tous mes petits-enfants soient dans une aussi bonne situation que toi.

Elle pinça les lèvres en observant brièvement Oran qui se tenait à la fenêtre avec un whisky à la main. Il était venu dîner, mais il avait à peine prononcé une dizaine de mots.

— Il passera à autre chose, Nana. Ça va juste lui prendre un peu de temps.

— Bien sûr. C'est dommage, parce qu'il vieillit et que ça ne facilite pas les choses.

Je n'avais pas follement envie de discuter de la santé mentale d'Oran avec ma grand-mère. Je fus donc soulagé quand le groupe jouant au jeu de l'oie se mit spontanément à applaudir ou à huer. La partie était terminée. Il était temps de voir comment allait ma femme.

Je me penchai pour embrasser Nana sur la joue, puis je

marchai tranquillement jusqu'au groupe. Les trois femmes annoncèrent une nouvelle difficile aux enfants : le jeu était fini. Ils commencèrent à les contredire, mais ils me jetèrent ensuite un unique coup d'œil et s'éparpillèrent.

— Tu les frappes quand personne n'est là ? me taquina Pippa en nous regardant tour à tour, moi et les nuages de poussière laissés par les enfants.

— Tu utilises une ceinture une fois et ils croient que tu es un monstre.

Elle tourna la tête vers moi, comme dans *L'Exorciste*.

— Je déconne, Pip, dis-je en haussant un sourcil.

Rowan et Noemi éclatèrent de rire. Je cédai et souris moi-même narquoisement quand je saisis une chaise de la salle à manger et m'assis à côté d'elles.

— Vous avez fini de jouer ?

— Oui, répondit Rowan. Trois parties, c'était suffisant.

Elle récupérait les cartes sur lesquelles étaient imprimés des carrés de couleur quand Pippa lui attrapa la main pour étudier son tatouage.

— Noemi et toi, vous avez toutes les deux des tatouages qui déchirent avec vos maris. Pourquoi ai-je soudain l'impression que je devrais en avoir un aussi ?

Noemi sourit.

— Nous avons toutes les deux été tatouées quand nous nous sommes mariées. Tu pourrais peut-être attendre le mariage pour au moins *une* chose.

Noemi était relativement discrète, du moins, comparée aux autres femmes dans la famille. Ainsi, quand elle avait un tel mot d'esprit, c'était encore plus divertissant.

Je fus obligé de tousser pour dissimuler mon rire.

Rowan colla sa main contre sa bouche tandis que les yeux de Pippa sortirent presque de leurs orbites. Je m'attendais à une réponse cinglante, mais malicieuse. Toutefois, elle me surprit en ne répliquant qu'un seul mot.

— Touché.

Elles s'esclaffèrent tant, toutes les trois, qu'elles commencèrent à pleurer. Noemi dut courir jusqu'aux toilettes en geignant qu'elle allait pisser dans son pantalon. Cela ne fit qu'accentuer le rire des deux autres.

Je n'avais pas anticipé l'intense fierté que je ressentirais en constatant que Rowan s'intégrait si bien dans ma famille. Oui, je voulais qu'elle les apprécie, et vice versa, mais je n'avais pas réalisé à quel point c'était important pour moi, jusqu'à ce que je la voie se mêler à eux comme si elle faisait naturellement partie du groupe.

Je croisai le regard de ma femme et me penchai en avant.

— Je me disais que c'était le moment de partir. Tu voulais rester un peu plus longtemps ?

J'adorais la voir si heureuse, mais ça ne faisait pas de moi un extraverti. J'avais sociabilisé pendant des heures et j'étais prêt à m'échapper pour rentrer chez moi.

— On peut s'en aller. Je suis assez épuisée.

Merci, mon Dieu.

Je m'apprêtais à me lever quand mon portable vibra dans ma poche. Tout était fermé, en ville, et toutes les personnes importantes pour moi se trouvaient dans cette pièce. Qui pouvait bien m'appeler ?

— Oui ?

— Monsieur Byrne ? Je suis Aaron, de Precision Security. Le capteur a détecté de l'activité au 126 de W. 38 th Street. Voudriez-vous que j'envoie la police pour qu'elle examine la zone ?

L'alarme s'était déclenchée au *Moxy* ? Mais de quoi s'agissait-il, bon sang ?

— Non, je vais y aller et vérifier. Je suis sûr que ce n'est rien.

Je n'en étais pas si convaincu, mais je n'avais certainement pas envie que les flics fouinent dans mon club. S'il y avait un problème, nous allions nous en occuper seuls.

— Merci. Bonne nuit, dit-il d'une voix monotone avant de raccrocher.

— De quoi s'agissait-il ? me demanda Rowan tandis que Torin se joignait à nous.

Il avait remarqué que j'avais répondu à un appel.

— L'alarme s'est déclenchée au club.

— Je vais aller jeter un coup d'œil, me proposa promptement Tor.

— Nous étions sur le point de partir, de toute manière, lui dis-je. Je vais y faire un saut avec toi avant qu'on rentre chez nous, pour être sûr.

Il hocha sèchement la tête et Rowan bondit. Nous saluâmes rapidement tout le monde et fûmes en route quelques minutes plus tard. Torin était sur sa moto, derrière nous. J'aimais une bonne moto autant que n'importe quel mec, mais je n'avais jamais compris son refus de conduire autre chose. Ce salaud entêté devait être gelé. Entre les bagarres et sa moto, je me demandais parfois si sa mère ne l'avait pas fait tomber quand il était bébé.

Trente minutes plus tard, nous nous garâmes devant le *Moxy*. Tout semblait normal. Je préférais me préparer au pire, mais l'alarme avait peut-être été un incroyable hasard.

— Je vais voir ce qu'il en est avec Tor. Je veux que tu restes ici avec les portières verrouillées. Compris ?

— Oui, monsieur. Oui, colonel.

Elle me fit un salut militaire en levant la main vers son front.

— Petite impertinente, lui dis-je avec un sourire narquois. L'arme de secours est sous le siège, juste au cas où.

— Au cas où quoi ? demanda-t-elle en reculant.

Je haussai les épaules.

— Je n'en sais rien.

Je sortis de la voiture, me retournai et attendis que les portières soient verrouillées derrière moi. Je rejoignis ensuite Torin à l'entrée du *Moxy*.

— C'est fermé à clé. Si quelqu'un est entré, il est passé par-derrière.

— Je doute sérieusement qu'il y ait quelqu'un ici, lui dis-je en insérant ma clé dans le verrou. C'est Thanksgiving. Même les Albanais ne sont pas de sortie, ce soir. Si je devais deviner, je dirais que ce sont ces fichus rats qui n'arrêtent pas de se multiplier à l'arrière du club.

J'ouvris la porte et entrai avant d'appuyer sur un

interrupteur qui n'allumait qu'un ensemble de néons à l'entrée. Le panneau de contrôle principal était à l'arrière.

Son arme à la main, Torin commença à avancer dans le club. Je gardai le mien dans son holster et le suivis. Tout allait visiblement bien jusqu'à ce que nous arrivions dans le vestiaire des femmes. Une lumière brillait sous la porte.

J'échangeai un coup d'œil avec Tor. Nous nous plaçâmes de chaque côté de la porte et je sortis enfin mon revolver en retirant la sécurité. Après avoir tendu l'oreille une minute et ne rien avoir entendu, il ouvrit la porte pour révéler une chose que je ne m'attendais certainement pas à voir.

Stormy était assise contre les casiers et ses genoux étaient pliés contre sa poitrine comme pour se protéger. Elle tremblait comme une feuille. Et ce n'était pas tout. Son œil gauche était gonflé et fermé et sa lèvre saignait. Quand nous surgîmes à l'intérieur, elle tressaillit avant de passer un bras autour de son ventre et de grimacer.

— Storm, c'est quoi ce *délire* ! rugit Torin.

— *Doucement*, lui intimai-je.

— Je suis vraiment désolée, les gars, nous supplia-t-elle.

Sa voix était frêle et ne ressemblait en rien à la beauté sudiste insolente que nous avions l'habitude d'entendre.

— Je me demandais si venir ici allait déclencher l'alarme, mais je n'avais nulle part où aller.

Mon cousin et moi avançâmes vers elle et nous nous accroupîmes pour la regarder de plus près.

— Que se passe-t-il, Stormy ? l'interrogeai-je.

Si un mec, chez elle, lui avait fait ça, il s'apprêtait à se faire sérieusement amocher.

— C'était entièrement ma faute. J'avais l'impression que quelqu'un me suivait, quand je suis rentrée chez moi, et j'aurais dû suivre mes instincts.

Son regard resta focalisé sur ses genoux quand elle parla et refusa de nous regarder. Je ne savais pas vraiment si elle était embarrassée ou si elle dissimulait la vérité.

— Tu as besoin d'un endroit où dormir ? demandai-je.

Elle acquiesça lentement et leva les yeux vers moi.

— Je ne peux pas y retourner pour l'instant.

Torin bondit.

— Voilà la clé de la moto. Elle vient avec moi.

Il tendit la main, supposément pour récupérer la clé de ma voiture.

Je me levai lentement, surpris par sa véhémence.

— Les clés sont toujours dans la voiture et je ne vais pas emmener Rowan sur une foutue moto. On va appeler un Uber.

Torin commença à s'accroupir à nouveau, mais je tendis un bras pour l'en empêcher.

— Tu es sûr de pouvoir gérer ça ? Elle n'est pas en état pour un interrogatoire.

Je ne savais pas vraiment ce qui lui prenait. Il n'était pas du genre à prendre soin des autres, mais j'avais l'impression que je me placerais entre un chien et son os si je l'arrêtais.

— Je ne suis pas un véritable salaud, Keir, me lança-t-il.

C'était discutable.

Mes lèvres se recourbèrent vers le bas.

— Je veux des nouvelles demain.

Il hocha sèchement la tête avant de se baisser avec précaution pour prendre Storm dans ses bras.

Ce n'était pas ainsi que j'envisageais la fin de ma soirée, mais ma vie était ainsi, en ce moment. Un mois de paix suivi par le déchaînement de l'enfer. Nous avions eu notre mois. L'heure du chaos était arrivée.

ÉPILOGUE BONUS

Un an plus tard

— Je ne peux m'empêcher de remarquer que je suis la seule à avoir un sac.

Je regardai Keir, confuse, tandis qu'il sortait ma valise du coffre.

— Un week-end d'anniversaire sera gênant, si je le passe toute seule.

Keir m'avait dit de préparer un sac pour une escapade surprise afin de fêter notre anniversaire. Voilà tout. J'avais fait de mon mieux pour remplir une valise, même s'il ne m'avait pas donné plus d'informations. Inutile de préciser que j'avais fait tenir la moitié de mon armoire dans mon sac. Une fille avait besoin d'options, surtout si elle ne savait pas où elle allait ou ce qu'elle allait faire.

Maintenant que nous étions garés à l'hôtel Mandarin Oriental, je savais au moins où nous nous rendions, mais je ne savais pas grand-chose d'autre.

Le sourire carnassier de Keir fut son unique réponse.

Je le suivis à l'intérieur du bâtiment, puis vers un ensemble d'ascenseurs. L'accueil de l'hôtel était au trente-quatrième étage. Je n'y étais allée que deux fois, exclusivement pour des fêtes extravagantes avec mes parents. Le Mandarin était l'un des hôtels les plus luxueux de New York.

Une fois que l'ascenseur arriva, Keir sortit une clé magnétique et l'inséra dans la fente avant de sélectionner le cinquante-deuxième étage.

— Quelqu'un est déjà venu ici et nous a enregistrés, remarquai-je avec un sourire espiègle. C'est ici que tu as disparu, ce matin ?

Il se contenta une nouvelle fois de sourire.

Je secouai la tête et mon rythme cardiaque monta en même temps que l'ascenseur. Lorsque les portes s'ouvrirent, Keir nous guida dans le couloir vers une double entrée portant le nom de suite présidentielle.

— Oh mon Dieu, Keir. C'est dément. Combien as-tu dépensé pour ça ?

Rien que le dîner dans le restaurant pouvait endetter quelqu'un. Je ne pouvais imaginer ce que cela coûtait de dormir dans la suite présidentielle *plusieurs* nuits.

Il se figea et déposa un long baiser affectueux sur mon front.

— Tu sais que l'argent n'est pas un problème, alors je veux que tu oublies le coût et que tu profites du week-end.

Il plongea ses yeux dans les miens jusqu'à ce que je hoche la tête.

Le luxe qui m'accueillit derrière ces portes était stupéfiant – du bois de cerisier sublime sur les murs et le sol, pas un, mais deux salons, ainsi que toute une table disposée pour huit et pour couronner le tout, une baie vitrée avec vue sur Central Park. Chaque tissu était douillet et somptueux. Chaque lumière, vase et tapis reflétait une élégance discrète. La magnifique suite n'était pas ostentatoire au point de manquer de confort. C'était parfait.

— Keir... soufflai-je alors que je parcourais encore l'ensemble de la pièce du regard.

Il arriva derrière moi et rapprocha ses lèvres de mon oreille.

— C'est un bon entraînement pour toutes les fois où tu crieras mon nom ce soir.

Cette sombre promesse, avec ses mots prononcés délicatement, m'atteignit sous mes vêtements et caressa ma peau.

Je laissai échapper un soupir tremblant.

Il me prit la main et me guida vers l'entrée pour que nous empruntions un autre couloir que j'avais failli manquer.

— Tu dois voir encore une pièce.

La chambre me coupa le souffle, mais pas pour les raisons

que j'avais imaginées. Ce fut le portant de merveilleuses robes de mariées qui capta toute mon attention.

J'entrouvris les lèvres et regardai mon mari.

— Qu'est-ce que c'est ?

Il posa ses mains chaudes de chaque côté de mon visage, m'embrassant sur une joue, puis sur l'autre.

— C'est le mariage que nous aurions dû avoir. Un mariage auquel tu participes de bonne grâce, me taquina-t-il gentiment. J'ai appelé ça un renouvellement de vœux, mais nous savons que ce n'est pas exact.

— Tu m'offres un mariage surprise ?

Le choc me donna l'impression que mes pensées se formaient comme de la vapeur s'élevant d'une grille de métro.

Le sourire de Keir rendait ses yeux bleus électriques.

— Ça me paraissait approprié. Mais…

Il reprit son sérieux.

— Ne t'attends pas à un grand événement. Tout devenait extrêmement compliqué chaque fois que j'envisageais d'inviter plus de personnes que nos parents. J'ai décidé que tout ce dont nous avions besoin, c'était d'être tous les six. J'espère que ça ne te dérange pas.

Je hochai la tête, hébétée.

— C'est parfait.

J'arrivais à peine à le croire. J'allais avoir un véritable mariage avec une belle robe et mes parents à mes côtés. Les larmes brûlèrent le fond de ma gorge.

— La cérémonie est à dix-huit heures et le dîner, après, m'informa-t-il tout en tapant un message sur son portable. Ça devrait te donner largement le temps de te pomponner.

Oh, mon Dieu. J'avais cru faire ma valise en me préparant à toute éventualité, mais un *mariage* ne m'avait même pas effleuré l'esprit. Avais-je tout ce dont j'avais besoin pour mes cheveux et mon maquillage ?

— Attends, dis-je tandis que mes pensées confuses étaient ballottées dans mon cerveau. Tu t'en vas ?

Il glissa son portable dans sa poche et réduisit la distance entre nous.

— Ça porte malheur de voir la mariée avant le mariage.

Sa belle voix de baryton débordait d'émotions.

— Je voulais faire les choses bien. Je veux t'entendre prononcer ces mots, non pas parce que je t'ai droguée et parce que tu n'as pas d'autre choix. C'est autant pour toi que pour moi.

— Tu sais certainement maintenant que je ne désirerais personne d'autre.

— Ça ne veut pas dire que je ne vais pas aimer t'entendre prononcer ces mots.

Il leva ses lèvres vers les miennes et planta cette émotion au plus profond de mon cœur. Le baiser venait seulement de commencer quand on frappa à la porte.

Les lèvres de Keir se retroussèrent.

— C'est mon signal.

Son signal ? Pour quoi ?

Je le suivis jusqu'à la porte où il accueillit nos mères dans la suite.

— Surprise ! dirent-elles à l'unisson en m'étreignant tour à tour.

Toutes les trois, nous jacassâmes avec enthousiasme.

— Les stylistes seront là dans une heure pour s'occuper de vous, mesdames, nous informa Keir. Et je vous verrai à dix-huit heures.

Il m'embrassa une dernière fois brièvement avant de nous laisser tranquilles.

— Des stylistes ? demandai-je en me retournant vers les mamans.

Elles arboraient toutes les deux le même sourire, si large que Julia Roberts en serait verte de jalousie.

🔥

Mon après-midi avec nos mamans fut un souvenir qui, je l'espérais, ne s'estomperait jamais. Nous bûmes du champagne tout en essayant nos robes, puis les trois experts de la coiffure et du mariage arrivèrent pour s'assurer que nous ressentions toute la magie de Cendrillon. Chaque minute fut un cadeau extraordinaire que je chérirais pour toujours.

Je m'étais rapprochée de ces deux femmes lors de l'année qui s'était écoulée. Maman était restée sur la voie de la guérison et bien qu'elle ne soit pas allée en thérapie, elle s'était créé une petite bibliothèque de développement personnel et parlait sans cesse des valeurs et de la vulnérabilité. J'en aimais chaque seconde.

D'un autre côté, Brenna était naturellement exubérante et j'avais bien accroché avec elle en un instant.

Toutes les trois, nous nous harmonisions étonnamment bien. Elles m'aidèrent à décider quelle robe choisir et comment me coiffer. Quelques mois plus tôt, j'avais laissé mon style habituellement décoloré revenir vers sa teinte naturelle, châtain clair avec des mèches dorées. J'étais si contente que mes cheveux ne soient plus bicolores. Cela aurait été un sacré bazar.

Le styliste avec lequel je travaillai pour la cérémonie me fit de douces vagues soyeuses avant de placer quelques mèches autour de mon visage. Il les tressa et les coinça avec une épingle pour créer un look simple, mais époustouflant. Le temps fila. Avant même que je le sache, j'étais totalement apprêtée et à quelques minutes de mon mariage.

— Je n'arrive pas à croire que je suis aussi nerveuse, dis-je aux femmes. Nous sommes mariés depuis un *an*. Ça ne devrait pas m'étourdir.

— Bien sûr que si, me rassura chaudement maman. Vous allez réaffirmer votre amour l'un pour l'autre. C'est toujours quelque chose de conséquent.

Ce qu'elle ignorait, c'était qu'il ne s'agissait pas d'une chance de réaffirmer quoi que ce soit. C'était la première fois que j'avançais jusqu'à l'autel – du moins, la première fois que j'en étais consciente.

— Ce n'est pas exactement de la nervosité. Je crois que je suis surtout tout excitée. Je ne savais pas qu'il planifiait tout ça.

— Mon garçon sait garder un secret, c'est certain, dit Brenna en me faisant un clin d'œil.

Nous sursautâmes toutes les trois quand la sonnette de

la porte retentit.

Je regardai les deux femmes.

— Attendons-nous quelqu'un d'autre ?

Elles haussèrent les épaules. Maman se hâta d'aller ouvrir la porte. Lorsqu'elle revint, elle tenait un bouquet magnifique et des larmes perlaient à ses paupières. Ce fut aussi mon cas et je me mis à pleurer quand je vis le lierre qui tombait en cascade de cet arrangement élégant de fleurs et de verdure. Leur choix n'était pas une coïncidence. Keir s'était assuré que je ressentirais la présence de ma sœur à mon mariage et cela signifiait tout pour moi.

— Des mouchoirs, mesdames ! Ne faites pas couler le maquillage ! cria Brenna en transformant nos pleurs en rires.

Nous fîmes de notre mieux pour tapoter les gouttes humides, puis nous inspirâmes profondément à plusieurs reprises avant de descendre. Quand je m'approchai de la destination donnée, je priai silencieusement pour remercier le Ciel d'avoir permis à nos mères d'être avec moi. Je n'imaginais pas à quel point j'aurais été nerveuse de marcher toute seule jusqu'à l'autel.

Nos pères attendaient devant de doubles portes. Nous nous saluâmes, nous étreignîmes et nous embrassâmes avant que les parents de Keir ouvrent les portes en grand et me dégagent le passage pour que j'avance jusqu'à l'autel avec papa et maman à mes côtés.

Des tissus chatoyants, des fleurs et des bougies

décoraient joliment cette petite pièce. C'était si magique que cela me paraissait irréel. Le tout était complété d'une arche en bois, recouverte de végétation luxuriante et de fleurs de toutes les teintes de rose.

Comme Keir l'avait dit, nous n'étions que tous les six, en plus du pasteur, mais je n'avais d'yeux que pour l'homme captivant qui m'attendait devant l'autel de fortune. Il portait un costume. Je n'avais jamais vu mon mari dans un costume. Et maintenant que c'était le cas, j'avais envie de graver l'image sur mes rétines. Il était irrésistiblement beau. Ses yeux bleus étaient si brillants qu'ils luisaient même dans cette pièce faiblement éclairée. Ses cheveux étaient parfaitement coiffés en arrière et il avait le physique d'un dieu grec. Il paraissait féroce et pourtant royal. Et le mieux, dans tout ça, c'était qu'il m'appartenait.

Maman enlaça Keir. Papa lui serra la main. Je me retrouvai alors seule avec mon époux et avec nos promesses l'un envers l'autre.

Je n'avais pas réalisé, jusqu'à ce moment-là, que les émotions seraient si profondes que je ne me souviendrais d'aucun mot prononcé, même si mes facultés étaient intactes. Le pasteur parla. Nous échangeâmes nos vœux. Nos parents nous adressèrent même un petit mot d'encouragement. Tout cela passa dans un brouillard, à l'exception d'un petit mot.

Oui.

Il résonna bruyamment dans mes oreilles et fit écho dans mon cœur, car je le pensais de toutes les fibres de mon être. Parmi toutes les personnes dans ce monde, Keir était l'homme avec qui je voulais passer ma vie et il ressentait la même chose pour moi. Notre union initiale avait été fondée sur la tromperie et la corruption, mais ces vœux seraient éternels, nés d'un amour et d'une dévotion purs.

Parfois, les contes de fées devenaient réalité. J'en étais la preuve vivante.

🔥

Merci beaucoup d'avoir lu *Une union dépravée* !
Les Frères Byrne est une série de romans indépendants interconnectés et le prochain sur la liste est Impitoyable rédemption.

Impitoyable rédemption (*Les Frères Byrne*, tome 3)
Torin se bat sans relâche contre son obsession pour Stormy. Le seul compromis qu'il s'accorde ? L'épier dans l'ombre… jusqu'à ce que la beauté du Sud se fasse sauvagement agresser. N'écoutant que sa nature possessive, Torin décide de prendre Stormy sous son aile pour la protéger, qu'elle le veuille ou non.

Vous avez manqué le premier tome des Frères Byrne ?
Dans Vœux de silence, Conner choisit une épouse muette pour son mariage arrangé, car il pensait qu'il n'aurait pas à lui parler. Toutefois, quand il apprend que Noemi était silencieuse pour se protéger d'un père violent, il devient obsédé par sa femme et veut se venger en son nom.

J'envoie une newsletter en anglais pour les personnes intéressées par les dernières nouveautés concernant mes livres.
La newsletter de Jill

La newsletter de Jill

NOTES

Chapitre 14

1. *Ivy*, en anglais.

Chapitre 21

1. Ivy signifie « lierre » en anglais

RÉSEAUX SOCIAUX & SITE WEB

Site web officiel : www.jillramsower.com
Page Facebook de Jill : www.facebook.com/
jillramsowerauthor
Groupe de lecture : Jill's Ravenous Readers
Suivez Jill sur Instagram : @jillramsowerauthor
Suivez Jill sur TikTok : @JillRamsowerauthor

À PROPOS DE L'AUTEURE

Jill Ramsower est texane depuis toujours — née à Houston, élevée à Austin et résidant actuellement dans l'ouest du Texas. Elle a fréquenté l'Université Baylor, puis l'école de droit de Baylor pour obtenir ses BA et JD. Elle a passé les quatorze années suivantes à pratiquer le droit et à élever ses trois enfants jusqu'au jour fatidique où elle s'est éloignée du droit chemin sur lequel elle marchait et s'est assise pour écrire un livre. Accro au stylo, elle écrit comme une forcenée. Sa passion dans la vie ? Raconter des histoires.